Thalaba the Destroyer

Robert Southey

タラバ、悪を滅ぼす者

ロバート・サウジー

道家英穂 訳

作品社

タラバ、悪を滅ぼす者

目次

主要登場人物一覧

＊括弧内は初出の巻及び行。
　原文は自由な詩形の韻文だが、本訳では行分けをせず行数を5行ごとに表示した。

タラバ　主人公のアラブの若者。(1-66)
ゼイナブ　タラバの母。(1-19)
ホデイラ　タラバの亡父。(1-20)
モアス　タラバの養父。(3-14)
オネイザ　モアスの娘。タラバの幼なじみ、妻。(3-1)

アスワド　アード族の生き残り。(1-198)
アズラエル　イスラム神話の死の天使。人の魂を肉体から分離する。(1-474)

アブダルダール　悪の巣窟ドムダニエルの魔術師。(2-13)
ロバーバ　ドムダニエルの魔術師。(2-17)
オクバ　ホデイラを殺したドムダニエルの魔術師。(2-19)
ライラ　オクバの娘。(10-123)
ハウラ　ドムダニエルの魔女。(2-22)
モハーレブ　ドムダニエルの魔術師。(5-221)
マイムーナ　ドムダニエルの魔女。(8-384)

ハールートとマールート　堕天使。(4-103)
ザッハーク　ハールートとマールートが閉じ込められている洞窟の番人。両肩にヘビを生やしている。もとはペルシア神話の邪悪な王。(5-306)

アロアディン　偽の楽園を支配する魔術師。「山の老人」(7-100)

スィーモルグ　全知の霊鳥。(8-247)

オサーサ　神の使命を果たせず罰を受けている勇者。(12-209)
イフリート　精霊《ジン》の一種。精霊の中でも特に邪悪で力が強いとされる。(12-291)

序

アラビア物語の続編に、海底の下にある、邪悪な魔術師たちの養成所、ドムダニエルへの言及がある。それをもとに、この伝奇物語《ロマンス》は生まれた。（……）

第一巻

なんと美しい夜！　しっとりとさわやかな大気があたりに満ちて、霧でかすむことも、小さな雲一つ浮かぶこともなく、満天、澄み渡っている。全面、光輝にあふれた荘厳な満月が、濃紺の空を巡っていく。月光を一様に浴び砂漠は円く広がる、空に囲まれて円く見える海のように。なんと美しい夜！

この時ならぬ時刻に砂の上をさまようのは誰だ？　見渡す限り宿場はなく、この荒野には椰子《やし》の木立が島のように浮かぶこともない。母と子、寡婦と孤児のふたりがこんな時刻に砂の上をさまよい歩いている。

ああ！　沈む夕日がゼイナブを照らした時分には、彼女は幸福だった。ホデイラの愛妻。ああ！　つい先ほどまで、夫に愛され、たくさんの子宝に恵まれ、アラビア中の娘たちがその名をあげて、あの方のようになりたいと言っていた、その彼女が砂の上をさまよい歩く。たくさんのかわいい子どもたちの母であったのに、いまや不幸な寡婦となり、ひとりだけ残った子と共に不毛の地をさまよい歩く。

涙を流して心の重荷を軽くすることもできなかった。ひどい災難に茫然となり、真夜中に血なまぐさい夢を見て、なかば目覚めたときのよう。ときどき息子が涙で母の手をぬらし、こわばった母の顔を見あげた。繰り返ししゃくりあげながら、その合間に母の名を呼ぶと、母はかすかにうめき声をあげるのだった。ようやく気を取り直すと、ゼイナブは天を仰いで叫んだ、「主よ、ほめたたえられよ！　主は与え、主は奪う、主なる神は善なり！」

「神さまはいい人なの？」と子どもは叫んだ、「それならどうして兄さんたち姉さんたちは殺されたの？　どうして父さんは殺されたの？　ぼくたち一度でもお祈りの時間を守らなかったことある？天に向かって汚れた手を挙げたことがある？　よその人がうちの天幕に来たとき、歓迎しないで追い返したことある？　母さん、神さまはいい人じゃないよ！」

するとゼイナブは苦悶の余り胸をたたいて言った、「神よ、わが子をお許しください！　この子は自分の言っていることがわからないのです！　預言者よ、あなたはご存じです。私がこんな考えを教えてはいないことを。この子をご容赦ください！」

彼女はそれまで泣いていなかったが、この祈りでこわばりが溶け、はじめて涙腺が開いて泉のようになり、あふれる涙が心を軽くした。そして涙に泳ぐ目を天に向けて言った、「アッラーよ、あなたの意志が遂げられますように！ 怒れるあなたの定めのもと私はあえいでいます。ですが不平は申しません。やがて審判の時が訪れます。そのときにはいまの苦しみがどんなに有益であるかが私にもわかるでしょう」

幼いタラバは黙って叱られていたが、雄々しく眉間に皺を寄せ、心は雄々しい思いにあふれていた。「誰が父さんを殺したのか教えてよ」少年は叫んだ。ゼイナブは答えて言った、「おまえの父さんに敵がいるなんて思わなかった。貧しい人々は父さんを祝福し、その声は日々天に届いた。遠くの国々で旅人が父さんをほめたたえた。私は思ってもみなかった、ホデイラに敵がいるなんて」

「ぼくがそいつを地の果てまで追いつめてやる！」幼いタラバは叫んだ。「もうぼくは父さんの弓を引くことができるんだ、すぐに腕に力をつけて、そいつの心臓に矢羽根まで突き刺してやる」

ゼイナブは答えた、「まあタラバ、おまえは遠い未来に目を向けているけれど、私たちは人里離れた砂漠の中にいるのよ！」苦悩に打ちひしがれていたために、その瞬間まで彼女はそのことに思い至らなかった。彼女はあたりを見回した。ああ！ 砂丘のそばに人の住む天幕はなかった。この不毛の地には椰子の木一本生えていなかった。濃紺の空がドームのように、円い砂漠に覆いかぶさっていた。彼女はあたりを見回した。そこにあるのは飢えと渇きだった。母は頭《こうべ》を垂れて、わが子を抱いて泣いた。

突然、タラバが驚きの声をあげたので彼女ははっとした、頭をあげ、見ると空中高く、立派な宮殿がそびえていた。木立に囲まれて巨大な建造物がたっていた。これほど古く、威厳に満ちた木々が、イエメンの幸福な丘陵にそびえたことはなく、レバノンの堂々たる丘に冠したこともなかった。これほど広大で、惜しげもなく贅を尽くした建物が、偶像のためであれ暴君のためであれ、奴隷の集団によって建てられたことはなかった、ローマでも、さらに昔のバビロンでも、いにしえのペルセポリスにおいても。ギリシア人たちが自由の神ゼウスを称える歌を歌った場所も、これほどではなかった。ここに飾《かざ》り鋲《びょう》を打った、瑠璃《るり》の銘板があって弱い光を放ち、ルビーとダイヤが星のように輝いていた。こちらでは黄金の塔の上を黄色い月の光が照らしていた。またこちらの銀色の壁は白い輝きにあふれていた。センナマールがヒーラに建てた建造物もこれほどには驚異的でも壮大でもなかった。彼の匠《たくみ》のわざは、一つの石で広大な建物を固定し、建物の色が、まるでヘビの皮のように美しく変化し、たわむれるというものだったが。彼の主人は、そのとき比類なき宮殿であったものが、その後の彼の努力により凌駕されてしまうかもしれないと嫉妬し、彼を建物のてっぺんから下の敷石へたたき落としたのだった。

母と子は敷地の中にはいった。そしてかぐわしい小道を驚嘆しながら進んでいった。やがて苔《こけ》むす土手の上、背の高いミモザが生きた天蓋のように覆いかぶさる、その木陰にひとりの男が寝そべっているのを彼らは見た。まだ若そうに見受けられた。頬は健康的な朝の紅潮に輝き、あごの周囲に茶色いひげが密生して波打っていた。彼は眠っていたが、近づいてくる足音に目覚め、驚きのまなざしで放浪する女とその子どもを見据えた。「お許しください」とゼイナブは言った、「悲嘆のあまり大胆になってしまったのです。寡婦と父無し子《ててなご》をお助けください。苦しむ者を助ける人には祝福があり、神が天国を約束してくださいます」

男はそれを聞くと、天を仰いだ。涙が頬を伝った。「これは人間の声だ！　感謝します、おお神よ！　どれほどの年月がたったことだろう、心地よい人の声が耳にはいることがなくなってから！　感謝します、おお神よ！　これは人間の声だ！」

そしてゼイナブの方を向いて男は叫んだ「あなたは誰なのか？　長い年月に渡って、人の目が届かぬようこの園を包み込み隠してきた影を、見通す眼力をもったあなたは。数えきれぬ年月が経ったが、誰もイラムの園に足を踏み入れたことはなかった。ただ私ひとりを除いては！　天からも地からも閉め出されたこの惨めな男以外は」

恐れることなく、ほとんど驚くこともなく、（というのもゼイナブの心の中では悲しみがほかの弱い感情を圧倒していたので）彼女は答えた、「きのう私は夫に愛された妻でした、たくさんの子宝に恵まれた母でした。いまは寡婦です、わが子すべての中でこの子だけが残りました。主なる神はほめたたえられますように、主は与え、主は奪うのです！」

すると見知らぬ男は言った、「天が見守り、導いたからこそ、あなたはこの秘密の場所に辿《たど》り着いたのです。重大な意図があってこそ、この太古の園を、世界から長いあいだ隔離してきたヴェールが取り除かれた。私の言葉をお聴きなさい。あなたの胸の中に私が話す不思議な事どもを収めなさい。そして再び世間に姿を現したとき、警世の話を伝えなさい。先祖たちの苦しみは、子孫が慎重になることで報いられるのだから。

これはイラムの楽園だ。あの豪華な宮殿は国王シャッダードが建てたもの。

ああ！　私の若かりしときには、大勢の人々のざわめきがむこうの不毛の荒野に聞こえたものだった。砂丘の上にアード族の天幕が張られていた。その頃アル＝アフカーフの地は幸福だった。大勢の勇敢な男たちがおり、大勢の美しい女たちがいた。

私の名前はアスワドだった。ああ！　ああ！　あまりに長いあいだ耳にすることがなかったので、自分の名を声に出すと奇妙に聞こえる。高貴な家柄の出で、父はこの世で最も裕福な者に数えられた。馬屋には百頭の馬がつながれ、父の意のままにいつでも走る用意ができていた。父の所有する絹のローブはおびただしく、ラクダは数知れなかった。これらが私の世襲財産だった。神よ！　汝《なんじ》の賜物はこれらのものだった。だがアスワドの魂のためには、地べたで施しを求め、食卓からこぼれ落ちるパン屑を乞う方がよかっただろう。そうすれば汝の言葉を理解できたものを。

人里離れたこの地にやってきた少年よ、おまえの若き日に主を恐れなさい！　私は神の前にひざを折ることを教わらず、聖なる祈りを声に出して唱えることを教わらなかった。われわれは木や石でできた偶像を拝み、愚かなわれわれの手で作ったものを愚かにも拝んだ。「悔い改めよ、しからば許されん！」預言者フードは何度も警告の声を発したが、それは無駄だった。われわれは神の使いをあざけり、われわれは神をあざけった、忍耐強く、なかなか怒りを発しない神を。

おごり高ぶるシャッダードは巨大な事業を計画した。それはこの荒れ地に美しい庭園を築くというもの。それはかつて、罪を犯したアダムが追放されてから、入口の前でケルビムの炎の剣が大きく振られ、それが放つ電光で侵入を拒んだという、あの園をも凌《しの》ごうとするものだった。またここにシャッダードは王者にふさわしい壮大な建物、彼のおごりの宮殿を建てようと考えた。そのために鉱山は掘り尽くされ黄金が豊富に提供された。そのために地中深くに達する洞窟から宝石が提供された。そのために木こりの斧が杉の森を切り開き、日のもとにさらした。東洋の蚕《かいこ》は自らの棺《ひつぎ》のような卵を紡《つむ》いだ。アフリカの狩人は象の怒りを買う危険を冒した。エチオピア人は、するどい嗅覚で黒檀を探りあてた。それは深く埋まっていて、光を嫌い、葉をつけず、実もならない木で、闇から養分を得て、木目が黒光りする枝を伸ばすのだ。このような宝が、あの建造物に惜しげもなく使われた。それから長い年月が過ぎ、人は誰も彼らの虚栄の証を見ることはなくなった。

庭園にあるおびただしい泉は、あの喜びに満ちた場所をうるおし、ここにはあらゆる花が植えられて、夕べの風を甘くした。シャッダードは、充分に生育した森が立ちあがるよう命じた、それは彼自ら作らせたもの。王が、のろのろした自然の業《わざ》を待ってなどいられようか？　木々は熟れた果実をたわわに実らせ、あるいは羽のように軽やかに枝を揺らし、あるいは芽吹くこずえで天を指し、あるいは陰なす大枝を広く伸ばして、真昼に休憩するようにと旅人をいざなった。もともと生えていた土壌から引き抜かれて、大勢の人々の労苦により、美しく生長した木々がこちらへ運ばれてきた。ここでは、遊歩道のいたるところに英雄や族長たちの大理石の彫像が立っていた。木々や花々は自然の営みによってひとり生えしていつまでも残っている。大理石の彫像はずっと以前に英雄や族長たちの面影をあとかたもなく失って、巨大で無定形な石として横たわり、そこに花々がはびこっている。

驕慢な事業は続けられ、しばしば預言者フードの声が迫り来る災いを告げた。われわれはその先見の明ある者の言葉をあざけった。われわれは主の怒りをあざけった。まず長期にわたる干ばつがわれわれを苦しめた。三年間、一つの雲も浮かばず、三年間、一滴の雨も降らなかった。体に良い薬草はひからび、麦は育たず食糧とならなかった。井戸も泉も枯渇した。ああかたくなな心よ、罰が下っても罪の意識に目覚めることがなかったとは！　破滅を招くまでに強情で、頑固なまでに盲目だったわれわれは、偶像神に助けを求めた。サーキアに雨乞いをし、ラーゼカに食べ物を求めた。偶像神はわれわれの祈りを聞かなかった、聞くことができなかったのだ！　天には一つの雲も現れず、夜露が降りることもなかった。

そこで使者たちが、あの合流の地、メッカへと送られた、そこは諸国民の来るところ。「赤い塚」のまわりにひざまずき、神の嘉《よみ》する場所で願い事をさせるため、われわれは使者を送って神に頼んだ。ああ愚かな者どもよ！　地上のどこからでも心は神の御許に昇っていくのに、われわれは使者を送って神に頼んだ。ああ愚かな者どもよ！　自国では祈りをあげていないのに、主が国外で祈りを聞いてくださると思うとは。

そのあいだ驕慢な事業は続けられた。そして依然として、木や石の偶像の前で、われわれは不敬にもひざを屈して拝んでいた。「アードの民よ、改心して主を求めよ」預言者フードは叫んだ。「アードの民よ、改心して天に目を向けよ、そして怒りが下るのを避けよ」われわれは預言者の言葉をあざけった。「さて老人よ、おまえは夢を見ているのか、それとも酒に酔っているのか？　将来、災いと怒りが下されると、いつもおまえの用心深い声は預言する。それがやってきたらわれわれは信じよう。それまでは父祖たちがやってきたやり方をこのまま続けるつもりだ。さておまえの言葉は神の言葉か？　老人よ、おまえは夢を見ているのか、それとも酒に酔っているのか？」

このようにかたくなな民は言った。彼らは不信心者だった。私もまたかたくななまでに不信心で、フードの言葉を聞かず、気にも留めなかった。誰もが迎えるべき時が私の父にもやってきた、父は罪にまみれたまま死んだ。葬儀がしかるべく執り行われ、われわれは一頭のラクダを墓につなぎ、そこで死ぬにまかせた。そうしておくと復活の時が来た際に、ラクダと共によみがえることができるのだ。私は墓のそばを通りすぎ、ラクダのうめきを聞いた。それは父のお気に入りで、幼い私を乗せてくれた、私がはじめて自分で乗れるようになった雌のラクダだった。その手足は飢えでやせ、目は渇きでギラギラしていた。私が通りすぎたときラクダは私のことがわかって、私の顔をじっと見つめた。私は心を痛めた、痛まなかったら人間とは言えまい。私は誰も見ていないと思い、つないでいた縄を断ち切った。そして自由と生命へとラクダを解き放った。預言者フードはそれを見ていた。彼は声をあげた、「若者よ、おまえは祝福された、おおアスワドよ、その行いゆえにおまえは祝福された！　天罰の下る日、恐ろしい審判の時に神はおまえのことを覚えていよう！」

天罰の下る日は迫っていた、恐ろしい審判の時は急ぎやってきた。見よ、完成したシャッダードの巨大な建造物を、彼のおごりの宮殿を。おふたりともその驚異のかずかずを見たければ、はいるがよい！　私にははいる勇気はない。時はこの永遠の記念建造物をいためつけなかった。ここには時はない、日々も月も年もなく、悲惨な永遠の現在があるのだ！　あなた方はあの強固なピラミッドのことを聞いたことがあるだろう、あるいは実際に見たかもしれぬ。あのような強固な建造物は、はかない人類の幾世代かより長く残り続けるものゆえ。それらが洪水の勢いに耐えて動じず、廃墟と化した世界に生き残ったからと言ってそれが何であろう？　それらを築いた者が奇蹟と奇蹟的な富で、広い丸天井の部屋を満たしたからと言ってそれが何であろう？　こちらの建造物に比べれば、ピラミッドとて女が赤子のために作った子供だましに見えるだろう。ここではエメラルドの円柱が、大理石の中庭に緑の光を投げかけ、それは驟雨の中、太陽が春の麦畑を美しく照らすときのよう。ここではシャッダードがサファイアで床を敷き詰めるよう命じ、それは大空の青い敷石のようで、まるで神々しい足で空色の光を踏むような心地がする。ここには、純粋な性質ゆえ物質的なものに触れるのを嫌うかのように、自らの力で宙に浮いている生きたざくろ石がある。それが高い丸天井の中の太陽になっていて、闇はその光を支配できない。強烈な光を放ち、絶えずあふれ出る光輝の流れは、日光がその源から流出するさまに似る。冒瀆だ！　命ある黄金の木々とは。まるでエデンの木立にある木のようだが、エデンの木の方は無垢のままに育ったのだ。冒瀆だ！　彼はおごり高ぶってこう言ったのだ、天は地中深くに有害な金属を隠した、それを、余のため生《は》え出《い》でさせて枝となし、芽吹かせよ、人の業で花を咲かせ、実をつけさせよ、と。そして楽園で失われたすべてのものを余のために再創造せよ、と。ゆえにシャッダードの命により、ここに銀の幹をもつ椰子がそびえ、金の細かい網がごつごつした枝からゆるやかに生え出ている。山の杉のように高く、ここでは黄金の枝が伸びていて、エメラルドの葉をつけ、真珠の花を咲かせ、ルビーの果実がたわわに実る。おお、アードよ！　わが祖国よ！　かの日こそ災いであった。おまえの不幸な民がこのニムロドにひれ伏し、彼を権力の座につけ、その足元に自分たちの自由を投げ出し、父祖が伝えた遺産を子らから奪った日こそ。彼にとっては無駄に使った富などなんでもなかった。国びとたちの負担も、浪費が招いた困窮もなんでもなかった。彼はただ自分の意志を告げるだけだった。作物を枯らす中東の熱風《シロッコ》のように、王の声によっていたるところ荒廃の嵐が吹き荒れた。私は驚かぬ。いかなる地上の法によっても、どんな人の情によっても抑えられない権力を持ったあの男が、生ける神をあざけったとて。

そして王の命令が民に行き渡った。老いも若きも、夫も妻も、主人も奴隷も、アード中の民衆は皆、ここに来て、大いなる祭典を開け。それによって余は臣民を見、臣民は王の荘厳と力を目の当たりにするのだ。

祭典の日が訪れた。ここに人々はやってきた、老人も少年も、夫も妻も、主人も奴隷も、ここに人々はやってきた。むこうの高い塔の上、宮殿じゅうで一番高いところから、シャッダードは彼の部族を見おろした。人々の天幕がむこうの砂漠に、海の無数の大波のように立った。彼らの足音と声は潮騒《しおさい》のとどろきのようで、騒々しい音が一つに集まって、深い混沌をなしていた。人々は王の荘厳さを見た。彼の宮殿が、天国にある天使たちのドームのように輝くのを目の当たりにした。彼の庭は太古のエデンの園のようであった。そして彼らは叫んだ「王は偉大なり、地上の神なり！」喜びとおごりに酔いしれて王は人々の瀆神の叫びを聞き、気まぐれな思いから預言者フードを連れてくるよう命じた。そして大理石の中庭、宝石と黄金に輝く豪華な部屋を次々と、この神に仕える男に見せた。「壮麗な屋敷だろう？」王は喜びのあまり叫んだ。「かつてこれ以上荘厳な宮殿を人が目にしたり思いついたりしたことがあったか？　フードよ、おまえの口には天が叡智の言葉を授けたとのこと。あたりの財宝を見て正しく値踏みしてみよ、もしおまえの叡智でできるものなら」

預言者は王の自慢を聞くと、おごそかにほほえんで言った、「王さま、あなたの宮殿には金がかかっています。ですが、ただ死を迎えるときにおいてのみ、人はこういったものの価値を正しく知ることができるのです」

「おまえの目でずっと見てきた中に一つでも欠陥を見つけたか？」再び王は叫んだ。「はい」と神に仕える男は言った、「壁は弱く、構造は不安定です。アズラエルが侵入できます。凍てつく死の風、サルサルがはいり込めます」

彼が話すとき、私は王のそばにいた……預言者は穏やかに話した、だが彼の目には悲しみが宿っていて、見ているうちに私の心はかき乱された。シャッダードの顔は曇り、青ざめた唇に怒りが宿った。王は高い塔の上に預言者を連れて行き、群衆を指さした。すると再び人々は叫んだ「王は偉大なり、地上の神なり！」王は脅しつけるような笑みをフードに向けると「彼らの言うことは正しいか、預言者よ、王は地上において偉大で、人類の中の神か？」預言者は答えなかった、無数の群衆の方に目を泳がせると彼は泣き崩れた。

突然、どよめきが起きた、眼下に喜びの叫びがあがった、「使者が到着したぞ！　カイルがメッカから戻った、恵みのものを携えて帰ってきたぞ！」

われわれが外に出てみると、頭上には真っ黒な雲がかかっていた。群衆はそれを嬉しそうな目で見あげ雨が降りそうだとありがたがった。使者は王に向かって嬉しい報告をした。

「メッカへと私はおもむき、『赤い塚』のそばにひざまずいて神に雨乞いをしました。私の祈りは天に昇り、聞き届けられました。三つの雲が空に現れたのです。一つは白く、真昼に飛ぶ雲のよう、一つは赤く、夕日の光線を飲んだかのよう、一つは黒く、雨をはらんで重々しい。天から声が下りました。『カイルよ、三つのうちから選べ！』私は慈悲深いお力に感謝して黒い雲、富をはらんで重いのを選びました」「よくやった！　よくやった！」千の舌が叫んだ、皆が浮かれて喜んだ。

すると預言者が立ちあがって、大声で叫んだ、「災いだ、イラムに災いが！　アードに災いが！　死が宮殿に近づいた！　災いだ！　災いだ！　罪と罰の日だ、荒廃の日だ！」

そう言うあいだ、彼の目は恐怖のあまりぐるぐると回り、声の調子は太く低く、何かの霊が内側から彼の動かぬ唇を通して、この世ならぬ声を発しているようだった。皆の視線が彼に向けられた。

「おお　アードよ！」彼は叫んだ、「子どもの頃の思い出すべてによってなつかしい生まれ故郷よ、おとなになってからのすべての喜びによって慕わしい、おお、豊かな水に恵まれた谷よ！　朝も夜も年老いた私はおまえのために嘆き、悲しみのうちに墓へと下って行かねばならない。おまえは果実を実らせるだろう。だが摘み取る者が誰かいようか？　おまえのブドウは熟れるだろう、だが酒ぶねを踏む者が誰かいようか？　怒りから逃げよ、生きて魂を救おうと思う者は！　弓を引くあのお方の右手は強く、放つ矢は鋭く、ねらいをはずすことはない！」

その声を聞いて、信心深い少数の者は群衆をかき分けて預言者の側に加わった。そのとき嘲笑の声があがった。「うせろ、はげ頭！」人々は呪いつつ笑った。彼は出て行こうとした。だが一度だけ振り返った――彼は目を私に向けて、呼んだ、「アスワド」……私は驚いた……私はおびえた、……「アスワド！」再び彼は叫んだ……そして私はもう少しのところで彼に付き従おうとした。ああ、その機会はあまりに早く過ぎた！　ああ、その機会は失われて二度と戻らなかった！　あざけりの叫びが私を臆病にした。彼は去り、私は残った、「人」を恐れたために！

彼は去り、頭上では濃い雲がいっそう暗くなっていった。ついに雲は開いた、そして……おお神よ！　神よ！　そこに水は含まれていなかった！　一滴の慈雨も降らなかった！　その胎内からサルサルが吹き出た、あの凍てつく死の風が。

人々は私のまわりで倒れた、何千人もが倒れた、王とその臣民は皆倒れた。皆が！　皆が！　ひとり残らず滅んだのだ！　私は……ただ私だけが……残された。私を呼ばわる声があって、こう言った、「天罰の日に恐ろしい審判の時に、神はおまえを覚えていたのだ」

苦悶のうちに祈りを終えて立ちあがり、死の惨状から逃れでようとすると道が開けた。歩みを妨げるものは何も見えなかった。だがこの園のまわりに神の手が堅固な鎖をはり巡らせていた、人の力では打ち破れない障壁を。二度私は通り抜けようとした。それに対し、あの声が聞こえた、「おおアスワドよ、甘んじて、主を称えよ！　一つの正しい行いがおまえの魂を完全な死から救ったのだ。おお　罪人アスワドよ！　長い悔い改めののち魂の準備ができたと感じたら死への望みを唱えよ、そうすればアズラエルがやってきて、祈りをかなえてくれるであろう」

地上からも天からも閉め出されたみじめな男として、私はその恐ろしい声を聞いた。いまや私の牢獄となったこの場所を見回した。そこには死体があった、どちらを向いてもころがっていた。死体は皆腐った。ここで腐った……その骨さえ、砕けてちりとなった。それほど長い年月が経った！　それほど長いうんざりするほどの時代が過ぎた！　そして未だに私はここに残っている！　未だにわが罪の重さに呻吟し、解放を求める祈りを敢《あ》えて口にすることができずに。

ああ！　この孤独のえもいわれぬ惨めさを誰が語ることができよう！　これまで私の耳にはいってきた音といえば通りすぎる風……泉のいつまでも湧きあがる水音、風に鳴る森、にわか雨のパタパタと降る音だけ、どれも死と哀悼の音色だ。この孤独な園では一羽の鳥も羽を休めたためしはなく、この木立で虫が甘い羽音をたてることもない、ただ私ひとりを除いて、すべて命あるものに対しこの園は隠されている。頭上のこの一本の木だけが、私を歓迎するかのごとく枝を垂らしてもてなしてくれ、ささやくように葉をそよがせて、命を共有しているように思われる。私はこの木を友として、唯一の友としていつくしんでいる！

私にはわからない、どれほど長い時代を越えて、このみじめな人生を引きずるように過ごしてきたのか、これらの古木が春になって蘇生するのを幾度見てきたのか、人類のどれほど多くの世代が起きてまた眠りに落ちたのか。それでも私はずっと同じままなのだ！　着ている服は古びず、靴の底もすり減らない。私は敢えて死にたいと祈ることができない、おお、慈悲深い主なる神よ！……だがもし汝の意志ならば、もし非道な行いをつぐない終え、長きにわたって耐え忍んだことにより、罪に穢《けが》れた私の魂が浄められたならば、御心にかなうときに私を解放したまえ、……私はずっと汝を称え続けよう、おお神よ！」

少しのあいだ沈黙が続いた、そしてゼイナブが答えて言った、「あなたは幸いです、おお、アスワドよ！　あなたの魂を地獄から救ってくださった主が、御心にかなうときにあなたをお召しになるでしょう。この私にも、心から死の願望を唱えたらアズラエルが来てくれたらよいのに！　そうすれば私の幼い子どもたちが行ったところに行き、いまにもホデイラに再会できるものを！」彼女は口を閉じた。すると羽ばたく音が夜のしじまに聞こえた。そして死の天使、アズラエルが彼らの前に降り立った。その表情は暗く、おごそかであったが、厳しくはなかった。心に畏怖の念を起こさせたが、恐怖は与えなかった。「ゼイナブよ、おまえの願いは聞き届けられた！　アスワドよ！　おまえの時は来た！」彼らはひれ伏し、その声を祝福した。そしてアズラエルはその剣から苦い死のしずくを垂らした。

「ぼくも！　ぼくも！」幼いタラバは叫んだ、悲しみに狂乱して、母の鈍色《にびいろ》の手に、母の震える唇に口づけしつつ、「どうか天使さま！　ぼくも連れて行って！」

「ホデイラの息子よ！」死の天使は叫んだ、「まだそのときではない。ホデイラの息子よ、おまえは天の意志を遂げるために選ばれたのだ。おまえの父の死と、一族皆殺しの復讐をするために。かつて人間がなし遂げたことのない大いなる企てを実行するために。生きよ！　そして神意によっておまえは人類の中から選び出されたことを忘れるな！」

天使は語り終えると去った。幼いタラバはあたりを見回した、……宮殿も木立ももはや見えず、彼はただひとり荒野に立っていた。

第二巻

ホデイラの息子よ、おまえは砂漠の中にうち捨てられたのではない！　闇の洞窟の中でおまえのために燃える、おまえの命と共にある炎はまだ燃えていて、これからも燃え続けるのだ。

海の底のさらに下、ドムダニエルの洞窟に魔術の達人たちが集まった。丸天井の地下空間にいる彼らの前、岩の床から、薪もないのに十の魔法の炎が立ちのぼる。「燃えるがよい、神秘の炎よ！」アブダルダールが叫んだ、「燃え続けよ、ホデイラの忌まわしい一族の者が生きている限り。だがいまこそ定めの時、この夜の洞窟が安全な場所となるときだ」

「炎が暗くなっている」ロバーバが叫んだ、「炎が暗くなっている、そしていま、炎が揺れる！　オクバが死の腕を振りあげた。炎が揺れる……炎が消える！」

「そこつ者め、その腕に呪いあれ！」ハウラが怒りにかられて叫んだ、魔女は叫んだ、「そこつ者め、その腕に呪いあれ！　愚か者めがしくじりおった！　消えたのは八つだけ」

洞窟のわきにテラフがあった、それは生まれたての赤子の首。生まれたときにハウラがつかんで両肩からもぎとったもの。金の皿にのっており、その下に不浄な霊の名が刻まれていた。頬の色は死のどす黒さ、髪のない頭蓋の、死んだ頭皮もどす黒い。唇は青ざめていて、ただ目だけに命があり、悪魔的な光に輝いていた。

「告げよ！」ハウラは言った。「われら魔術の達人たちを脅かす火は消えたのか？」死んだ唇が動いて、答えた、「魔術の達人たちを脅かす火はまだ燃えている」

「呪われるがいい、オクバ！」その魔術師が洞窟に帰ってきたとき、ハウラは叫んだ。オクバは手に短剣を携えていたが、それはホデイラの一族を殺した血でまだ熱を帯びていた。「未だ消えざるこれらの炎を見よ！　魔術の達人たちを脅かす火はまだ燃えている！　オクバよ、心が臆したのか？　オクバよ、目がかすんだのか？　おまえの運命とわれらが運命は一蓮托生、星々は、おまえの手が幸運な時をつかむと言った、その嘘をわれらは信じた！　おまえは運命の手綱を取り落としたのだ、呪われよ、呪われよ、オクバ！」

殺人者は答えて言った、「あらゆる魔法に精通する者よ、おまえにはオクバの心がわかってしかるべきだ。私は八たび刺した。八つの致命傷を負わせた、毒を塗ったやいばゆえ、ひとりを二度刺す必要はなかった。おまえたちは私の気がくじけたかのようににらみつける、私がホデイラの一族から受ける危険が倍になるのを知らぬふりをして。憎しみを深く感じれば感じるほど、わが腕を奮い立たせる動機も強まったのだ。おまえたちはまるで私があせってしくじり、刺すときにねらいをはずして敵を逃したと言わんばかりににらみつける。だが大勢の中でどれがあいつなのかを示さなかった星々や、示すよう強いることのできなかった、おまえたちの魔術の弱さはとがめようとしないのだ！　おまえたちは私に全員を打てと命じなかったか？　根も枝葉もたたき切れと言わなかったか？　私はホデイラの断末魔のうめきを聞いた、彼の子どもたちの瀕死の叫びを聞いた、そして仕事をやり遂げようとしていたのだ。だが残った二つの命の上に見通しのきかない濃い雲が湧き起こり、探し求める私の目をあざけった。短剣の先でその中を探ろうとしたが、剣は跳ね返され、声があって呼ばわった、「滅びの子よ、やめよ！　おまえには変えることはできない、運命の書に記されていることは」

ハウラはテラフの方を向いて尋ねた、「言え、預言者の手はどこにわれらが宿敵を隠したのだ？」死んだ唇は再び答えた、「私は海を見わたす、私は陸を見わたす、私は大洋と大地を探す！　大洋にその子はおらず大地にその子の足跡は見えない」

「われらより大きな力が」ロバーバが叫んだ、「われらが宿敵を守っている、見よ！　見よ！　一つの炎が暗くなった！　炎が揺れている！　炎が消える！」炎は揺れ、消えた。一つの炎だけが残った、地面の上で揺らめく蒼白い炎、たゆたうその光の縁は、闇に押されて縮んでいくように見えた。だが炎は強まり、光の輪を周囲に広げて、いまや、十の炎があったところまで伸びていって、それらすべてよりさらに明るく光った。そのゆゆしき光景に悪の子らは震え、恐怖が彼らの魂を襲った。洞窟じゅうに火は恐ろしい輝きを放ち、幅広い底は波立つ流れとなってうねり、夏の稲妻がその光輝を真夜中の空に広げたときのように明るかった。テラフの目もおぼろになった、先ほどまで二つ、きら星のごとく闇の中で光っていたのだが。魔術師たちは顔を見合わせたが、どの顔も恐怖に蒼ざめて、その光の中で不気味な様相を呈し、埋葬所の灯火のそばの死人の顔のようだった。

魔術師の一族の中で最も獰猛《どうもう》なハウラでさえ、恐怖のあまり息が止まって、意識して努めずには呼吸できなかった。すぐさまより激しい怒りが、血走った彼女の目を燃えたたせた。「おまえの力は強大だ、ムハンマドよ！」彼女は声を張りあげて冒瀆の言葉を叫んだ、「だがイブリースは人間に対しひざまずきはしない。仮に人間が堂々たる椰子のようにすっきりと背が伸び、創造主の手で造られたままに穢れなく純粋であったとしても。おまえは強大だ、おお、アブドゥッラーの息子よ！　だが女から生まれた者でイブリースの力に対抗できる者がいようか？　曙の王子と競える者がいようか？」

彼女は言い、高き天に反抗するかのように骨と皮ばかりの手を振りあげた。そしてやせた長い指を伸ばして魔法の言葉を大声で発した。悪霊たちは彼女の呼び出しを聞き、見ると、彼女の前に僕《しもべ》の魔神が立っていた。「霊よ！」魔女は叫んだ、「少年はどこにいる、その命ある限り、あの魔法の火が燃え続けるあの子は？」

魔神：強力な魔術をあやつるご主人様、海にも陸にも見えません。アッラーの栄光ある玉座を見ることのできる目のみが、その子が隠れている場所を見ることができます。敬虔な霊からお聞き出しください。

「死んだホデイラをここに連れてこい」ハウラは叫んだ、「あいつに語らせよう」魔神は命令を聞くと姿を消した。一瞬ののち、彼女の足元にはホデイラの死体があった。その手には、死んだときにつかんでいた剣がまだあった、傷口の血はまだ固まっていなかった。

魔女はそれを見て顔をほころばせたが、それがいまわしい顔をさらに悪魔的な形相に燃えたたせた。彼女は叫んだ、「ホデイラよ、おまえの魂はどこだ？　ザムザムの泉の中か？　エデンの木立か？　イスラーフィールのラッパによる審判のお告げを待っているのか？　銀の翼をつけて神の玉座の下にいるのか？　たとえ玉座の下にいようとも、ホデイラよ、おまえは私の声を聞き、私に従うことになるのだ！」

彼女はそう言って呪文を唱えたが、それを地獄は恐怖のうちに、天国は戦慄のうちに聞いた。すぐに硬直した眼球が回りはじめ、筋肉は痙攣的《けいれんてき》な動きに揺さぶられ、白い唇が震えた。ハウラはそれを見て大喜びし、叫んだ、「預言者よ！　私の力を見よ！　死ですらおまえの奴隷たちをハウラの呪文から守れないのだ！　ホデイラよ、おまえの息子はどこだ？」

ホデイラは呻《うめ》き、目を閉じた。あたかも夜の中、死の盲目のうちにわが身を隠そうとするかのように。

「私の問いに答えよ！」彼女は叫んだ。「さもなくばそのずたずたの肉体の中でいつまでも苦しみ続けることになる！　答えよ！　どこに少年を見つけることができるのか？」

「神よ！　神よ！」ホデイラは叫んだ、「この命から、この耐えがたい苦痛から解放したまえ！」

「言え！」魔女は叫んだ。そして床をはう毒ヘビをつかむと、その生きたヘビで彼の首を打った。ヘビは巻きついて彼をしめあげ、怒りに満ちた鎌首をもたげると、彼の顔に恐ろしい牙を突き立て、どの傷口からも毒を注ぎ込んだ。だが無駄だった！　アッラーがホデイラの祈りを聞いたのだ、ハウラは死体に対し行き場のない怒りをぶつけていた。運命の火が動いて弔いの炎で死体を包んだ。肉も骨もその驚くべき薪の火に焼き尽くされ、ただ剣だけが炎に取り巻かれて残っていた。

これを手にする運命のあの少年はどこにいるのか？　炎に取り巻かれたこの剣を、いつの日かふるうことになる、悪の撲滅者はどこにいるのか？　呪われた一族よ！　おまえたちの呪文を試すがよい！　強力な魔術の達人たちよ、魔法の言葉を唱えるがよい！　おまえたちは人間の住処《すみか》をこなごなにすることができよう、岩の胎《はら》をこじ開けることができよう、大地の基礎を揺り動かすことができよう、だが神の言葉に対してはできない。御心の記し賜うたことの一文字たりとておまえたちに変えることはできないのだ！

誰がアラビア中を巡ってホデイラの恐るべき息子を探しに行くのか？　運だめしの矢が混ぜ合わされ、アブダルダールのくじが引かれた。この魔術師が探索の旅を終えるまでに、月は満ち欠けを十三回繰り返すことになる。彼は、砂漠の荒野を放浪する部族も、枯れることのない流れのほとりに住む部族も、すべて訪ね回らねばならない。孤立して立っている天幕も見逃すことはならなかった、あの少年を見つけるまでは。あの憎むべき少年、ただその少年の血だけが、あの恐ろしい火を消すことができるのだ。

水晶の指輪をアブダルダールははめていた、この霊験あらたかな宝石は、コーカサスで、太古の露が冬の最初の霜《しも》にふれて凝結したもの。その地で、折り重なる氷の岩の下、積み重なる氷の山の下で熟成され、やがて堆積したかたまりが巨大になって海の青さを帯びるに至ったもの。

この指輪を持って、彼は永遠の炎が燃える深い洞穴《ほらあな》に行った。そこでは、ちょうど岩間を流れる水が狭い開口部からほとばしり出るように、裂け目から永遠の炎が噴出していた、その噴きあがる炎の源を目にした者は誰もいなかった。自らを燃料として、ずっとそこで燃え続けているのだ。それは消えることのない元素だった。深淵がそれを供給し、もとは火の泉で準備されたもの。地の中心でそれは生き続け、白熱していた。その強烈な熱を帯びた火は、やがて定めの日がくると、神の声によって大波として解き放たれ、勢い衰えぬ洪水となって、終末を迎えた世界に押し寄せる。そしてその後は刑罰の炎の球となって宙を回り続けるのだ。

その場でターバンをほどき、履き物を脱いで、アブダルダールは炎の前に立った。そして指輪を炎の近くに掲げ、地・火・風・水を従わせる呪文を唱えた。従順な炎から、その一部が分離すると水晶の中にはいり、凝縮して宝石の精髄、生きた炎の目となった。呪文を帯びた手が、かの運命の少年に触れたなら、そのときこの炎の目は消え、解き放たれた火は、聖なる泉を忘れずに飛んで戻っていくことになろう。

さあ行け、アブダルダール！　イブリースの僕、アラビア中を巡って悪の撲滅者を探せ！　灼熱のテハーマの砂漠を越え、ナジュドの水の枯れた山々を越え、アリードに彼を追え、そして幸福なイエメン、信者たちに愛される国へジャーズに。アラビア中を巡り、イブリースの僕よ、撲滅者を探すのだ。

部族から部族へ、町から町へ、天幕から天幕へとアブダルダールは巡り歩いた。すべてを見そなわすまなざしは、毎朝彼が、祈りで身を浄めることをせず、血の臭いを嗅ぎつけて臥所《ふしど》より身を起こし、そして毎晩横になるのを見ていた。心中でうずく期待に昼は歩みをせかされ、眠ってなお胸をつつかれて目的を遂げたと思い込み、いつも同じ夢からはっと目を覚ますのだった。何度も彼の慎重な手は多くの若者に指輪を押し当てたが、いつも短剣は事に及ぶ態勢にありながらマントの中に隠されたままだった。

そして、荒涼たる砂漠の海に浮かぶ、椰子の島のかたわらに索を張ったある天幕に、疲れた旅人はとうとうたどり着いた。姿のよい一本の椰子の木の下に、姿のよいひとりの少女が立っていた。少女はローブの裾を持って少年を見あげていた。少年は木の上で片手で幹にしがみつき、もう片方の手でナツメヤシの房を投げ落としていた。

魔術師はその木に近づくと、いかにも旅人らしく、杖に寄りかかり、その額には旅の汗が光っていた。彼は食べ物を乞うた、するとなんと少女はひざに受けたナツメヤシを差し出す。少年は降りてきて、天幕に走って行き、嬉しいことに一杯の水を持ってきた。

すぐに天幕の主人、一家の父親が出てきた、年配の男で穏やかな顔つきをしていた。見知らぬ男に近づくと友好的に挨拶をし、敷皮を広げるよう命じた。天幕の前に彼らは皮を敷いた。そこはタマリンドの木陰になっており、その木はかしいで、美しい枝を長く伸ばしていた。彼らは旅人に米の飯を出した、目を惹くための人工的な色づけはされておらず、新雪のように真っ白で、それも日に照らされて純粋さが損なわれる以前の新雪、暖かい西風にさらされて汚されていない新雪だった。木立から収穫したナツメヤシを彼らは客人に出した、それに甘いイチジク、そして井戸から汲んだ水を。少女はタマリンドの木から酸っぱい実を採って、長いあいだ水に浸しておいていた。そのひんやりした水を飲んだら、ワインを飲みたいと思う者はいないだろう。この水を少女は客人のもとに持ってきて、慎ましやかな喜びに頬を染めた、客人が、うるおった唇をカップから離し、微笑《ほほえ》んでうまいと言ってまた飲んだので。

少年はどこに行ったのか？　彼は以前にメロンの果肉に穴を開け、それを蠟でふさいでおいた。そして毎朝、怠《おこた》りなく、皮の熟すのを見に行っていた。そしていま、大喜びで完熟した逸品を持ってくる。黒い目を少年らしく喜びに輝かせ、美味なる果汁を注いで客人の前に出す。

アブダルダールは食し、腹を満たした。すると今度は休みなく長旅を続けてきた者として、遥か遠い国々のことを語りはじめた。一家の父親は穏やかな目つきで静かに微笑みながら、腰をおろし、喜んで話を聞いた。少女は食事を下げながら途中で立ち止まり、両手に食器をかかえたまま耳を傾けて、つかのま動かずにいた。少年はすっかり熱中して旅人の口元に目が釘付けになる。なおもこの狡猾な男は親切を装って、夢中になって聞く少年に魅力あふれる話を続ける。

ああ、呪われた男よ！　もしこの子がそうならば、もし探し求めてきた者を、おまえの憎しみの対象、血なまぐさい目的を遂げるべき相手を見つけたのならば、なんと深い地獄へとおまえは投げ入れることになることか、おまえの惨めな魂を！　見よ！　おまえの目を見て、その子が目を輝かせているさまを！　見よ！　おまえの話に惹きつけられ、その子が口を開け、息を飲んでいるさまを！　面白い話を一言も聞き漏らすまいと少年はさらに近寄ってくる。そして打ち解けた雰囲気の中で、魔術師はその子の腕に自分の手を置いた。すると水晶の火が飛び去った。

突然の喜びにアブダルダールの頬から血の気が引いたとき、家の主人の声が聞こえた、「祈りの時だ、子らよ、さあ身を浄めて主なる神を称えよう！」少年が水を持ってきた、定めに従って彼らは身を浄め、顔を地につけて祈った。

ひとりアブダルダールのみそうはしなかった。タラバの上に彼は立ち、殺戮の短剣を振りあげる。その腕をまさに振りおろそうとするとき、砂漠の突風が起きた。祈りのために伏していたので、敬虔な一家は熱風《シムーン》が吹き抜けたのに気づかなかった。彼らは立ちあがった。なんと！　魔術師が倒れて死んでいた、しなびた手に短剣を持ったまま。

第三巻

タラバ：見て、オネイザ！　死人は指輪をはめている、……一緒に埋めた方がいいだろうか？

オネイザ：ええ、そうよ……そうよ！　邪悪な男よ！　持っている物も邪悪に違いないわ！

タラバ：でもご覧、……宝石が光っている！　太陽の輝きをとらえて、[5]光線にして反射しているよ！

オネイザ：どうしてそれを手に取るの、タラバ？　そしてそんなに近くで見たりして？　……魔力を持っているかもしれないわ、目を見えなくしたり、毒だったり……お墓の中に捨てて！……私だったらさわったりしない！

タラバ：宝石の縁に見たことのない文字が、……

オネイザ：埋めて……お願いだから、埋めてよ！

タラバ：書き方がコーランとは違う、きっと違う言語なんだろう……あの呪われた男は自分のことを旅人だと言っていたな。

モアス：［天幕から出てきて］タラバよ、何を持っているのだ？

タラバ：死んだ男がつけていた指輪です。多分、父さんなら意味を読み取ることができるでしょう。

モアス：いやできぬ……文字がわれわれのものと違う。そいつの上に砂をかぶせろ！　邪悪な者は神聖なものを身につけないものだ。

タラバ：だめ！　埋めないで！　だれか旅人がうちの天幕を訪ねてきたら、その人が読めるかも知れないし、異邦人か博識な人のいる、よその町に行ったら、読み解いてくれるかも知れない。

モアス：砂漠の砂の中に埋めておいた方がよいだろう。この卑劣な男は許されざる罪を犯そうと衝動にかられた、まさにそのときに神に打たれたのだ。おそらくどこかの魔術師だろう、ここに書かれているのは魔神たちの使う言葉だ。

オネイザ：埋めて！　埋めてよ！……お願いだから、タラバ！

モアス：このように呪われた連中がこの地上にはいるのだ。悪魔どもと同盟し条約を結んで、神と善なるもののすべての敵となることを誓約し、高価な取引をして統治と富、生涯にわたる支配権を得た、地獄の主人にして奴隷である者たちだ。海の底のさらに下にドムダニエルの洞窟がある。連中が瀆神の集いをもつ場所だ。そこで彼らが学ぶのは、天国入りの希望を持つ人間は口にし得ない言葉。そこで連中は悪疫を育み、地震を解き放つ。

タラバ：ぼくを殺そうとした男もその仲間なの？

モアス：わからぬ。だがどうやら運命の銘板にはおまえの名が、連中を滅ぼす者として記されているようだ。そのためにおまえの命はそのみじめな男にねらわれ、そして救いの手を差し伸べる天によって助けられたのだ。

タラバ：それなら彼の指輪は何か未知の力を持っているの？

モアス：賢者たちの言うには、どの宝石にも効力があり、容易には達成できぬ業を見せるそうじゃ。ある宝石は、毒を感じると蒼白くなったり、暗い影がさしたりして、持ち主に警告するそうな。ある宝石は、魔術から身を守ってくれたり、敵のやいばの切っ先を鈍らせたりする。ある宝石は、岩や山を開き、埋もれた財宝をむき出しにする。ほかの宝石は視力を強くし、その宝石の助けがなければ、空気のように見すごしてしまう純粋な性質を備えたものの存在をすべて知覚させてくれるという……あの宝石にもそのような神秘的な性質が宿っているように思う。

タラバ：父さん、ぼくはそれを身につけるよ。

モアス：タラバ！

タラバ：神の名において、そして預言者の名において！　もしその力が良いものなら、正しい人々のために役立たせよう。もし邪悪なものでも、神とぼくの信仰により、浄化されるだろう。

そう言ってタラバは文字の書かれた金の指輪をはめた。そして彼らは墓穴にアブダルダールの遺骸をおろし、砂漠の砂をかけて埋めた。

円い地平線の下から日が昇った。タラバが沐浴をしに行くと、なんと！　墓が口を開け、死体があらわになっていた！　夜風が吹いて覆っていた砂を払いのけたのではなかった。乾かぬ露にしとどに濡れて砂漠の砂は黒々と固まっていた。そして夜気はまったく穏やかで動きなく、木立から熟れたナツメヤシ一つ落ちることはなかったのだ。

話を聞いて驚き、天幕からモアスと娘が出てきた。物思わしげにモアスはうつむいて、黙って死体を眺めていたが、しばらくしてタラバの方を向いて言った、「聖者たちの住まいのそばには、とても神聖に保たれていて、死体が埋められると、地面が穢れを嫌って発作的にはき出してしまう、そういう場所があると聞いたことがある。預言者か使徒がこの地を踏んだことがあって、それにより浄められたのだろうか？　イスマーイール、フード、サーリフ、あるいは誰にもまして聖なるお方、ムハンマドご自身が？　それともこの男が魔法と瀆神で穢れきっているので、天ばかりでなく大地からも拒まれたのか？　この逗留地を去るに越したことはない、天幕をたたもう。この場所は穢れている……見ろ、むこうの空をハゲタカが舞っている。あの鳴き声は私たちが邪魔で馳走にありつけぬと責めているのだ。この呪われた男にふさわしい葬られ方をさせてやろう」

そして死の穢れに対し彼らは水で身を浄めた。タラバは索の留め具を引っ張り、モアスは天幕をたたんだ。オネイザが椰子の木立から、荷を積む用意のできたラクダたちを引いてきた。

昇っていく太陽に向かって朝露が蒸発し終わった頃、彼らは砂漠の中の椰子の島を出発した。太陽が南中したときにうしろを振り返ると、まるで遠くの船団の中檣帆《ちゅうしょうはん》のように、椰子の木々がかなたに屹立するのがはっきりと見えたが、それ以外は砂漠の海の境は空と溶け合っていた。夕暮れが訪れると、振り返ってみても、もう木立は見えなかった。彼らは天幕の柱を立て、横になって休んだ。

真夜中にタラバははっと目を覚ました。指のリングが動いたように感じたのだ。彼は声をあげてアッラーの御名《みな》を呼び、預言者の名を呼んだ。モアスが驚いて起きあがり、「どうしたのだ、タラバ？」と叫んだ、「夜盗が近くにひそんでいるのか？」「見えないのですか？」若者は叫んだ、「天幕の中に霊がいるのが？」モアスはあたりを見回して言った、「月の光が天幕の中も照らしている、おまえが光の中に立っているのが見える、そしておまえの影が地面に黒々とついている」

タラバは答えなかった。「霊よ！」彼は叫んだ、「なぜここに来た？　預言者の名において、言え、アッラーの御名において、従え！」

彼が口を閉ざすと天幕は静寂に包まれた。「聞こえませんか？」タラバは言った。耳を澄ましていたモアスは答えた、「私に聞こえるのは、天幕のとばりをはためかす風の音」

「指輪だ！　指輪だ！」若者は叫んだ。「指輪のせいで悪霊が来たんだ、指輪によってぼくには見え、指輪によってぼくには聞こえる。神の御名において、おまえに聞く、わが父を殺したのは誰だ？」

魔神：強力な指輪の主よ！　殺《や》ったのは知に富む魔術師オクバ。

タラバ：人殺しはどこに住むか？

魔神：海の底のさらに下、ドムダニエルの洞窟に。

タラバ：なぜわが父と兄弟は殺された？

魔神：われわれはホデイラの一族より、運命に定められた撲滅者が出るのを知っていたゆえ。

タラバ：父の剣を持ってこい。

魔神：運命の剣は炎に包まれている。いかなる霊の、いかなる魔術師の手も、剣を守る炎をくぐり抜けることはできぬ。

タラバ‥父の弓矢を持ってこい。

モアスははっきりとタラバの声を聞き、垂れ幕を隔てたところにいたオネイザも恐怖に耳をそばだてて、どんな音も聞き漏らすまいとしていたが、不安のあまり祈りに助けを求めることができなかった。彼らはタラバの声を聞いた。だが霊がしゃべるとき、空気がその繊細な声音を感じて動くことはなく、人間の感覚ではとらえ得なかった。

突然、矢のカタカタと鳴る音が聞こえたかと思うと、矢筒が若者の足元に置かれ、彼はホデイラの弓を手にしていた。彼は弓を見、弦《つる》をはじいた。彼の心はその喜びにあふれた音色にはずんだ。ほどなく彼は声をあげて叫んだ、「立ち去れ、悪霊よ、そして二度とわれらの天幕に取り憑くな！指輪の効力により、ムハンマドのさらに聖なるお力により、いとも聖なる神の御名により、おまえと地獄のすべての霊どもに私は命じ、言い渡す、二度とわれらを悩ますな！」

そのとき以来反逆の悪霊が天幕に侵入することはなかった。指輪の魔法が効力をもっていたのだ。

平穏のうちにタラバの青春の年月は過ぎていった。彼はいまではホデイラの手ごわい弓を苦もなく引くことができた。黒い瞳は輝き、健康的に日焼けした彼の頬は褐色に光った。唇の色も成熟して落ち着き、形のよい四肢は強く、背は高く、彼はりっぱな青年に成長していた。

荒野で泣いているみなしごを見たとき、はじめ、老いたモアスのやさしい心はあわれみでいっぱいになった。だが少年がいつわりのないまなざしで語る身の上話を、驚くべき内容の話を聞くと、突然怒りにかられ、そうかと思うとやるせない涙にくれ、そして預言のきらめきに喜びを感じて、あわれみは崇敬に変わり、天からの神聖な預かりものとして、老人は彼を大事に育てた。いまや老人は父親の愛情をもって、選りすぐりの子として少年を愛し、少年にとって父親同然の存在になった。オネイザは彼を兄と呼び、若者に成長した彼は、乙女に兄として以上の好意を寄せた。アラビア中にこれほど美しい娘はいなかった。なんと幸福な年月をタラバは過ごしたことだろうか！

人里離れた天幕で育つようタラバの運命が定められたのは、天の英知と意志によるものだった。そこでこそ彼は魂の活力を強化することができた。そこで彼は世間に染まらず、心を純粋で穢れなく保つことができた。やがて定めの時がきて、一点のしみもないままに、主の僕にふさわしい者として見出されるまで。

タラバの若き日々よ、それは慈しむべき孤立のうちになんと早く過ぎていったことか。朝は美しく、すがすがしい風がひんやりと彼の頬をなでなかったか？ご覧、大きな葉をもつエジプトイチジクの木陰で、なかばまぶたを閉じて彼は寝そべり、来たるべき日々を夢見ている。かたわらには飼い犬が、黙って付き従い、彼の物憂げな手をなめたかと思うと、目をあげて期待に満ちたまなざしで、いつものように撫でてもらうことを求める。

「雨の父」が、西の果ての洞窟から闇と嵐に身を包んでやって来はしなかったか？　風がうなるとき、旅人が砂上に残した足跡に水がいっぱいにたまるとき、降り注ぐ驟雨が川のように屋根を流れ落ちるとき、出入口のとばりが重くなって垂れ下がるとき、ぴんと張ってあった天幕がだらりとたるむとき、屋内は快適だった。熾火《おきび》は楽しげに燃え、家族団欒《だんらん》の声がし、仕事の労苦を和《やわ》らげる歌声が響く。その同じ天幕の下、乾いた砂の上で、おとなしいラクダたちが食べたものを反芻する。モアスが強い椰子の繊維を忍耐強くより合わせるにつれ、この老人の手元からながながとひもが垂れ下がる。炉端では娘がコーヒー豆を振って砕き、天幕は暖かい香りで満たされる。そして器用な手つきでタラバが緑の籠《かご》を編む最中、おそらくその足元では、オネイザお気に入りの子ヤギが細枝を噛んでいるだろう。彼女のおかげでこんな略奪が許されているのだ！

あるいは冬の奔流が、山から削り取った土で濁り、雨でできた深い水路を、泡立ちながら流れ下るとき、濡れた砂をはだしで踏んで歩き回るタラバがいた。激しい流れとそのとどろきが、自然に身を委ねた彼の五感を満たし、彼は漠とした、めくるめく、混沌の喜びを感じた。……その喜びの名残りは、春の小川が、黄色い砂の上を輝き流れるときにも感じられたのではなかろうか？　高い堤にもたれかかり、物憂げなまなざしで、彼はさざ波を眺め、静かな流れにそっと耳を傾けた。一方、頭上では背の高いサトウキビが、あたりをかき乱す風の息吹きによってたわみ、上を向いた細長い葉が吹き流しのようにそよいでいた。

モアスは金持ちでも貧乏でもなかった。神から充分に与えられ、穏やかな満足を得ていた。貯えた黄金に眠りを乱されることはなかった。いつも自分の住まいのまわりに、彼の声を聞き分けるラクダたちを見、オネイザの呼びかけに集まってくる、飼い慣らされた鳥たち、そして朝な夕なに、ふくれた乳房を彼女の手に委ねにやってくるヤギたちを見ることができた。最愛のわが子！　彼らが住む天幕は彼女が作ったものだった。彼女は自分の腰帯にさまざまな色を織り込んだ。そしてモアスは自分のローブが、オネイザの機《はた》からできてくるのを見てきた。何度彼は、思い出と一緒になった喜びをもって、まぶたにオネイザの母を浮かべつつ、娘がきびきびと指を動かして織物を織るところを目にしたことか！　あるいはひざまずいて粉ひき機を回すのに精を出し、薄く延ばしたパン生地を広げた手のひらの上ではずませ、それを、ぬらしたむき出しの腕で、安全に手際よく焼けたかまどの壁面に貼り付けるところを。

涼しい夕暮れ時だった。タマリンドの木は夜露から守るため、若くてまだ青い実をさやに収める。天幕の前に敷物を敷き、老人はおごそかな声でコーランを吟唱する。ランプに照らされたドームの下、大理石の壁に、飾り文字の聖句が書かれ、青や金の装飾が施されていたとてそれがなんであろう？　集会の日に会衆が勤めを果たす場所で、導師《イマーム》の声で聞く御言葉の方が深い影響を与えるだろうか？　彼らの父が彼らの祭司であり、天の星々が祈りの対象であり、青い空が栄えある寺院で、そこで彼らは生ける神を感ずるのだ。

夕焼けで空が赤く染まる中、ぼんやりと白い月が浮かんでいた。弦をゆるめた弓、矢筒、長槍は天幕の柱にもたせかけてある。黒い瞳の娘は座って、軽い椰子の葉を編んで、兄の帽子を作っていた。老人は静かに、湾曲したパイプから、気をしずめるハーブの煙を吸う。ふたりはタラバの葦笛に聞き入っていた。彼が巧みな指使いで低く、甘く、なだめるような、悲しげな音色を奏でるのを。あるいは彼が詩の真珠を数珠つなぎにし、苦悶の表情で雄弁に腕を動かし、心の琴線に触れるすすり泣きを交えながら、愛と悲しみの物語を歌うとき、明るい月がタラバの顔を照らす一方で、オネイザのいるところが暗がりになると、彼女の表情はダチョウの母鳥のようだった。言い伝えによれば、ダチョウは卵をじっと見つめ、その強い愛情で命の火を灯すという。そんな様子でオネイザは、深い愛情をもって息もつかずに、一心に気持ちをタラバへと向け、熱いまなざしで見つめて身じろぎ一つしなかった。ただ目に涙がいっぱいたまって彼の姿がぼやけると、彼女はあふれる涙をさっとぬぐうのだった。

オネイザは彼を兄さんと呼んだ。それでは、なめらかな足首と褐色の腕にはめた銀のリングを、日々みがいて輝かせていたのは妹としての愛だったのか？　彼女がランプの芯を切るとき、静脈と繊細な肌を通して、明かりがバラ色に輝いたが、ちょうどそんな色に長い指を染めていたのは、兄の目を意識してのことだったのか？　アイシャドーで瞳の輝きをいっそうやさしくしていたのは？誇らしげに、つややかな髪の房を飾り、聖なる日には、黒々と波打つ髪に赤い花冠をつけたのは？なんと幸福にタラバの日々は過ぎていったことか！

しかしタラバは心中で安逸をもどかしく感じていた。落ち着かぬ様子で、いつも天から授けられた使命のことを、お告げを受けた重大で神秘的な務めのことを考えていた。日々若い情熱をたぎらせて、神からの呼び出しを待ち、しばしば幻覚の中で殺人者の頭上に復讐の腕を振りあげ、しばしば夢の中であの炎に包まれた剣を見た。

ある朝、いつものように若者と娘は、たわむれにホデイラの弓を引いていた。オネイザは力強い手で、的をたがえず意のままに矢を放てるようになっていた。タラバが上体をそらせてねらいを定めずに、空高く矢を射ると、目が痛くなるまでその軌道を追っても無駄で、矢は空のかなたへと消えた。「いつになったら来るのだろう」と若者は叫んだ、「この宿命の矢をねらい定め、ぐずぐずと遅れている復讐を果たすときは？　父さん、ぼくにはそれを成し遂げる力がないのだろうか？　それとも神意は人間のように変わりやすいのだろうか？　ぼくはもうその任務に呼ばれないのだろうか？」

「せっかちな奴だ！」そうモアスは言って、微笑んだ。「せっかちなタラバ！」大きな声でオネイザは言って、彼女も微笑んだ。だがその微笑みには、やさしくとがめるような愁《うれ》いがあった。

とそのとき、モアスは雲のようなイナゴの大群を指さした。それはシリアの荒廃した畑から飛んできていた。「見ろ！　被造物がいかに決められた運命に従うかを！」

無数に集まり、黒く切れ目のない雲をなしてイナゴはやってきた。突進するその羽の音は、大きな河が、滝となってまっさかさまに山頂から流れ下るときのよう。あるいは秋の嵐で荒れた海が大波を打ち寄せ、それが岸の岩に打ち砕かれるときのようだった。

風にかりたてられ、イナゴはやってきた。彼らの仕事は終わった。通りすぎた道筋の土地を荒廃させて、荒野が彼らの墓として用意されていた。「あの強力な軍勢を見ろ！」モアスは叫んだ。「盲目的な原理に強いられて盲目的に移動するのだ。そしてむこうの鳥の一団は、わしらの歓迎すべき客じゃ。見ろ！　鳥たちはイナゴの軍勢の上に舞いあがり、あとを追って、うしろからつけ回し、ごちそうにありついたことを喜び、横に広がった大群の側面を細らせている。祭司のミイラに水を供え、わけのわからぬ儀式で群衆を熱狂させるあのシリアのモスク。そのモスクの水のにおいがこの鳥たちを、はるかホラーサーンからここに引き寄せたとおまえは思うのか？　アッラーは、イナゴの群れが人間に災いをもたらし天罰を下すよう定め、そしてイナゴに対しても最期を遂げるよう定められたのだ。イナゴも鳥もアッラーの全能の意志にあやつられる道具に過ぎぬ。アッラーのみが万物を動かし、唯一の源なのだ」

モアスがこう話すあいだ、オネイザは鳥の一羽が飛んでくるのを見あげていた。それは狩りを終え餌にありついて満足しているようだった。その鳥は彼女の方に飛んでくると、頭上を通りすぎるときに、つかんでいた一匹のイナゴを離した……それは彼女のローブの上に落ち、しばらくそこで弱った状態でいたが、次第に力を取り戻した。

乙女は感嘆しつつ、しげしげとその広げられた緑の羽を見た。紗《しゃ》のような後翅《こうし》は、一枚は草の緑の色をした体に巻きつき、一枚は落下するときにめくれて、なかばあらわになっていた。彼女はイナゴの真っ黒な目を見、つややかなのど元の斑点が日を浴びて、明るく緑色に輝くのを見た。和毛《にこげ》の生えたしなやかな触角は、顔を近づけて観察すると彼女の息に震えてたわんだ。イナゴの黄色く円い額に不思議な縞模様《しまもよう》があるのを彼女は見た。「ここに何が書いてあるかわかる？　お父さん」と娘は言った。「見ろ、タラバ！　この模様はおそらくあの指輪の文字と同じもの、自然みずからの言葉がここに記されておる」

タラバはかがんで、はっと飛びあがった。心ははずみ、頬は紅潮した。その不思議な文字は読めるのだ。**真昼に太陽が暗くなるときに、ホデイラの息子よ、出発せよ。**モアスはそれを見て、声に出して読んだ。イナゴは翼を震わせて飛び去り、三人とも沈黙した。

そのとき、タラバ以外の誰が喜んだだろうか？　そのとき、アラブの乙女以外、誰が心を痛めたか？　そしてモアスは気持ちが沈んだが、悲しみをおさえつつ眺めていた。若者がやじりを研《と》ぎ、矢柄に新しい羽根をつけ、はやる気持ちを紛らわそうと、一本一本とがった切っ先に触れて感触を確かめているのを。

「どうしてそんなに待ち遠しげに真昼になるといつも空を見あげるの？」オネイザは言った。「タラバは私たちの天幕に飽きてしまったの？」「ぼくは行くんだ」若者は答えた、「務めを果たすために。そして栄光に包まれて天幕に帰ったら、もう二度と出ては行かない」

だがオネイザもまた真昼の太陽を、不安げに何度も恐怖の思いで見あげていたのだった。そしていまタラバが答えるあいだにも、彼女の頬は生き生きした色つやを失っていった。というのも太陽の輝く縁に小さな斑点が見えた、あるいは見えたと思ったから。天文学を愛してやまぬ賢明なる観測家のタラバはその日、雲が通りすぎるたびに気をもんでいたが、それに気づかなかった、あまりに小さな点だったので。

ああ！　オネイザはその点が大きくなるのを見た。そしてなんと、気のはやる若者はもう矢を詰めた矢筒を肩に下げ、弦をゆるめた弓を握っている。点はどんどん広がって、いまや太陽の半分を陰らせている。その三日月のような角は刻々と細くなっていった。日は暗くなり、鳥たちは巣に帰っていく。薄暗い棲息地から夜に叫ぶ頭の大きな鳥が飛び立つ。はるか遠くでは、おびえたアフリカ人が、神がお隠れになったと思い込み、ひざまずいて祈りを捧げ、その恐ろしい昼の闇の中で、たけだけしいハイエナの目が光るのを見て震えおののくのだった。

そしてタラバは叫んだ、「さようなら父さん！　ぼくのオネイザ！」老人は悲しみでのどをつまらせた。「わが子よ、おまえはどこに行こうというのだ？」彼は叫んだ、「定められた道を示すお告げを待たないのか？」「神がぼくを導いてくれます！」高潔な若者は言った。彼はそう言って、深い闇の中、天幕から出発した。残されたふたりは、彼の去って行く足音と、遠ざかるにつれカタカタと鳴る矢筒の音を聞いた。

第四巻

誰の姿か？　使命を帯びた若者の目に、暗闇の中からかすかに見えてきたのは。昼の火影《ほかげ》のようにおぼろげで、川べりのツチボタルが恋の相手をおびき寄せるために発光し、夕べの小川にかすかに反射しているかのよう。

一瞬ののち、明るさを増すその姿は、母の顔かたちを帯びた。「バビロンへお行きなさい」母は言った、「そしておまえの使命を果たすにはどんな護符が必要か、天使たちから聞くのです」

そう言うと、霊は彼の方によりかかった、あたかも本当の唇で、母が子に口づけするように……彼は腕を広げ、身をかがめ、口を開いて、声を震わせながら祝福の口づけを求めた……だが風が頰をなでただけだった。見回すと、あたりは闇に閉ざされていた。「もう一度、もう一度だけ」彼は叫んだ、「姿を見せてください！」闇の中から母の声が聞こえた、「あなたが死ぬとき、私の姿を見るでしょう」

夜明けを迎えて、曙光が広がると、太陽が姿を現し、喜びあふれる大空を神のように昇っていく。老モアスと娘は天幕から、冒険心に満ちた若者が暗がりの中、砂地の上を去っていくのを見たのだった。次第に見えなくなっていく姿が、涙でふるえた。高邁な企ての展望が、タラバの旅の孤独を紛らわせた。ときどきモアスの天幕にわれ知らず気持ちが戻ってしまうことがあったが、そんなときは、つらい思いに耐えきれず、帰郷するときの喜びの情景を心に描いた。そんな夢想をしながら彼は進んだ。そして夢の中にはいつもオネイザが姿を現し、希望と思い出が交じり合って喜びとなった。

夕暮れに、とある井戸に到着した。アカシアの木がそばにあって、長く、ふんわりと垂れたその枝の下を一夜の宿に彼は選んだ。そこで、しかるべき沐浴をし、祈りを捧げると、若者はマントを広げ、静かにひとりぼっちの食事を用意した。静寂と孤独がなつかしい思い出を呼び起こし、腕を組み、過ぎ去った日々を思って、彼は座っていた。やがて思いが脳裏を去ると、アカシアの影が日の照る砂の上を動くのを漫然と眺め、鋭敏になった耳は灰色のトカゲの鳴き声を聞いた。それが命あるものの唯一の音だった。

こんなふうにぼんやりと静かに座っていると、ラクダに乗ったひとりの旅人が井戸にやってきて、礼儀正しく声をかけた。互いに挨拶を済ませると、その男も井戸のかたわらに衣服を広げ、ふたりは親しげに言葉を交わしながら楽しく食事を共にした。

見知らぬ男は老人だったが、年のわりに、生気にあふれ節度ある若者の風情をたたえていた。手足は壮年の力強さを保ち、携えた杖は不要に思えた。あごひげが長く、白く、縮れていて、まなざしはいきいきとして鋭く、目にかぶさるように大きく幅広の眉がうねっていた。多弁で、人を惹きつけるその言葉には知識の裏づけがあったので、若者は興味をもって渇きを癒やす喜びを感じつつ、座ったまま耳を傾けた。

話の途中で、若き冒険者は相手がどこに向かうのか尋ねた。「バグダッドに行く」と老人は答えた。その嬉しい言葉の響きにタラバは喜びで目を輝かせた。「ぼくもです」と彼は答えた、「そこに向かっているところです、旅のお供をさせてください！」老人は上品に微笑んで、こころよく同意した。

老人‥お若いの、そのほうはまだ旅をする歳には見えぬが。

タラバ‥いままで砂漠の果てのむこうに行ったことがありません。

老人：われわれが行くのは高貴な都じゃ。壮麗な宮殿、そびえ立つオベリスク、高い丸天井のモスク、にぎわうバザールをそなたは目にすることになる。そこには世界中から働き者の商人たちがやってきて世界中から集めた富を売買するのだ。

タラバ：バグダッドは古代バビロンの遺跡とニムロドの不敬な神殿の近くではありませんか？

老人：都の城壁からわずか一日の距離だ。

タラバ：そしてその廃墟は？

老人：巨大な残骸が残っている。それだけでわれわれの先祖がいかに偉大で、われわれがいかに卑小かを充分物語るものだ。いまの人類はかつてとは異なる。罪と愚行を重ねたために、昔の英雄的な種族からわれわれのようなちっぽけな存在になりさがってしまった。

タラバ：バビロンに、自ら犯した罪をつぐなっている天使がいると聞きました、名をハールートとマールートという。

老人：それは昔から伝わる話だが、子守りが子供たちを喜ばせるためにでっちあげたもの。皆、子供の頃におしゃべりで無学な子守りから話を聞いて信じてしまう……だが万物は時と変化の力を感ずるのだ！　アザミや牧草が荒れ果てた宮殿を浸食し、いつわりの雑草が、年を経た真実の建物に根を張る。おまえさんはどんなふうにその話を聞いたのか？

タラバ：こんなふうです……かつて天使たちが、人間の邪悪さを見て怒りと驚きをあらわにした。しるしやお告げを与えても、預言者を送っても無駄、……なんとも奇妙な頑迷さ！　度しがたい罪ゆえ慈悲の門を永久に閉ざすべきだ、と天使たちは言った。その、許しを与えぬ傲慢な言葉をアッラーは聞き、誘惑というものを知らぬこれら天使のうちふたりが地上に下り、審判をするようにと命じた。選ばれた審判者としてハールートとマールートが行った。ふたりは法廷にもたらされた人々の訴えを公平に聞き、正しく決定を下した。最後にひとりの女が彼らの前にやってきた……あの宵の明星のごとく美しいゾハラだった。この星の美しい輝きの、やわらかい光の中でいまでも彼女はきらめいている。彼らは色情のまなざしで女を見つめ、罪へと誘った。狡猾な女は耳を傾けて、前もっての対価として、神の御名を知ることを求めた。奇蹟をもたらす御名を知り、女がそれを口にすると、霊験あらたかに栄えある玉座の前に昇り出た。そして女は恐ろしい裁きの座の前で委細を語った。

老人：残りの話は知っておる。呪われた天使たちは召還され、弁解することができず、深く悔いて、罪を認め、ふさわしい罰が下されるのを聞いた。彼らは、主に懇願してその怒りが永遠に自分たちの上に留まらぬよう求め、刑罰の年月が過ぎたら、最後は罪を浄めて元に戻れるよう乞うた。以来、バビロンのほとり、刑罰の洞窟に彼らは住んでいる。そういう結末ではなかったか？

タラバ：そのように教わりました。

老人：ありふれた話よ！　おそらくそなたは聞いたことがあろう、むこう見ずな悪者が、冒瀆的な儀式によって彼らの悔い改めの場に侵入し、いやがる彼らに無理強いして秘密の魔法を聞き出したことを。

タラバ：その話は本当ではないのですか？

老人：そなたは経験があろう、砂漠を行く旅人が暑い昼日なかの目もくらむまばゆさの中、いにしえの巨人族のように大きく見え、彼の乗るラクダが、巨大な象よりもさらに大きく思えたことが。

タラバ：よくあります。

老人：たそがれどきに、普段見慣れているものが不思議な姿、奇妙な形に変貌したように感じたことはないか？

タラバ：ええ、何度も。

老人：そんなふうに恐怖という霧を通して遠くに見るものは目をあざむき、形がゆがんで、ぎょっとさせるのだ。

タラバ：でもあの天使たちの運命については永遠の書コーランに書いてあります。[160]

老人：賢明にも、寓意的な伝説によって、天は叡智を教え賜うのじゃ。

タラバ：では本当はどうなのですか？　バビロンの廃墟のそばには彼らが罰を受けている地下牢などないのですか？

老人：バビロンの近くにハールートとマールートは見つけられよう。

タラバ：そしてそこで[165]魔術師たちは不敬な魔法を習得するのですか？

老人：そなたの言うことは正しくもあり、間違ってもいる。夜が迫ってきた。長旅のせいでこの老いぼれは、まぶたが重うなった。……これからの道すがら語り合う時間はたっぷりあろう。いまは休もうではないか。さあお休み！

そう言って、老人はゆったりとしたマントに身をくるみ、手足をながながと横たえた。タラバは黙って横になった。寝そべって、美しい月を見やると、その大きな円に、枝がいりくんだ雷文《らいもん》を描いていた。月光を浴びて、すきとおった淡い緑色に輝き、絶えず揺れているのは、あのアカシアの薄い葉で、それが頭上でたわむれていた。風のささやきと葉のそよぎが二つながら子守歌となって、彼は眠りに落ちた。

かたわらにいた闇の魔術師は眠らなかった。名はロバーバ、ドムダニエルの洞窟からこの恐るべき若者を求めてやってきたのだ。黙って横になり、眠ったふりをしていると、やがて長く規則正しい寝息が聞こえ、となりの若者が寝入ったことがわかった。用心深く起きあがり、若者の上に身をかがめて、まじまじと眺めると、ひそかに亡きアブダルダールの指輪を呪った。その効力によって若者は危険から守られて眠っているのだ。

マントにくるまってタラバは寝ていた、弛緩した右手を枕代わりにして。月の光は指輪を照らし、その水晶は穏やかな不動の光を反射した。邪悪な魔術師は手を伸ばし、水晶に触れようとしたが無駄だった、地獄が産み出したような強い魔力が、それを守っていたのだ。彼は僕の精霊《ジン》たちを呼び出し、眠っている若者から水晶を奪うように命じた。だが指輪の効力によって、より神聖なムハンマドの力によって、いとも聖なる神の御名によって、タラバは邪悪な種族を無力化していた。

はねつけられて疲労し、ついには打ち負かされて、怒りと恐れ、憎しみにさいなまれ、呪われた魔術師は無駄な試みをやめ、誘惑する方が効果的とあきらめて、いやおうなくその機会を待つことにした。横になったまま落ち着きなく、さまざまなたくらみを思い巡らし、もどかしい思いに苦しみつつ、そばですやすやと眠っている無垢な若者を、憎悪の苦みをかみしめながら嫉妬した。

朝日がまぶたを照らし、タラバは目覚めた。マントを体に巻きつけ、腰に帯を締めて身支度を整える。そしてしかるべき礼拝を行った。同行者も起きあがり、うわべだけ清廉を装い、祈りのポーズをとって神を冒瀆した。ふたりは革袋に水を満たし、ラクダに充分な水を飲ませた。そしてまだ朝の早いうちに出発した。朝露で空気がすがすがしい中を、ふたりの旅人は進んでゆき、さまざまな話で長旅の退屈を紛らわした。だがすぐに若者は昨夜、途中で途切れた話題を取りあげた、ロバーバの謎めいた言葉が気になっていたのだ。

タラバ：呪われた男たちが、バビロンで禁断の知識をふたりの天使から得ることを、あなたは正しくもあり、間違ってもいると言った。それはどういう意味ですか？

ロバーバ：あらゆるものには相反する力があって、良い方にも悪い方にも働くのだ。同じ火でも夕べの心地よい暖炉で善良な人を暖めることもあれば、夜中にその家を焼いてしまうこともある。だからと言ってわれわれは、この必要な自然の要素をなしで済ませることができようか？　焼けつく夏の太陽が熱を放つからと、そなたは日輪の火を消そうと思うか？　人は狩りのために矢に鉄の矢じりをつけておきながら、それで人殺しをいくさに駆り立てる。だからと言って畑を耕すのにも使う鉄というものを、天は怒りに駆られて作ったと思うか？

タラバ：ではどういうことになるのでしょう？

ロバーバ：何ものもそれ自体では善でも悪でもない、ただ使い方によってそうなるのだ。刻苦勉励してあらゆる薬草の知識を得たならば、その人をそなたは殊勝と思うだろう。さてその効力は病や傷を癒やすのか、それとも毒になるのか？

タラバ：誰もが有能な医者を尊敬します。その特権ゆえ医者は国から国へ安全に移動できます。いくさの剣も医者に向けられることはなく、諸王は高価な贈り物で歓迎します。そして苦痛の臥所からものうげなまなざしをあげて、医者に助けを求めた者は、目を輝かせて彼を見るようになり、最初の感謝の祈りで医者を祝福します。

ロバーバ：だが邪悪な目的でこの知識を応用し、薬草から毒を抽出して、薬だと信じられた液体に混ぜる者もおる。

タラバ：そんなやからはアッラーが火に投じ、呪われたその者たちが燃料となりましょう！　そこで彼らは永遠に焼かれる苦痛にさいなまれるでしょう、常に火に焼き尽くされながら、身は常に再生するのです。

ロバーバ：しかしだからと言って、彼らの知識自体が不法と言えるかな？

タラバ：そんなことは考えるも愚かです。

ロバーバ：ああ、人間はなんと栄えある生き物になりうることか、もし自らの能力さえ心得ていたら！　そしてそれを知ることで成長と繁栄の余地を獲得するならば！　馬は手綱を取る人の意志に従い、忍耐強いラクダは人を乗せて砂漠を越えていく。鳩は人の指令を運んで、空を飛ぶ。この程度の勝利で、人間は満足しているのだ！　こんな僕たちを従えることで。大自然を恐れさせ、無数の霊を仕えさせることもできるというのに！

タラバ：でもその方法たるや、地獄との盟約、魂を完全な死に結びつける契約によってではないですか！

ロバーバ：ソロモンは神に呪われたではないか？　それでも彼の指輪の魔力に従ってソロモンの玉座の上では、天国の鳥たちが日よけとなって羽ばたき、そよとも動かぬ真昼の空気を彼の方にあおいだ。あちらこちらへと彼は意のままに、目に見えぬ大気の手綱を取って、風に乗って移動したのだ。精霊《ジン》たちは彼に寺院を建てたが、彼が無表情に監督するあいだ、絶えず恐れおののいて、昼も夜も働いた。それほど彼の力は恐れられていたのじゃ。

タラバ：でも彼の英知は天から授かったもの。神の特別な賜物……若い頃の美徳の報いです。

ロバーバ：よいか、お若いの！　神は英知を絶えざる努力の報いとして定められたのだ。それは命の泉で、そのくめどもつきぬ恵みは、誰もが飲むことができるが、充分深く掘り起こす者はほとんどおらぬ。そなたは黙っておるな。私は言いすぎたかも知れぬ、……そなたを怒らせたかも知れぬ。

タラバ：いえ、私は青二才なので、分際をわきまえて年長者の知恵ある言葉に耳を傾けているのです。

ロバーバ：果たして罪だろうか？　徒歩で旅をすることのできる健脚の持ち主が馬に乗ることは。罪に当たるのか？　サギが空高く舞いあがり、矢の届かぬところまで飛ぶがゆえに、鷹を訓練してくちばしで刺し貫かせることは。アッラーが人間に与えた力は、使うために与え賜うたのだ。どんな知識でも人間の弱さにふさわしくないものは、その手の届かぬところに留め置かれておる……バビロンに赴《おもむ》いて天使たちから神秘の英知を学んでもそれで罪を犯すことにはならぬ。

タラバ：あなたはその秘密をご存じなのですか？

ロバーバ：私か？　ああ、お若いの、年寄りの私にわかっているのは自分がいかに知識に乏しいかということだけだ！　歳を取ってから勉学に身を捧げてみて、若い頃先も見ずに怠惰な生活を送ったことを思い知り、悔やんだ。過ぎた時はもう取り戻せんのじゃ！　私も多少のことは知っておる、たとえば薬草の性質とか。幾度となく、秘伝の技を用いて、病人の苦痛を和らげ、安心させてやったことがある。もちろん神のご加護があってのこと。それがなければすべて失敗に終わったはず！　宝石についてもいくらか知識がある。そしてその宝石がどんな星相のもとに取り付けられたかを告げる文字についてもな。

タラバ：もしかすると、あなたはこの指輪のまわりに刻まれた文字を読み解くことができるのでは？

ロバーバ：目がおとろえていて、もっと近くでないと見えぬ。どれ見せてごらん！

疑いを知らぬ若者は、魔法の指輪をはずすために指を差し出した。差し出しているまさにそのとき、指輪にスズメバチがとまり、宝石のすぐ上を刺した。熱を帯び、ひりひりする指は、紫色にふくれ、きつくはまった指輪のまわりに腫れあがった。たくらみをくじかれた魔術師は、神の御業と知り、内心で呪った。

ほどなくロバーバは心の中で、多くの策略を巡らし、また新たな作戦を考案した。真昼に霧が立った。まるで低い雲の、ゆるく垂れ下がったへりが、そよ風に吹かれて山の斜面を流れるときのようだった。無邪気な若者は喜んで、そのありがたい翳りを歓迎した。その陰はありがたかった、銀色に光るもやを通して太陽がうっすら見えていて、道案内をしてくれていたあいだは。しかしすぐにその道しるべは見えなくなった。深くて見通すことのできない、さらに濃い雲のかたまりが荒野に垂れ込めた。「道がわかりますか？」タラバは言った、「立ち止まって、風がこのやっかいな霧を晴らしてくれるのを待った方がよくありませんか？」魔術師は答えた、「このまままっすぐ進んでいこう、……もし道に迷っても、明日は太陽が正しい方向を示してくれるだろうから」そう言って、彼は若者をだまし荒野の奥へと連れていった。

その夜はいつもより早く訪れた、空には月も星も見えなかった。朝になって、若者が目を開けると、祈るためにどちらに向いてよいかわからなかった。「どうしたものか？」ロバーバは叫んだ、「天の明かりはわれわれを導くことをやめてしまったようだ。このまま残って、空が晴れるのを待つべきだろうか？　ここにいては、じきに食糧も水も尽きてしまうだろう！　だが思い切って出発すれば荒野のさまざまな危険が待ち受けていよう！」「進んで行くのが一番です！」神に選ばれし若者は答える、「そうすれば、たどり着くかもしれません、誰かの天幕とか、ナツメヤシの木立とか、部族が逗留しているところとかに。でもぐずぐず留まっていては努力もせずに屈服することになり、死を待つばかりとなります」ずるがしこい魔術師は、その通りだと言い、砂漠のさらに先へと内心ほくそ笑みながら、この、疑うことを知らぬ若者を連れて行った。

荒野にはずっとそよとも動かぬ霧が留まっていた。臆病なカモシカはふたりの足音を聞くと薄明かりの中、どちらに行ってよいかわからず立ち尽くした。ダチョウはやみくもに走り出し、彼らと鉢合わせした。夜には、また期待を抱いて若きタラバは横になった。朝が来た、だが行く手を示すひとすじの光とて、この濃い霧の中では見えなかった。相変わらず、深く動きのない霧がすべてを覆い尽くしていた。ああ、獲物を求めて、人の住処のまわりを飛ぶ、ハゲタカのかん高い鳴き声が聞こえるなら！　ああ、チドリの心地よい鳴き声が水辺が近いことを知らせてくれたら！　ああ、ラクダの牧者の歌が聞こえるなら！　もう、水を入れた革袋が軽くなってきたのだ、飲みたくてしかたがないのに、のどの渇きを我慢して、少しずつ飲んできたにもかかわらず。三日目の晩はしばしば眠りを妨げられた、夢の中で、吹きわたる風の音を聞いたように思い、若者ははっと目覚めて、あたりを見回したのだ。だが無駄だった！　依然として死んだような静寂が続いていた。さらにもう一日が過ぎ、革袋の水は飲みつくされてしまった、だがそのとき希望が訪れた。空気に動きが生じたのだ！　すぐに風の音がし、風は厚い霧を払った、見よ！　ついに天が美しい面を現した！

ああ……無残な光景が彼らの前に広がっていた。あたりを見回したが、近くに井戸はなく、天幕も、助けになる人影もなかった！　ラクダの背の上で革袋はぺしゃんこになっており、このもの言わぬ僕はいまや、苦労しながら熱い砂の上、熱い日の下を、苦痛に耐えながら足を引きずっていた。だがなんという喜び！　嬉しい光景が現れた。焼けた砂漠の中に、旅ゆくふたりは緑の草原を見たのだ。花々が青や黄色にちりばめられているさまは、あたかも心うきたつ五月に、伸びゆく草の中でホタルブクロがおじぎをし、金色のキンポウゲが輝く、美しいイギリスの野原のよう！　なんという喜び！　ふたりは希望に目を輝かせてお互いを見やった、その緑野には、さらさらと小川が流れている！　ほら！　彼らの飢えたラクダがその光景を見て生き返った！　希望を得て、弱っていた足に急に力がみなぎり、ラクダは走った！　しかしとても美しく見えた草花はセンナであり、ゲンチアナの青い花であり、焼けつく砂漠で、水がなくとも根を張る同種の植物だった。これらのにがい葉は飢えで錯乱した者さえ嫌がった。

みじめさに口もきけず、黙って彼らは立ち尽くした。やがてロバーババが言った、「ラクダを殺《あや》めねばなるまい、さもないと水がなくてふたりとも死んでしまう！　そなたは若いので手元が確かだろう、ナイフを出して、刺せ！」呪われた悪党め、おまえの威厳のある顔、苦しみに耐えてこわばったその表情、乾いた唇、熱っぽい目を見て、誰が見抜けよう？　その内面は、魔術師のゆとり、自信に満ちた大胆不敵さ、そして極悪非道なたくらみに満ちていることを？　若者はあわれみゆえにためらい、動かずにいたが、同行者の赤くて痛々しい面相を目にし、自分の熱い息づかいが早く短くなってきたのを感じ、そして足元には、ラクダが飢えで疲れ切り、あえぎながら倒れているのを見た。そこで帯からナイフを抜いて、同情しながらも険しい表情で、ラクダののどをはしからはしまで湾曲したやいばで深々と切り裂いた。

人の僕たるラクダよ、慈悲深い行為でおまえの苦しみは永遠に終わるのだ。だがどんな運命がおまえを解放した者を待ち受けていることか！　「おまえが死んでもほとんど役に立たないだろう」と若者は思いながら、ラクダが貯えていた水を革袋に注いだ。得られたのはほんのわずかで、節約しても一日分に足りないほどの量だった。

ホデイラの息子よ、おまえの堅固な魂は絶望することなく、しっかりした信仰に支えられていたが、それでも苦痛によって忍耐力が試されていることを感じないわけではなかった。長いあいだ激しい渇きが恐怖と競い合い、恐怖によって渇きはいっそう増した。だが一滴、また一滴と飲むうちに、わずかに残った最後の一滴まで飲み干してしまった！　それでも同じように日は照りつけ、空には一片の雲もなかった！　熱い大気はふるえ、蒸し暑い霧が砂漠にただよい、遠くに見える水辺の蜃気楼が、ふたりの苦難をあざ笑った！

若者の干からびた唇は黒ずみ、舌は乾いてざらつき、目は熱で充血した。同行者はあわれみを伝えるようなまなざしで彼を見つめた、「そなたの指輪を見せておくれ、われわれを救うことのできる力をまだ持っているかも知れぬ！」そう言って、彼の手を取り指輪の文字を間近に見ると、突然、喜んで叫んだ、「この石は、身につけていたら精霊《ジン》を従わせることのできる石じゃ、さあ声をあげよ、ここに書かれているお方の名において、苦境にあるわれわれを守るよう、精霊《ジン》どもに命ずるのだ！」

「いやだ！」とタラバは答えた、「神の摂理を疑ったりできようか？　救うのは神ではないか？　もしアッラーが望まないのなら、精霊《ジン》たちの助けなど無駄だ」

タラバがこう言うあいだ、ロバーバは遠くを見据えていて、彼の話を聞いてはいなかった。そのことの恐ろしい意味合いがタラバの視線を引きつけた。砂の柱が何本も近づいてきていたのだ、燃えるような光を発して赤々と、まるで火のオベリスクのように、風に追い立てられて突進してくる。逃れるすべをどんなに考えても無駄だろう！　仮にそのとき、走れば静かな大気に疾風を巻き起こすという、あのヒトコブラクダの背に乗ることができたとしても、逃れることは望むべくもなかっただろう。

高く……空高く巻きあがり恐ろしい砂の柱が動く、素早く、つむじ風が進むように、何本もふたりの方に突進してくる。老魔術師は悲鳴をあげた、見よ！　先頭の柱がはち切れて、旋風の力で、焼けた砂が遠くまで雨あられとまき散らされている。「さあ指輪の力でわれわれを救え！」ロバーバは叫んだ。「まだおまえに余力があるうちに救え。救うのだ！　さあ！」タラバは答えず、恐ろしい驚異の光景を見つめていた。

「何をぐずぐずしておる？」老人は叫んだ、「アッラーと預言者が救おうとしないのなら、救う意志のある霊を呼ぶのだ！」

「私におまえのことがわからないとでも思うのか？　呪われた不信心者め」真実に目覚めた若者は叫んだ。「罪の申し子よ！　おまえがここに連れてきたのだな、恐怖をかきたて、私が魂を売って永遠の死に陥るようたくらんで」

「愚か者め！」ロバーバは叫んだ、「おまえの魔法の指輪に刻まれた者の名を呼び求めよ、さもなくばその愚かさにふさわしい死に方をするがいい！」

「地獄の僕よ！　死ぬのはおまえだ！」とタラバは言い、弓をたわめてゆるめてあった弦を張り、矢をつがえた。「わが父の弓よ、さあ務めを果たせ」いっぱいに引いて矢を放つとねらいどおりに飛んでゆき、魔術師の胸にまともに当たった。驚いてタラバは目を見張った、矢じりがつぶれてはね返されたのだ。

傲慢で憎悪に満ちた笑みを浮かべて、ロバーバの頬にしわが寄った、「おまえの俗世の武器をもう一度試してみよ！」彼は叫んだ。「そこつ者め！　私が仕えるお方は信者を見捨てはしないのだ。おまえのような、アッラーのみじめな奴隷たちは、主人に仕えながら、いざというときにその主人から見放され、運命のなすがままになるのだ！　さらばじゃ！」そう言って杖を取り、魔法の車を呼んだ。

目に見えぬ風のようにすばやく、ひとりでに動いて、車がやってくると、魔術師は席にのぼった。「もう一度自分の危険を考えよ！」彼は叫んだ、「私と共にこの車に乗れ、そうすれば思いを馳せるその速さで砂漠の果てを越えられる」タラバは怒って答えなかった、するとなんと！　魔法の車が動き出した！　聞け！　聞け！……叫んでいる……ロバーバが叫んでいる！　あわれな奴、砂漠を迫り来る恐怖の竜巻を起こしたのは、自らの頭上に呼ぶためだったのか？　死だ！　死だ！　不可避の死だ！　神の息吹に吹かれ、砂漠の柱は彼の行く手へ突進した。

第五巻

タラバが礼拝を終えて立ちあがると、空気がひんやりとして、ありがたいことに空は雲で覆われていた。すぐに雨が降ってきた。彼はほてった顔を天に向け、かぶり物をとって、うれしい雨に両手を拡げた。冷たさが手足に伝うのを感じて、再び生きる力を取り戻した。

大きな荒い鼻息が聞こえる！　タラバははっと目を見張り、本能的にナイフをつかむ。すぐそばを虎が通りすぎようとしていた。生気のない、ものうげなまなざしを虎はこちらに向けた。うなだれて乾いた舌をだらりと垂らし、痛々しくも暑さで干からびた鼻孔から、熱を帯びた息をひっきりなしに吐いていた。アラブの若者には虎が急ぎ足でどこに向かっているのかがわかった。期待してあとをつけていくと、うれしいことに虎がかがんで水を飲んでいるのが遠くに見えた。

砂漠のペリカンが、その何もない場所に巣を作っていた。そして川の水をいっぱいに含んで、遠くから飛んで帰ってくると、そこにその荷を降ろしたのだった。ひな鳥たちは水浴びをして元気になり、はしゃぎ放題にはしゃいだ。まだ羽毛の生えていない頭を水につけると、のどから垂れ下がった皮膜に水を満たしてふくらませた。くちばしはまだ柔らかく、胸をそらせて水に浮かぶと、慣れない動作で一所懸命水かきをかいた。ひな鳥たちは、斑点のある荒野の猛獣が、ぴちゃぴちゃ波を立てて冷たい水を飲むのに気づくと、母鳥のまわりに集まり、広げた羽の下にうずくまった。斑点のある荒野の猛獣は冷たい水を飲むと満足し、血なまぐさい思いに駆られることなく巣から離れていった。

母鳥は動かずにひな鳥を抱きかかえたまま、安心して恐れを抱くことなく座っていて、いつもの訪問客を見ていた。だが人間の姿が近づいてくると、警戒して、敵とみなした相手からうしろに退きひな鳥を集めた。そして翼で威嚇し、おどすように首をつきだす。怒りに羽を逆立たせ、母としての恐れから大胆になっていた。タラバは飲み終わると革袋に貴重な水を蓄えた。すべてくみ取ることはせず、その大きな巣に、命をつなぐに充分な量は残しておいた。そして水を運んだペリカンを祝福し、感謝の意を込めて、共通の父、万物を見そなわす神を祝福して、旅を続けた。

新たな力を得、揺るぎない信仰を抱いてホデイラの息子は進んでいった。つらい長旅を幾日も続けると、ついに目的地の都市バグダッドが姿を現した。タラバは城門へと足を速め、飽きることなく街を見て回った。千の住居の平らな屋根のむこうに美しいクーポラが見え、背の高いモスクのドームやとがった尖塔がそびえていた。そして糸杉の木立があちこちにあって常緑の葉を茂らせていた。

おまえも没落したものだ、バグダッドよ！　平和の都市よ、かつては栄えたときもあったのに！　忌まわしい「無知」と野蛮な「隷属」がいまやおまえの家々を汚染している、かつては「強者」と「賢者」で有名であったのに。それでもまだ記憶に残る名声ゆえ輝いているのは、おまえを創建した「勝利者」、そして華麗なるハールーン、その名は、ヤフヤーと潔白なバルマク家の一族の血を流して穢《けが》れたが、天賦の才によって救われた。そして善きアル＝マームーンとともに学問が栄えた歳月。いつの日か、バグダッドのモスクから新月旗が「英知」により抜き取られることになろう。そしてヨーロッパの啓蒙された力が東洋を征服し、救うのだ。

「壮麗」と「歓楽」がこの都市に住み、東洋の商人と西洋の商人がアーチの下のバザールで出会う。きびきびと動く貧者たちが一日中、通りにあふれる人々の上に水をかけて涼しくしてくれる。機織りは仕事に忙しく、町のどの城門からも、荷を積んだラクダの隊商がながながと連なってはいってくる。そしてティグリスの荒い流れに乗って、アルメニアで収穫した作物が人口の多いこの町に運ばれてくる。

だが冒険者のタラバは豪華な隊商宿でのんびりすることも、町の壮麗さと富にこころゆくまで驚嘆していることもない。町の城壁からまる一日の距離にバビロンの廃墟があるのだ！　行動のときが近づいている。何年にもわたって日々思い描き、夜は夢に見た望みに心がはやるのだ。栄光に包まれて、探索の旅より帰還し、なつかしい天幕の柱にホデイラの剣をかけるそのときを、ぐずぐずして遅らせることなどできない。

色とりどりのドームがまだ同じ薄明の色に染まり、モスクの上で鶴たちが騒々しい夜の鳴き声をあげ続けているとき、早起きの旅人はバグダッドの城門を出た。そして夕暮れ、湿原にサギの鳴き声が遠くから聞こえてくるとき、暗がりの中にくっきりと、低い地平線の残照の上に古きバビロンの廃墟が浮かびあがった。

かつてはその高い城壁の上から、戦車の乗り手が、ひしめきあう大勢の群衆を見おろした。かつてはユーフラテス川の流れを手なずけて、川にはいくつも橋のアーチが掛かっていた。この町の真《しん》鍮《ちゅう》の城門から軍勢が吐き出されると、遠くの国々の人々は、暗雲を見て落雷を恐れるときのように青ざめた。町は滅んだ、あまたの都市の女王、バビロンは滅んだ。堡塁は崩れ落ち、黒いサソリが宮殿の中庭で日を浴び、その聖域に雌狼が子らを隠した。むこうの巨大で形の崩れた塚は、かつての空中庭園か？　それは妃《きさき》を溺愛する王が作らせたもので、幾段にもせりあがり、メディアの山々のように木々に覆われていたものだった。ベーロスの名声はいずこ？　ダルシマーやリュート、コルネット、サンブカ、ハープ、プサルテリウムの音色に合わせ、アッシリアの奴隷たちがひれ伏した黄金の像はいまいずこ？　廃墟の迷宮となったバビロンは荒野に広がり、あたりを放浪するアラブ人は決してその城壁の内側に天幕を張らず、羊飼いは不吉な塔の群れをはるかに眺め、迂回するよう羊を追い立てていく。ただひとり変わることなく、のびのびと橋もなくユーフラテスは流れる、自然のなせる永遠の業《わざ》として。

こわれた門をくぐり、草のはびこる瓦礫の上をタラバは進んでいった。用心深く彼は歩き、足元の危険なところは弓で探った。ジャッカルは彼の足音にびくりとし、コウノトリは人が近づく音に驚くとおびえて羽ばたいて、古い柱のてっぺんにある大きな巣から飛び去った。毒ヘビは、巣にいるところを邪魔されると、闖入《ちんにゅう》してきた弓に対し矢のように舌を突きたてた。

薄明と月光がぼんやりと混じり合い、恐ろしく得体の知れぬ光を発し、まだ夕暮れが続いていて、月は淡くおぼろだった。恐ろしく得体の知れぬ光は、暗い影をなすあまたの塊《かたまり》にさえぎられた。長い円柱が草と苔《こけ》の上に黒々と横たわり、高く幅の広い壁は窓の部分に光を浴びて、かつての低いアーチなり四角なりの形の、粗《あら》い輪郭を地面に描き出し、それを長い草が縁取っていた。

折れた円柱に身をもたせかけ、どちらに向かうべきかわからずに彼は立ったままあたりを見回した。廃墟がまわりを取り囲んでいて、人がそこに足を踏み入れたことは、長いあいだなかったように思われた。ほどなく、近づいてくる足音が聞こえ、驚いて振り返ると、ひとりの戦士が月明かりのなか近づいてくるのが見えた。見知らぬ男はまっすぐやってきて、好奇のまなざしでアラブの若者を見た。「何者だ」彼は叫んだ、「こんな時間にバビロンをさまよい歩くとは。旅の途上で道に迷い、この廃墟に泊まろうとしているのか？　あるいは夜盗を働いて奪ったものを隠しに来たのか？　それとも呪文をかけて、瓦礫が根元からぱっくりと口を開け、隠れた財宝をあらわにするよう仕向けるつもりか」

若者は答えた、「私は道に迷った旅人でも夜盗でもない。呪文をかける技にも通じてはいない。ハールートとマールートという天使を求めてここにやってきた。ところでそちらはなぜバビロンを徘徊しているのか。私に尋ねるそちらの方こそ誰なのだ？」男は恐れを知らず、タラバの口調にこもる、抑制の利いたプライドに腹を立てることもなかった。男自身も高い自尊心の持ち主だったのだ。無頓着に彼は答えた、「おまえは知っているのか、彼らが刑罰を受けている洞窟を？」

タラバ：探しているが見つからない。

見知らぬ男：足は丈夫か？　危険な道を行くことになるが。

タラバ：道を教えてくれ！

見知らぬ男：アラブの若者よ！　もしおまえが危険にあっても鼓動の速まることのない、強い心臓の持ち主で、充分に肝が据わっていて、立派に戦った兵士でも振り返れば身震いするような戦場の光景を見ても、恐れを抱かぬと言うのならついてこい！……私はその恐怖の洞窟に向かっているのだ。

タラバは相手を見つめた。男は若く堂々として強そうな風采をしていた。その顔立ちはきっと女性の目を惹きつけただろう。だが若者はそこに抑制の利かない熱情を読み取り、どんな悪事もいとわぬ冷酷な魂を見た。またその顔は、自然の抗しがたい本能により、時機を見、用心を怠らぬ猜疑心を表していた。タラバは自信があり、人を恐れず、揺るぎない信仰をもっていたので、「案内しろ！」と叫んだ。モハーレブは先導し、荒れ果てた通りを抜け、一番遠くの門を抜けて、ふたりは黙ったまま進んでいった。

風に乗って運ばれてくるのは何の音だ？　森の何千本ものオークを揺さぶる嵐か？　だがタラバの長い髪はまっすぐ肩まで垂れて動かない。そして風によって彼のマントにわずかな襞《ひだ》が生ずることもない。岩場を流れ落ちる川のとどろきだろうか？　いや平坦な野をユーフラテスは音もなく流れている。夜のしじまを乱すのは何の音か？　嵐が襲う夏の森のような、岩間を流れる川のとどろきのような音は。

そして谷に垂れ込めるあの重い雲は何だ？　水の豊かな野で、夕方になって、空気が冷え昼の蒸気が降りてきて、霧となって覆うときのように濃く、ヴェスヴィアスあるいはヘクラの火口から立ちのぼる、地獄の炎より出た硫黄の煙のように黒々とした雲は。

アイトにある瀝青《れきせい》の湖からその重い雲は立ちのぼる。その絶え間のないとどろきは、噴き出る泉が黒い大波を沸き立たせるところから発している。アラブの若者は黙ったまま、その広い湖の縁をモハーレブのあとについて進み、湖のほとりの岩山に向かった。洞窟があり、そこから勢いよく、絶え間なくとどろきながら、黒い瀝青が流れ出ていた。月が岩々を照らし、岩山が姿を現している。突き出た断崖は陰を作り、幅広の地衣が平らなところを白く覆い、またツタが流れんばかりに房を垂らしていた。洞窟に少しはいったところにも月光は差して、音をたてて湧き出る黒々とした流れに光沢を与えていた。月光は少しはいったところまでは照らしたが、そこで岩がアーチ状の入口をなしていて、その奥は道が曲がりくねり、暗くて目に見えぬ深みとなっていた。魔法の呪文による能力が与えられなかったら、人の目ではこの恐ろしい深みを見通すことはできなかっただろう。おどろおどろしい奔流のとどろきに混じり、しばしば悲鳴が、そして荒々しい叫び声が聞こえ、真夜中にひなを抱く鷲もおびえて巣から飛び立つほどだった。土地の人々は恐れて、そこを地獄の門と呼び、近くを通るときは目をそむけて道を急ぎ、あわてて数珠をつまぐって聖なる御名《みな》を唱えるのだった。

洞窟の口で立ち止まり、モハーレブはタラバを振り返った。「さて中にはいる勇気があるかね？」

「見ていろ！」と若者は答え、今度は自分が先に危険な道を行こうと、中へ足を踏み入れた。

「待て、気でも狂ったか！」男は叫んだ。「むこう見ずに死に突き進もうというのか？ この通路の番人に立ち向かう武器はあるのか？」そのとき大きな叫びがあがって洞窟の曲がりくねった道を揺るがし、若者の返答はかき消された。

長い反響がやむとモハーレブは叫んだ、「アラブの若者よ！ おまえの額に今夜のわれわれの出会いを書き記したとき、運命の女神はおまえに味方をしたのだ。さもなければ、おまえの名はいまこのときまでに生命の書より消し去られていたはずだ！」そう言うと、マントの下から袋を取り出した。「アラブの若者よ！ おまえは勇敢だ」と彼は言った、「だがこのようにやみくもに危険に突進するのは、ライオンが狩人の槍に飛びかかるのと同じで、盲目的な蛮勇というものだ。ザッハークが洞窟を守っている、巨人で、いにしえの暴君だ。力ずくでここを通ることはできない」そう言うと、ずだ袋から、しなびて乾燥し、黒ずんだ人の手を取り出した。話しながらその手にロウソクを握らせ、続けて言うには、「火あぶりになって死んだ人殺しがいた。私は死体からハゲタカを追い払い、人を殺《あや》めたその手を切り落とした。そしてその腱をひっぱってこぶしを握らせ、日と風に九週間さらして乾かした。このロウソクは……いやここでそれを話している場合ではない、おまえは神秘にあずかるための儀式をまだ済ませておらぬ。見ろ！ きれいに燃えておろう。だがまわりの空気に、ロウソクの死人の成分が死の気を混ぜ合わせているのだ。それを洞窟の番人が感じるとき、天の定めにもかかわらず、癒やしの魔力が刑罰の苦しみをしずめ彼を眠らせて道があくのだ」

タラバは答えなかった。答える間もなかった。見ろ！　モハーレブが先に立って進むと、洞窟のアーチ状の天井で、呪われたロウソクの淡い光が揺れる。狭まっていく割れ目が丘のようにせりあがっているところに、ザッハークが立っていた。自らの刑罰の洞窟を守るよう定められたあわれな男だ。たびたび聞こえた悲鳴をあげていたのはこの男だった。獲物を求めてうろつくジャッカルがそれを遠くで耳にして、おびえて吠え返していた。男の両肩からは巨大な二匹のヘビが生え出ていて、常に彼の頭をねらって鋭い歯をむき、脳みそで飢えを満たそうと猛《たけ》り狂っていた。男は果てることのない葛藤のうちに、しばしばヘビのふくれた首をつかみ、巨人の握力で握りつぶし、血まみれの爪でその肉を裂いた。そしてみずから与えた痛みを感じ、苦悶の叫びをあげるのだった。というのも彼をさいなむヘビは、分かちえぬ体の一部として生えていたからだ。

男に近づきつつモハーレブはひからびた腕と、魔力をもったロウソクを掲げた。不浄な手に握られた不浄な魔力はそのとき効力を発揮した。みじめな男のまぶたは重く閉じ、死によって解放されるときのように、喜ばしくも何も気づかぬうちに突然の睡魔に襲われて彼は全身の力を失った。

だが、洞窟に沿ってながながとザッハークの巨体は横たわったものの、ふたごのヘビが狭い通路を守っており、炎のごとく目をらんらんと輝かせ、恐ろしい舌を矢のように突き出した。くねくねと身をうねらせるさまは、堂々たる船の長い吹き流しのようで、波打つ風に乗って常になびこうとしつつも常に垂れ下がるさまに似ていた。生きた肉のにおいが彼らの食欲に火をつけていたのだ。

洞窟のあらゆる危険にモハーレブは備えていた。彼はずだ袋から、まだあたたかい生首を二つ取りだした。ああかたくなな心よ！　悪に報復する正義の明白な力、そしてザッハークの運命を目の当たりにしても、思いとどまることなく同じ罪を犯すとは！　彼は二つの生首を、まだあたたかいまま、通路を守る、うろこに覆われた生き物の前に置いた。それらは、昔ながらのごちそうにありついて夢中になり、狭い道は開けた。

さていまや彼らの行く細い道の先で洞窟が大きく広がっていた。ふたりは地下の広々とした場所に着いたが、そこでは黒い川が泉となっていくつも噴き出ていた。旋風《つむじかぜ》の力が泉に集中し水が噴出して巻きあがったかと思うと、突然それがやみ、目で見通すこともできない深さをもった暗い淵が広がったが、消えかかったとどろきはまだ足元でこだまするのだった。泉の上を漂う青い炎はおぼろな光を洞《ほら》に放ち、波の上で揺れていたかと思うと、巻き毛のように長い房となって舞いあがり、次に今度は縮まって白熱した光に輝いた。そして再び上昇し、青白い閃光を放って、それが打ち震える空気を貫く。かずかずの炎、赤や黄色の硫黄の煙、そして洞窟の漆黒の闇が分かちがたく混じり合う。

「ここだ」とモハーレブは言う、「魔法を伝授する天使たちが住むのは」タラバは声を張りあげて叫んだ「ハールートとマールートよ、お聞きあれ！　呪われた儀式であなたがたの悔い改めを妨げ、禁断の教えを得ようと、あなたがたを訪ねてきたのではない、改悛する天使たちよ。私をここに遣わしたのは、アッラーと預言者、私は彼らに選ばれた僕《しもべ》なのだ。護符になるものを教えたまえ」……「おまえは本気で思うのか」モハーレブは叫んだ、侮蔑の笑みを浮かべて彼は、連れの者を見やった、「彼らをだまして秘密を聞き出せると思っているのか？　そんな口先だけの正義に従うのは愚かな人間だけだ！　モスクや市場でならそれも有用だろう、だが天使は心を見通す。ただ強力に責めさいなむまじないに強いられてのみ、このかたくなな天使どもは魔法を教えるだろう、それを得て、われわれは下っていくのだ」

「下っていくだと！」タラバは言った。だがそのとき、しわを寄せた笑みはモハーレブの頬から消えていて、いっそう腹黒い思いがその面《おもて》に現れていた。「これは驚いた」彼は言った、「愚か者め！　どうやら私がこの洞窟に案内してきたのは、ラクダのようにひざを折って、祈りにうつつを抜かす痴《し》れ者《もの》だったと見える。なぜここに来た？　おまえはむしろ公道のわきにある聖者の墓のそばにでも小屋を構え、そこでさらに無知蒙昧な者どもに、コーランが書かれた紙切れを売っておればよかったものを。そして時が来たら、おまえの聖所の糞のにおいにまみれてジャコウネコよろしく死ぬのが似合いだったのだ！……

私はおまえを探し求めてきたのだ！　そしておまえは私に導かれ、軽率にも、境界を踏み越えた。その償いをするがよい！　恰好の生《い》け贄《にえ》として死ぬのだ！」そして偃月刀《えんげつとう》をきらめかせ、殺意をもって振りかざした。

彼の力はそこで止まった。振りかざした腕は魔法の力に縛られて、宙づりになったまま振りおろせない。「偽善者め！」彼は叫んだ、「これがアッラーと預言者への信仰のなせる業か！　盗んだ魔法の助けがなければアッラーも預言者もおまえを救えないではないか。彼らはおまえをむこうのヘビの餌食にしていただろう、主に選ばれし僕などと称しているが、もしおまえが、臆病者の用心深さから安全を図って私のあとに付き従ってこなかったら」

「神を冒瀆する者よ！　私を案内してやったとでも思っているのか？」自尊心に燃えてタラバは言った、「邪悪な者は知らずして天の正しい意志を実行するのだ。私が神を信じず魔術を頼みにするとおまえは言うのか？　嘘つきめ！　これを見ろ！」

そう言うと彼はアブダルダールの指輪を抜いて深みに投げ入れた。骨張った手が中から出てきて落下する指輪をとらえると、悪魔的な高笑いが響き渡って、洞窟を揺らした。

喜びの色がモハーレブの頬に広がった、青いやいばが光り、命をとろうと振りおろされるのをタラバは見た。

武器をもたない若者は前におどりでて、モハーレブをつかみ、胸と胸をつきあわせて四つに組んだ。モハーレブの手足は大きく、筋骨隆々で、肩幅は広く、関節も強かった。危険な戦いの訓練を充分に積んだ体だった。若いタラバはまだそこまで成熟していなかった。だがいまや彼の頭は戦いに集中し魂は霊感を受けて、狂気がもたらすような力が彼の体に注ぎ込まれた。モハーレブが眼前でよろめいている！　タラバはただちに、ひざで、胸で、腕でよろめく敵を押した。いまや、あの恐ろしい泉の縁まで追い詰め、新たに力を込めて、つかんでいた相手を思いきり押しやった。上昇する渦巻きがモハーレブを受けとめ、飲み込んで深い淵へと吸い込んだ。

タラバは激しく息をして、あえぎながら、感謝の祈りをとぎれとぎれに唱えた。しばらくしてようやく、声に出して次のように言った、「ハールートとマールートよ、ここにおられるのか？　それともあの邪悪な案内人が私を間違ったところに連れてきたのか？　私はタラバ、主の僕、その私が祈願する。天使たちよ、お聞きあれ！　願わくば天があなたがたの悔悛を受け入れ、罰を軽減されんことを。私は魔術師の一族を地上から根絶しに行く、そのために必要な護符を教えたまえ！」

このように彼が言うと、黒々とした淵のむこうに岩にもたれかかった、天使たちの姿が見えてきた。その表情には悲しみが宿っていた、ただ悲しみだけで、罪と恥の痕跡はもはや残ってはいなかった。祈りによって徐々に浄罪がなされたのだ。彼らの栄光の衣は、穢れを浄めて本来の光の輝きを取り戻していた。

畏《おそ》れかしこんで、若者は答えを聞いた。「ホデイラの息子よ！　おまえはここですでに証明した、信仰こそが護符なのだ」

第六巻

洞窟の奥からタラバは岩に囲まれた、曲がりくねった道を引き返した。依然として、洞窟内の地面の上にはザッハークの巨大な肢体が、ながながと横たわっていた。眠りの呪文は切れ、目を見開いて若者を見つめていたが、腕をあげて道をふさごうとはしなかった。ヘビたちがまだ食事にかまけているので刺激したくなかったのだ。

その恐ろしい洞窟を出て、夜風に吹かれたとき、なんとありがたく感じたことだろう。彼は気力を回復した。喜びに浮き立ち、天に感謝しながら、瀝青の湖のほとりを急ぎ進んだ。湖から黒くて重たげな煙が次々と波のように打ち寄せ、あたかも大波がうねり潮騒《しおさい》のとどろく海のようだった。

朝が来て、おびただしい鳥の歌声で彼は眠りから覚めた。見よ！　すぐそばに足の速そうな馬が立っている！　生き生きとした目、非の打ちどころのない体格、四肢は軽やかで美しく力強く、これほどの駿馬《しゅんめ》は、ソロモンの時代から王家で飼われ続けて、ずっと純血種のままで来た種族の中にもついぞお目にかかることはなかった。

神に選ばれしアラブの若者は、その優美な姿、豪華な馬飾り、きらびやかな緋色の装飾を一瞥した。だが口にはくつわがはめられておらず、首に手綱がついていないのを見ると、彼は頬を上気させ、心をはずませた。天がその駿馬を送ってくれたことを確信したのだ。それは人が手綱であやつれる馬ではなかった。見よ！　はやる馬はぐずぐずするのが我慢できず、激しく頭を動かし、地面を掻いている！　タラバが飛び乗ると、みずからをあやつる馬はそこから走り去った。

手綱のないその馬は平原をはるかに越えて走った。朝露にそのけづめ毛はぬれ、昼になると全身泡立った。西の空に夕闇が広がる頃になってようやく馬は足を止めた。夜風をしのげる土手で若者は休み、そのかたわらで馬は従順に横になった。再び夜がしらじらと明ける頃、タラバは馬に飛び乗った。丘を越え、谷を越えて手綱のない馬は走った。夕刻になると、また馬は止まり、またタラバは降りた。彼を降ろしたところで、使命を終え、馬はただちに走り去った。

どんよりした暗い夜だった。上空の月は姿が隠れ、おぼろな光だけが、天道を行く月をさえぎる靄を染めていた。生き物の音は皆やんで、近くを流れる川の、やすらぎをもたらす低い調べだけが聞こえていた。

何も食べていなかったが、飢えを感ずることなく、彼はあの不思議な馬に乗ってこの休息地まで来ていた、期待に気が張っていたのだ。いま川のせせらぎが強い渇きを呼び覚ました。その音に誘われ、彼はありがたい水を求めて歩いて行った。もやの中で、ある大気現象が生じ、彼の行く手で踊っていた。いまやそれは彼の目の前で鈍い色の火の玉になった。ちょうど孤独な隠者が、ゆらゆらと長い炎をあげるランプの芯を切ったときのように、縮んで安定した光になったかと思うと、今度は、強風になびく糸杉の若木のように、先端を揺らしながら燃えあがるのだった。それはすぐさまタラバに近づき、青白い無害な火で彼を包み込んだ。そして今度は闇の中に沈んで、目のくらんだ彼を置き去りにするかと思うと、また現れて、あたりの景色を照らし出した。せせらぎと大気の炎に導かれ、アラブの若者は進んでいった。やがてたくさんの小川のあるところに来たので、一番手近な川に身をかがめると、蒸気が立ちのぼり、すぐに彼は手を引っ込めた。水源から沸騰した水が湧き出ていたのだ。もっとましなものをと次の川にあたってみると、水はとても冷たく、たっぷり飲むようにいざなった。この水には効能があった。旅の労苦で硬くなった体を引きずるように歩いてきたが、たっぷり水を飲んだら、全身が軽くしなやかになって力を回復した。彼は大いに喜び、手綱のない馬を遣わした、慈悲深い神が癒やしの水も与えてくださったのだと考えつつ、寝ようと横になった。絶え間なく心をなだめる音、たくさんの川のせせらぎに眠気を誘われたが、そこに時たま、かん高い音や深く低いささやき声のような音が混じった。それはあの泉の噴出する洞窟から聞こえ、旋律が混じり合っていて、真夜中に聞こえる妖精の音楽のようだった。

夜、眠りにつくときに聞いた音が、朝になって彼を目覚めさせた。眼前には驚きの光景が広がっていた。谷の中を迷路のようにうねりながら、千もの小川が流れていた。それらは岩の多い土壌の上を流れていたが、悠久の流れのうちに深い溝を掘り、小島となった千の岩のあいだを筋状に縫っていた。その岩々はまるで夏の空に斑点をつくる雲のようで、青空の海が一つ一つの雲を囲んで、どの雲も島のように見せているさまを思わせた。

これら小島となった岩々は異なった千の姿を見せ、自然はさまざまな色合いで、千の形の岩々にさらなる変化をつけていた。苔むして緑のもの、黄色い地衣の黄金色《こがねいろ》があざやかなもの、赤く染まったもの、灰色のもの、白銀のもの、へげ石が日を浴びてきらきら輝いているもの。こちらでは温泉が噴き出ていて、光と闇が交錯し、さながら戦士のつややかな武具にたわむれる日差しのよう。あちらでは波をたてて川が流れ、その川床に、迷路のようにさまよってきた、たくさんの小川が合流していた。

それは自然のままのすばらしい景色だった。奇妙でかつ美しく、オトン・タラで、さながら星々の海のごとく、黄河の百の源泉がほとばしり出るさまにも似ていた。高い山々が谷を取り囲んでいた。むき出しの岩山が、あらゆる生物を寄せつけず、その斜面に草は根を張らず、昆虫は住まず、鳥の鳴き声がこだますることもなかった。ただ鷲だけがいて、強い翼をもつ、この孤独な捕食者は、遠く谷間の方へ獲物を求めて飛んでいった。

この山々へタラバは向かった。そこが運命によって定められた冒険の目的地であると、彼はよくわかっていた。深い山奥をうねうねと進む広い谷間、両脇に退く岩山のあいだの岩だらけの谷を彼はたどっていった。わびしいところだ！ 生き物のたてる音といったら一匹の蜂の羽音だけで、蜂は小やみなく羽をふるわせながら、止まるべき花さえ見つからず、むなしく飛び続けていた。

なおもタラバは進んで行った。うねる谷は次第に幅をせばめ、登りはきつくなって右にも左にも岩が屹立し、やがて谷を閉ざした。果たして人の手によるものなのか？ 岩には通り道がうがたれ、その荒削りな穴のむこうに、明るい空が見えていた。荒削りで低い穴だった。そのむこうには同じような上り坂の隘路が荒野の中にうねうねと続いていた。

なおも不毛で、静まりかえった、寂寥とした谷が続き、恐ろしい静けさとわびしさがおのずと感じられた。さらに登りはきつくなり、険しい岩だらけの小道は、足腰にこたえたが、そこを苦労しながらゆっくり登っていった。ようやくたどり着いたところでは、また岩が狭い谷間をおおっていた。そこにまた穴がうがたれていた。だが今度はどっしりした鉄の門が道をふさぎ、その扉は巨大で、堅牢で、重い蝶番《ちょうつがい》がついていた。

門のわきに角笛が掛かっていて、象牙の柄に真鍮の歌口がついていた。彼は象牙の柄を取って、真鍮の歌口に息を吹き入れた。長く続く雷鳴のように、岩から岩へと角笛の音はこだました。鉄の門は、人の手によることなくゆっくりと蝶番を軸に回転して開き、その先には岩の道があった。

そこにはいると、鉄の門が閉まり、彼は中に閉じ込められた。中は狭く曲がりくねった道で、天井から下がるランプが、鈍く不安定な光で暗がりを照らしていた。岩を貫いてうねうねと長い下りの道が続き、その先は鉄の門で閉ざされていた。わきにはまた、象牙の柄と真鍮の歌口のついた角笛が掛かっていたので、再び彼は象牙の柄を取って真鍮の口を吹き鳴らした。今度は雷鳴のような音ではなく、甘く心ふるえるメロディーが流れ出た。門が開き、すると光の洪水が押し寄せて彼の目をくらませた。

タラバが不思議な道をたどって見つけたのは、大昔に失われた地上のエデンだったのか？　だが地上のエデンには、テラスのある御殿《ごてん》も、織り込まれた金がまばゆい、豪華な大天幕もなかったが、この谷では、それらがかぐわしい木立の中に誇らしげに立っていた。驚いたタラバは、実体のない夢に感覚が惑わされているのではないかといぶかりまばたきしてみた。だがまだそこにあった……御殿と木立、そして金色に光り輝く豪華な大天幕が。

見よ！　立派な風采をした年配の男が進み出て、若者を出迎える。「運命に恵まれし者よ」彼は叫んだ、「楽園の喜びを味わいなされ！　あの手綱のない馬が世界を駆け巡ってここに連れてくるのは、運勢により気高い行いをすべく生まれついた者のみ。その者たちはここで十全たる至福を味見することを許される。だから功績をあげようといっそうの熱意を燃やし、ここに戻って、定めの報いである、終わりなき享楽の実を刈り取ることを願うのだ。運命に恵まれし者よ、楽園の喜びを味わいなされ！」

このように言うと、彼は立ち去った。驚きのあまり沈黙している若者をあとに残して。タラバは黙って立ったまま、さまざまな喜びの感覚が入り混じり、それが五官の一つ一つに流れ込むのを感じていた。見わたせば虹の七色を帯びた美しい一群の建物が建っていた。林間の空き地には、いくつもの豪華な大天幕が、揺れる幕に日差しを浴びて金色《こんじき》に映えていた。緑の谷をうねりながら、水のきらめく小川が流れ、縦みぞのある糸杉が屹立するさまは、さながら生きたオベリスク。葉の大きなゼナーは長い並木をなして心地よい歩道に覆いかぶさり、その幹のまわりにはおびただしい巻きひげをもったツタが巻きついて、枝にはゼナーの葉よりも緑の濃い葉綱や房が垂れ下がっていた。尽きることのない美に倦《う》んで目を休ませるいとまもなかった。かたわらでは夕焼け空のように赤い縞《しま》のついたチューリップが地にあふれ、こちらでは百合が雪の頭《こうべ》を垂れ、またこちらの百合は、夜空にただ一つまたたく明星のように、黒い蕚《がく》の中に赤い眼状紋が輝いていた。そしてまたこちらではバラが葉の楽園を広げていた。

そのとき彼の耳にはなんと妙なるハーモニーが響いたことか！　遠くに聞こえる音楽と、距離のせいで和《やわ》らいだ歌声は、陽気に浮かれ騒ぐあずまやから発していた。はるかかなたの滝のとどろき、茂った木立の葉のそよぎ。一羽のナイチンゲールが、近くのバラの茂みに止まって豊かな音色を奏でていたが、この歌の上手な鳥が、卵を抱く番《つが》いの雌に愛の歌を歌うのをトラキアの羊飼いがオルペウスの墓のそばで聞いたときも、これほど美しい声であったことはなかった。そこでは墓の中から、かの霊魂が全力を注いで、自分の愛する香《こう》をあふれさせているのだが。

ああ！　なんと良い香りがその心地よい谷に振りまかれていることか。ジャスミンの木陰から、かなたのバラの原野から、密生するヘンナから、オレンジの木立から、そよ風を満たして漂ってくる芳香は、パリーたちが姉妹のひとりのもとへ運んだものにも似ていた、彼女がディヴに捕らわれて、駕籠《かご》に入れられ、高い木のてっぺんから吊されていたときに。パリーたちが羽ばたいて天国の花の香りを送ると、不浄な敵は苦しみうめきながら、受け付けられないその毒から遠くへ飛び去ったが、一方囚われのパリーは、かぐわしい栄養物としてそれを吸ったのだ。そのような香りが世界中に流れたのは、ムハンマドの婚礼のときだった。天に言葉が発せられ、天国の永遠の門は生きた蝶番を軸に開き、天の風が下界の皆に吹くようにとの命令が下った。至福がすべての人の胸をあまねく震わせて、人類はこのときだけは一つの同じ喜びを味わったのだ。

喜びに満たされ、それでもなお驚異の目をみはりながら、タラバは進んでいった。いたるところで楽しい歌、祝祭の音楽がこの通りすがりの若者をさそった。やがて空腹と暑さに倦んで、彼は宴《うたげ》が催されている、ある部屋にはいった。そこでは噴水を囲んで絹の絨毯《じゅうたん》が敷かれ、宴席に連なる人々が座っていた。たちまちタラバの全身に、気持ちの良い涼しさが広がった。たわむれる噴水の水が、ゆらゆらする熱気を冷ましていたのだ。光までもが、真珠貝の殻でできた銀色の窓を通し、冷やされて射していて、淡い月光の色を帯びていた。また開口部にワインの瓶がぎっしり並べてあるところは、朝日のようなバラ色や、まだ日の落ちぬ夕暮れの霧のような、サフラン色の柔らかい光に染まっていた。さまざまな色合いの中を、さまざまな色の縞模様を帯びて、あふれ出る噴水はたわむれていた。そのみぎわのまわりに赤と琥珀色《こはくいろ》のワインの瓶が、交互に配置されていて、小さな波をそれぞれの色に染めていた。そこで黄金のゴブレットから、客人たちが座ってごくごくと飲んでいたのはおいしいシーラーズの黄金色のワインだった。

だがタラバは飲みはしなかった。よく心得ていたのだ、預言者が、飲酒を罪の母として禁じたことを。また炎の水（酒）を勧める客人たちも繰り返し催促はしなかった、若者の強いまなざしに動かぬ決意を見たからである。礼儀をわきまえていたタラバは、冷たく清浄な飲み物を飲んだ。しっとり湿った壺から注がれると、その香りはいっそう清らかになった。また彼は香りのよい果物を食べた。そこにはあらゆるぜいたくな果物があった。皮のざらざらしたスイカは、渇いた唇を果肉につけると溶けて液体になった。ピスタチオはマラーヴァルドやハレブの肥沃な土地でたわわに実をつけた木からとられた。そしてカズヴィーン産の琥珀色した甘いブドウ、それは何週間も夏の強い日差しに耐え、やがて太陽の熱が水分を皆蒸発させ、ただエキスとしての強い甘みだけがそこで熟れたもの。こちらには氷のなかにつめたアプリコットがあり、まるで水晶にはめ込まれた黄玉のよう。また雪の皿の上に太陽のようなオレンジが乗っている。そしてたえずアロエとビャクダンが、黄金の吊り香炉からこの宴会場に気も遠くなるような甘い香りを振りまく。

ほどなく女たちの一団が並んで舞を舞い、足首につけたブレスレットの鈴が動きに合わせて音を奏でる。透きとおる衣装が、むさぼるようなまなざしにさらす娼婦の肢体は、くねくねと動いて、さまざまなみだらな動作にたけていた。

客人たちはその不浄な見世物を食い入るように見て堪能した。タラバもそれを見たけれど、彼の心には護符があり、そのありがたい魔法の力により、不浄の光景が誘発する劣情は貞潔な思いに昇華された。彼の大切な、アラブの乙女、オネイザの姿が眼前に浮かんだのだ。彼は立ちあがり、宴会場から飛び出した、涙が燃える頬を伝った。そしてつかの間、あの思いが自然と湧き起こり、心の中でつぶやいた。あらゆる家庭的な喜びから引き離されて、ぼくは世界をさまよっている。たったひとり、愛するすべてから遠く離れて。ホデイラの息子よ、そのつぶやきはおまえの罪とはならぬ。歓楽の天幕から、祭りのあずまやから、誰もいないところへ彼は走り去った。そしてあの水の豊かな庭園を流れるたくさんの小川が一つに合流して、波打っているところにたどり着いた。まっすぐな堂々たる橋があり、長いアーチがとうとうと流れる川にかかっていた。夕暮れの中にあってもくっきりと、その影は鏡のような水面に映えていた。そして彼の目は、橋がその基礎をなす建物と一体となっていて、巨大で風変わりな建造物をなしているのをとらえた。近づくと、眼下の橋の部屋から、酒盛りのさざめきと歌が聞こえてきて、ヴェールを取った女たちが、進みゆくタラバに声をかけ一緒に楽しもうと誘うのだった。それを聞かず、気に留めずに、タラバは急いで通りすぎ、誰もいない森に駆け込んだ。アラビアの砂漠よ！　おまえのところに彼の心は帰っていったのだ。大地に身を投げ、目を閉じると、その景色がおのずと呼び起こされた。と、悲嘆に暮れたような叫びが聞こえて彼ははっとした。その声は大きくなり、すぐ近くに来ていた！　彼は飛び起き、弓をかまえて、矢を引きしぼった。また悲鳴が……女の悲鳴だ！　なんと、女が木々のあいだを走ってくる、ヴェールは裂け、服は破れて！　男が凌辱しようとうしろに迫る……音の響かぬ草地でも彼女には男の足音がすぐそばに聞こえた！「預言者さま、助けて！　助けて、神様！　助けて！　助けて！」女はタラバに向かって叫んだ、タラバは弓を引いた。矢は命中して、相手を仕留めた。彼が女の方を向いてみると、それは彼のオネイザ、彼のアラブの乙女だった。

第七巻

恐れと驚きと喜びから、アラブの乙女はやっと言葉を取り戻すと、タラバに抱きついて叫んだ、「父さんが！　ああ父さんが！」タラバは驚き当惑して、されど尋ねるのも恐ろしく、かがんで頬を寄せると、ふたりの涙が一つになってこぼれ落ちた。

オネイザ：夜中に襲われたのよ、タラバ！　私が寝ているときに、……あなたはいない、……でも奴らにつかまれて目覚め、恐ろしさに、あなたを叫び求めたわ。父さんは私を助けられなかった、……年寄りだから、彼らは強くて大勢だった、……ああ神様、彼らに人の心があれば、父さんの祈りが聞こえたはず、なのに私を奪って父さんをひとりぼっちにしたのよ！

タラバ：父さんを捜しに行こう。一緒にアラビアに帰ろう。

オネイザ：だめよ、タラバ！　見つけられないわ。私たちの天幕は空き家になって、風で砂が戸の内側に積もり、人の足跡のないちりの上に、トカゲの通った跡だけがついている。夜には虎がうろつき、近くに来るけれど、人の気配がないのでくびすを返し、獲物を求めて荒野に向かうわ。ああ！　父さんはあわれな放浪の身となってわが子を捜し求めている！　年寄りなのに、休もうともせず、……父さんは休めない、眠るのは苦痛で、夢に見るのは私の不幸、私が虐待されるさま……ああ　タラバ！　ここは邪悪な場所よ！　すぐに出ましょう！

タラバ：だけどどうやってあの鉄の扉を出たらいいのか？　はいるときは一気に開いて簡単だったが、戻ろうとすると軍勢の力をもってもあの扉は動かせないだろう。

オネイザ：この恐ろしい園を閉じ込めているまわりの山を登ればいいわ。

タラバ：オネイザの足でその長い労苦に耐えられるだろうか？

オネイザ：あら、私は強いのよ、タラバ！　それに……こわさでかえって力がでるわ、そしてあなたが一緒だから！

そう言って彼女はタラバの手を取り、やさしく彼を引いて、ふたりは山脈の方に向かった。明るい月夜だった。横たわる園の美しい景観は、おぼろになったり見えなくなったりしたが、境界をなす高い山々は、くっきり姿を見せていた。それは低い丘ではなかった。日当たりのいい斜面にブドウ畑が作られ、新緑と古い森の木陰が散策する人をいざなうような、そんなたやすく登れる丘ではなかった。それは皆岩山で、地球の重荷でもあるかのように荒涼と、岩また岩が重なっていた。雪に覆われたいただきが朝日に出会うとき、谷はまだ夜で、山のふもとは世界の土台に根を張っていた。タラバは眺め渡したが、見えるのは、そそりたつ峰、覆いかぶさるような崖、よじ登ることのできない岩、そして鷲の翼をも疲弊させてしまう高いいただきだった。「これでは無理だ！」彼は叫んだ。オネイザは青ざめ、力なく彼の腕に寄りかかった。

だがすぐにまた彼女に希望がよみがえった、タラバがふといい考えを思いついたのだ。「ぼくは川を通りすぎた」彼は叫んだ、「満々と水をたたえた川だった。水はせき止められないから、川の流れに沿って道をたどれるかもしれない。むこうだ、その川が流れていたのは」そう言うと、また希望が湧いてきて足取りも速くなり、ふたりはそちらの方に向かった。

音もなく静かに川は流れていて、その美しい園の淵に到達すると、岩床の上を山の根元に向かって、なおも満々と音も立てず、平らに流れていた。だがザアザアという深い音が遠くに聞こえたかと思うと、それがどんどん大きくなり、まるで細い水路に流れを通すのに、まわりの岩と争っているかのようだった。見よ！　止まることのない流れは、穴にはいるところで吼《ほ》えたけり泡立って千もの渦を作っていた！　そこでは岩にあいた穴をとおってすべての流れが、まっさかさまに底知れぬ滝となって落ちていくので、大地を揺るがすとどろきが、ほかの音をかき消して、さながら地下の雷鳴のように昇ってきた。「アッラーよ、お助けください！」オネイザは叫んだ、「この呪われた場所から人の出られる道はないのだわ！」そう言うと、関節の力が抜けがっくりひざをついた。「しっかりするんだ、オネイザ！」タラバは答えた、「がっかりしないで。この危難から逃れることができなくても、ぼくたちには乗り越えることがきっとできる！」

アラブの若者の魂は奮い立った。「何者だろうか？」彼は叫んだ、「この悦楽の園を造ったのは。そしてこの罠は何のためなのか？」

アラブの乙女は答えた、「私がここにはいったとき、迎えてくれた女たちが言っていた、ようこそ楽園へ、アロアディンの意志により、あなたはわれらと同じく、地上のフーリーに選ばれましたって。彼女たちは、アロアディンの瀆神の言葉にだまされていて、彼がここに自分たちを置いているのは、忠実な僕たちに天国の悦楽を報いるためだと言っていたわ。ああ、タラバ、ここにはすべてが整っている、彼の邪悪な意志を遂げ、あらゆる罪を働くために！　どうやって逃げたらいいの？」

「不運な奴！」神に選ばれし若者は叫んだ、いかめしい笑みがその表情にいっそう険しい影を落としていた、「不運な奴！　アンテロープを捕らえようと罠をかけたら、ライオンがはいってきたのだ！」彼女は首を横に振った、「彼は魔術師よ、それに大勢に守られているわ！　タラバ、……あなたはたったひとりよ！」彼は天に向かって手を挙げた、「オネイザ、神はいないのか？　ぼくには護符がある、それを持つ者を、その男を、邪悪な地上の勢力も地獄の勢力も倒すことはできない。いいかい、神意によりぼくは人類の中から選ばれたんだ！　さあ信じて休んでくれ、ぼくが君の眠りを守ってやる！」

そこでスミレの咲く堤の上でアラブの乙女は横になり、苔と花々を枕として柔らかい頬を当てた。横になって黙って祈っていると、やがて恐れが静まり、彼女は眠りに落ちた。かたわらにタラバは静かに座って、乙女の寝顔を見つめていた、見つめているうちに新たな勇気といっそうの信仰心が湧いてきて、静かに、波乱の日の夜明けを待った。

高らかにヒバリがさえずり、目覚めた乙女はヒバリが朝の光を浴びてきらめくのを見ると、自分にもあの翼と自由があったら、と思った。急にこわくなって、彼女は頬を紅潮させたが、タラバの方は落ち着いていて、なすべきことについて考えをまとめていた。頭の中で思い巡らしていたのは、ロバーバの胸から彼の矢がはねのけられて落ちたときのこと。アロアディンもまたおそらくは同じ力をもった魔法を身に帯びていて、武器の切っ先を鈍らせるかもしれない！　川べりにポプラの若木が生えていた。不安定な葉が風にそよいで緑の面が裏返り、ちらちらと銀色に光るのを、物思いにふけっていた彼の目はとらえた。するとオネイザの方を向いて父の弓を与え、彼女の肩に矢を入れた矢筒を掛けた。「ぼくにはほかの武器がふさわしい」と彼は言った、「君が弓を持つんだ、いいかい！　あの頃を思い出すよ、この矢が君のねらいどおりに当たって、高い椰子《やし》の木から実の房を落とした。君は目を輝かせて振り返り、賞賛の言葉を求めたね。そうだ、オネイザ、もう一度、ぼくたちは一緒に砂漠で楽しく暮らすんだ！」そう言いながら堤まで歩いていった。そして低くかがんで、左右の手を上下にし、両手でしっかりポプラの幹をつかむと、ぬかるんだ地面からひっこ抜いた。そしてこびりついた土を振り落とし、先端と枝と細い根を払うと、そのどっしりした棍棒を高くかかげ力強く振り回した。「さてその地獄の申し子だが」タラバは言った、「多分そいつは、今日、自分の甘美な楽園を失って、代わりにほかの住処《すみか》と呪われた木、ザックームの実を得ることになるだろう」

こうして若者と娘は園の中心へと進んでいった。たまたまアロアディンが園の住人たちを招集していた。集まった群衆の中にオネイザと神に選ばれし若者はまぎれ込んだ。気づかれずにふたりはまぎれ込んだ、と思ったら、いらぬ世話をやく奴がいて、となりの者に対して震えている娘を指さして言った、「多分ホメリタエ族の娘だ、生まれたヒムヤルの天幕をまだなつかしく思い出すのだろう！」「いや違う」と仲間が答えた、「恋の寸劇さ、男の方は、あの荒々しい目つきと節くれだった棍棒で野蛮な猛獣使いをまね、女の方は、昔ながらのヒロインを演じているのさ」

身につけた宝石を輝かせ、黄金の玉座にアロアディンは座っていた。魔術師の頭上で一羽の鳥がはばたき、かぐわしい大気の中、翼で風を送っていて、生きた天蓋をなしていた。陰を作るその鳥は羽毛のないヒクイドリほども大きかった。そのかぎづめは巨大で、それにつかまれたら鷲でさえ無力な餌食になってしまうだろう。くちばしは鋼《はがね》で、羽毛は磨きあげた金のように光り、目の輝きは、さながら内なる火がダイヤモンドの球の奥で燃えているようだった。

無知蒙昧な群衆は魔術師を崇拝し、彼の前にひざまずいて、賞賛の言葉を叫んでいた、「あなたさまは強きお方、喜びを与えてくださる、楽園の主」アロアディンが手を振ると、崇敬の念に打たれて、群衆は立って静まりかえった。「この世の子らよ」彼は叫んだ、「私はおまえたちを死の門よりもたやすく通れる道により、ここに導いた。わが山々のふもとは不信心なスルタンの領土に達しているので、スルタンは私を冒瀆し脅している。その軍勢は強く、護衛は多い、だがあいつを短剣でひと突きにしてやる。この世の子らよ、私はおまえたちを目に見えぬ至福の当てにならぬ約束や、ひとりの旅人とて帰ってきたためしのない来世の天国についての作り話で誘惑しているのではない。おまえたちはこの幸福の森で、飲めば飲むほどいっそう唇が渇いて飲みたくなる、あの喜びの杯を味わったではないか。誰か、危険を冒して本物の楽園で永遠の喜びを得ようとする者はここにおらぬか？」

「私がいる！」タラバは叫び、おどりでて、魔術師の頭に節くれだった棍棒を打ちおろした。

その一撃で頭蓋骨が砕けたにもかかわらず、彼は倒れなかった。血も流れなかった。地獄の護符により、命はまだ閉じ込められたまま体に宿っていた。驚いた群衆は恐怖のあまりじっと立ち尽くし、天の怒りにより、報復が即座になされるのを待った。するとなんと！　あの鳥が……あの怪鳥が舞いあがり、……そして急降下してタラバを捕まえようとする！　するとオネイザが、弓をたわめ、矢をいっぱいに引き絞った！　オネイザの手から放たれて矢は飛び、怪鳥を射抜いた。矢は護符を打ち破った。そして闇がすべてを覆い、……大地は揺れ、天に雷鳴がとどろき、呪われた霊たちの叫喚のうちに、罪の楽園は滅んだ。

やがて大地は静まり、悪霊たちの叫喚もやんだ。瓦礫と残骸がふたりの視界に広がって闇は消えた。荒廃と死者たちのただなか、唯一命ある者として、悪の撲滅者とアラブの乙女は立っていた。ふたりはあたりを見回した、岩は砕けて、魔法によって閉ざされていた道が開けていた。畏敬の念に打たれ黙ったまま、石の谷間をふたりは物思いにふけりつつたどっていった。

眼下の谷に一群の天幕が立っていて、軍旗がなびき槍が日を浴びて輝いていた。その平地には、見わたす限り、大勢の者たちが群がるように野営していた。その本陣の天幕で直属の部下と軍議していたのはこの国のスルタンだった。彼の前にひとりの将校が、オネイザと天命を受けた若者を連れて来た。

「閣下の命《めい》に従い」将校は言った、「われわれは山脈に向かって進みました。そして狭い上り道を登り始めたときです。突然、大地が揺れ、真夜中のような闇に包まれました、天からは火と雷が落ちてきて、まるで審判の日が来たかのようでした。恐ろしい出来事がやみ、いくらか気持ちも落ち着くと再び行軍し、その途中でこの若者と女に会ったのです。彼らの申すには、自分たちはアロアディンの根城からやってきた、そのアロアディンには審判の鉄槌が下った、とのこと。アロアディンとその罪深い楽園はともに、天の使いである彼らが滅ぼした、と主張します。それゆえふたりをここに連れてきて、御前でもう一度話させることに致しました。話の真偽をお調べになり、彼らの功績に見合った報いをお与えくださいますよう」「そのようになさってください」タラバは答えた、「真実が証明するままに！」

スルタンはタラバが話すあいだ、君主としての誇り高いまなざしを彼に向けていた。「もしおまえが余をからかったのならアッラーとアリーの名において、死が永遠に嘘つきの口を封印することになろう！　もし事がおまえの言うとおりなら、アラブ人よ、おまえは余のとなりに立つことになる」……すると聞こえてくるではないか！　叫び声が、いつまでも続く叫び声が、喜びに沸く群衆のますます大きくなる叫び声が！

息を切らし、あえぎながら、天幕に良い知らせをもった伝令がやってくる、「おおスルタン様、万歳！　敵が皆アロアディンのようになりますよう！　神の怒りが奴に下りました」嬉しい知らせを聞いて、スルタンの頬は喜びに輝いた、「このアラブ人に栄誉のローブを着せよ」彼は叫んだ、「首には金の鎖を巻き、額の上に王冠をかぶせよ、私の堂々たる馬に乗せ、野営地を巡らせるのだ、そして伝令を前に行かせ叫ばせるのだ、スルタンによく仕えた者にはこのような報いがあろう、と」

そこで臣下たちは紫のローブをタラバに着せた。首のまわりに金の鎖をかけ、額の上に王冠を乗せた、そして王の馬に乗せ野営地じゅうを連れてまわった、伝令が前を行って叫んだ「スルタン様によく仕えた者にはこのような褒美が与えられよう！」

凱旋行列から戻ると王の前でタラバは自分の天幕を所望した。彼のいきいきした目、誇りで紅潮した頬をアラブの乙女は物思わしげに見つめた。「オネイザ！」若者は叫んだ、「王様は言ったとおりにしてくださったよ、そしてぼくを国中でご自分の次の位に指名してくださったんだ！……どうしてそんなに深刻でもの悲しげにほほえんでいるの？　ねえオネイザ、名誉と富と名声を授けようと言われたとき、すぐに頭に浮かんでとても嬉しくなったのは、君がこの知らせを聞いたらきっと喜んでくれるだろう、ということだったのに」

オネイザ：タラバ、あなたは私を陽気にすることはできないわ！　私はみなしごなのよ、……まわりは知らない人ばかりで。

タラバ：でもぼくがいる。

オネイザ：父さんは、……

タラバ：安心しなよ！　昨晩君はどんな目にあったか！　どんな危険に今朝、ぼくたちはさらされていたか！　安全と名誉と富がいまはぼくたちの手中にある。たったいま、君のことをスルタンに聞かれたから、子どものときからぼくたちは婚約していますと答えたんだ。……間違っているかい、オネイザ？　スルタンはぼくたちの婚礼に、賜物を積みあげてくださるとおっしゃったのに、……結婚の日取りを決めよとの命令にぼくが感謝したと言って君は責めるのかい、オネイザ、そんなに涙にくれて？……

オネイザ：神意によりあなたは人類の中から選ばれたことを忘れないで！

タラバ：多分アロアディンが死んだとき、使命は終わったんだ。そうでなければ、全知の神が褒美と祝福をぼくの行く手に振りまいて、成し遂げた仕事に報いてくださるだろうか？

オネイザ：タラバ！

タラバ：もしそうでないとしても、ぼくはどこに行ったらよいのか？　お召しがあるまで平和に暮らす方が賢明ではないだろうか？

オネイザ：私を砂漠に連れてって！

タラバ：でもモアスはいないよ。君は知らない人の天幕で暮らすつもりなのか？　そうしたら君の父さんはわが子を捜し求めて、ずっと無駄な放浪を続けることになる。

オネイザ：それならメッカに連れていって！　そこでカーバ神殿の巫女として暮らすわ。あなたも私のヴェールをつけるのよ、……人目につくから決してヴェールをあげてはだめ。そこで、あなたが使命を果たしに行ったら、そのあいだ私は祈りを捧げて、タラバ、あなたを助けるわ。そうすれば私は生きることができる、……幸せではないにしてもきっと希望を持ち続けて。

タラバ：もっとましなことを考えようよ！　天の意志は明白さ。不思議な仕方でぼくたちをここに導いてくださった。すぐに世間の人々は語り出すだろう、ぼくたちが成し遂げたこと、スルタンの庇護のもとに暮らしていることを。そうしたら君の父さんも評判を聞きつけ、願っていたとおりの姿でいるぼくたちを見つけるだろう。……まだ涙に暮れるのか！　まだ気の進まない目で見るのか！　いやだ……いやだ……オネイザ……ぼくがあの天幕を出たとき、君はもっと違う目をしていた……

オネイザ：タラバ！　タラバ！

歌と音楽と踊りを伴い婚礼の行列は進む。ヴェールを掛けた花嫁のあとに五十人の女奴隷が付き従う。女奴隷たちの高価なローブは織りなされた金糸で輝き、宝石が遠くまで光を放つ。そのあとに続く百人の奴隷が持つのは、銀の器に金の器、そしてたくさんの豪華できらびやかな衣装で、いずれもスルタンの贈り物。左右両側を小姓たちが進み、かかげる松明《たいまつ》が薄闇のなかでゆらめく。ラッパとタンバリンの陽気な音が行列に伴う。そして群衆は大声をあげて花嫁を祝福する言葉を叫ぶ。いま、一行は立派な館《やかた》に着く、タラバの住まいとなる館だ、そして結婚の宴のごちそうが並べられ、やがてお開きとなった祝宴から客たちは帰っていく。

花嫁の部屋から出てくるのは誰だろう？　それはアズラエル、死の天使。

第八巻

女：墓場に行ってはならぬ、ご老体！　狂人がいる。

老人：行ったら危害を加えるのか？

女：いや、みすぼらしいあわれな男にすぎぬ！　だがその尾羽打ち枯らした姿は見るも無残。一日じゅう墓の上に横たわり、決して泣いている様子は見せず、決してうめき声が聞かれることもない。祈りの時刻になってもひざまずこうとせず、唇を動かすこともない。私が食べ物を運んで施しをしてやっているが、ひと言も発したことがない。だが身の毛もよだつ顔つきをしていて、その身の毛もよだつ目を私は夢に見て夜中に目を覚ますほど。だから墓場に行ってはならぬ、ご老体！

老人：どうして神の怒りがそこまでひどくその男を打ちのめしたのか？

女：異邦人としてこの国に来て、スルタンのために立派な働きをし、その働きは充分報いられた。スルタンは彼を自らに次ぐ地位につけ、住まいとして立派な館を与え、花嫁には豊かな土地を祝いに与えた、だが婚礼の夜に死の天使がやってきた。そのとき以来、気がふれて墓場をうろついている。スルタンはその話を聞くと、何か隠している罪があってこのような裁きが下ったのだと言い、そいつを引き立てたことに対し天に許しを乞い、男を困窮するままに見捨てたのだ。

老人：異邦人と言われたな？

女：あんたと同じ、生まれはアラブ人。だが墓場に行ってはならぬ、奴のみじめな姿を見たら、堅固な心も痛むゆえ。

老人：いや、いや、私はこれまで苦しんでいる同胞を放っておいたことはない。それに彼の母語を聞いたなら、友の声のように聞こえよう。

そこで女が指し示した墓に向かって、老モアスは歩いて行った。墓のかたわらにタラバが横になり、沈む夕日を浴びていた。太陽と、風と、雨が彼の黒髪を赤茶けた色に変え、頬はくぼんで、顔が骨張っていた。墓の横に寝そべって、やせた指で無意識のうちにかたわらに生えた草をもてあそんでいた。

老人は彼のことがわからなかった。近づきながら大きな声で呼びかけた、「同胞よ、そなたに平安を！」なつかしい母語の響きにタラバは覚醒した。彼は面をあげてこの善良な老人を見ると、立ちあがって、その首に抱きつき、とてもつらそうに呻吟した。そのときモアスは若者が誰なのかわかり、自分は子を亡くしたのかと恐れつつ、墓に目を向け、それを指さした。「ご老体！」タラバは叫んだ、「あなたの捜索はここで終わりです！」

父の顔は青ざめ唇は悲しみに震えた。それでも気力を振りしぼり、苦しそうな声で彼は答えた、「神は善なり！　その意志の遂げられんことを！」

その言葉のうちにある悲嘆、モアスに口を開かせた諦念がタラバの心を和らげた。「あなたの悲しみの中には慰めがある」彼は叫んだ、「内なる慰謝がある！　モアス！　あなたがここで目にしている私は、悪魔たちに引き渡され、神に見捨てられた敗残者です」

老人は怪訝なまなざしで彼を見た。「夜ごとに」若者は話を続けた、「あなたの娘がやってきて私を絶望に追いやろうとする。モアス、あなたは私を狂っていると思うでしょう、……だが尖塔から触れ役が真夜中を告げたら、思い切って彼女に会ってみませんか？」

広場では日没に伴ってラッパと太鼓の音が鳴り響いた。「祈らないのか？　せがれよ！」モアスは言い、白い旗が近くのモスクの上で振られているのを見やった。するとタラバの目つきが荒々しくなった、「祈れだって！」彼は言った、「私は祈ってはいけないのです！」彼のあげたうつろなうめき声が老人の心に響いた。老人はかがんで地面に顔をつけると、激しく苦悶しながら神を呼び求めた。

暗い嵐の夜になった！　雨をしのごうと埋葬所の中にタラバは老人を連れて行った。嵐の夜！　風が月のない空に吹きすさび、埋葬所の柱のあいだでうなった。風の合間には激しい雨が頭上の墓碑を打った。何も言わずオネイザの墓に父と夫は座っていた。

触れ役が尖塔から真夜中を告げた。「さあ来るぞ！」タラバは叫んだ、すると埋葬所の上の方に、硫黄の火影《ほかげ》のような気味の悪い光が広がり、そのぞっとするような光の中、彼らの前にオネイザが立った。彼女だった、まさに彼女の目鼻立ち、死によって変わり、頬は土気色に、唇は青くなっていたけれども。だがその目には死の忌まわしさよりもさらに恐ろしい輝きが宿っていた。「あわれな人、まだ生きているの？」うつろな声で彼女はタラバに向かって叫んだ、「そして私は夜な夜な墓から出てきて甲斐もなく、言い続けなくてはいけないの？　神はあなたを見捨てた、と」

「こいつは違う！」老人は叫んだ、「悪霊だ！　まぎれもなく悪霊だ！」そして若者に、自分の槍を差し出して言った、「突いて、おのれを救うのだ！」「彼女を突くだって！」タラバは叫んだ、だが全身の力が麻痺して、その恐ろしい人影をじっと見つめたまま。「そう！　突くのよ！」と叫ぶ声があり、その声音が彼の魂に流れ込んで、たちまち癒やしの効果をもたらした、あたかも砂漠の驟雨が死から彼を救ったときのように。だがそのよく知っている声にも従わず、彼の目は、その声の主を探していた。そこでモアスは意を決し、声の命ずるに従って、吸血鬼の死体に槍を突き刺した。死体は倒れ、傷を負って叫びながら、取り憑いていた悪霊は逃げ去った。青いサファイア色の光が彼らに降り、栄光の衣をまとって、彼らの眼前にオネイザの霊が立った。

「ああ　タラバ！」彼女は叫んだ、「自分を見失わないで！　永遠に私を失ってしまっていいの？……さあ行って、探索の旅を成し遂げて。天国の木陰で私がむなしく待ち続けることがないように、わが夫よ！」次いで霊はモアスの方に黒く輝く天使のまなざしを向けて言った、「定められた道のりは、ああ大好きなお父さん、至福の住処まであと少しです。アラビアに帰り、そこで死を思いつつ老いの身に慰めを得てください。そうすれば解放者アズラエルが、やがて平穏のうちにあるあなたを訪れるでしょう」

タラバとモアスは切実な目つきで両手を差し伸べて立っていたが、再び闇が彼らを閉ざした。タラバの魂はよみがえった。彼は、床から矢筒を取り、弓をたわめながら叫んだ、「すべてをみそなわす神のなせる業か？　この乱心のときに、私の手が本能的にこれに伸びたのは。明日、太陽が、この弦《つる》をまたぴんと張るだろう、いまはゆるんで、ぼやけた鈍い音をたてているが。明日、弦は生き生きとした声音で歌うだろう、飛んでいく矢に合わせ、小刻みに振動して。私は……いや私もまた、心の健康を取り戻し務めを果たそう。父さん！　それではここでお別れです！」彼は叫んだ、「もう会うことはないでしょう、天国の門で再会し、永遠の喜びを共にするようになるまでは。この前、別れたときも闇の中でしたね」……そう言って若者はまちがった望みを抱いてきたことを思った。だがいまや彼の心は穏やかだった、彼の魂には天国へ行く望みが湧いてきたがゆえに。老人は何も答えなかったが、タラバの外套を持って、埋葬所の扉のところまでついて行った。雨はすでにやんでいて、空は嵐でちぎれた黒雲で荒々しかった。見よ！　ちょうど雲の切れ目を一つの星が、あとに光の筋を残しながら東の方に流れていった。「ほら私を導いている！」タラバは言って、振り返り、老モアスの最後の抱擁と最後の祝福を受けた。

夕刻だった、ひとりの年老いた托鉢修道僧が、庵《いおり》の戸口で夕日を浴びて座っており、一夜の宿をとるよう旅人をいざなった。夕日の照らすなか彼は、米と新鮮なブドウの簡素な食事を並べた。足元には小川が流れ、その水をふたりは飲んだ。

ふたりが座って食事をしていると、歌、音楽、踊りとともに婚礼の行列が通りすぎた。ヴェールをかけた花嫁、女奴隷たち、祝祭の松明、陽気な音色のラッパとタンバリンがそれに伴った。

善良な老托鉢僧は行列が通っていくとき、祝福を与えた。だがタラバはじっと見たまま、低く深いうめき声をあげ、顔を隠した。托鉢僧は悲しみというものを知っていて、彼に同情した。敬虔なあわれみの言葉をかけられて若者は心を開き、身の上を打ち明けた。

「嘆いてはならぬ、わが息子よ!」老人は答えた、「天がそなたを矯正してくださったのじゃ。このブドウの木を見なさい。私がこれを見つけたときは野生の木で、奔放な生命力にあふれ、不規則に小枝を伸ばし、大きな突起を作って、葉や小さな年輪にその力が使われていた。外に向かってむだに繁茂したために、果実を実らせるべき樹液と生命力を浪費していたのだ。だが剪定してやると、余計な葉がなくなってほどよく生長し、ご覧のとおり、まるまるとした色鮮やかな房を実らせた、先を見越して痛めつけてやった手入れの甲斐があったというものだ。嘆いてはならぬ、わが息子よ! 天は英知と慈悲によって、賢い蛭《ひる》のように、苦痛を伴う治療を施すのじゃ」

そして間をおいて「これからどこに行くのか?」と尋ねた。「わかりません」タラバは答えた、「まっすぐに、神意を導き手として」老人は言った、「その信心を非難するつもりはない、だが確かな道をたどった方がよいと私は思う。カーフにスィーモルグの住処がある。時代を超えて生きる全知の鳥だ、世界の破滅を人の子らとともに三度見てきた。そこに行く道のりは長く、道は険しく、危険に満ちている。だがスィーモルグが、聞きたがえることのない声で疲弊したおまえに目的地を教えてくれよう」

すぐに若者はこの英知ある言葉に同意した。そして明け方にはカーフに向かう冒険者の姿があった。そして彼は何日も旅を続け、たくさんの川を泳ぎ渡り、たくさんの尾根を越え、果てしない平原をいくつも通って、そして荒野の中にはいった、人の形跡を最後に見てから長い時間がたっていた。

寒い！　寒い！　若者が苦労してたどりついたのは寒冷地だった。彼は疲れていて食糧も足りず、気が遠くなった。寒い！　寒い！　太陽はなく、空は重たげな雲に一様に覆われて雪が降り始める。ホデイラの息子よ、おまえは故郷の砂漠に思いこがれているのか？　アラビアの疾風がなつかしいか？　寒い！　寒い！　血の巡りが悪くなり、彼の手は赤く、唇は青い。足は霜《しも》でひりひりする。元気を出せ！　元気を出すんだ！　タラバ！　もう少しの辛抱だ！

一面の荒野！　生き物の痕跡はただオオカミと熊の足跡だけ！　聞こえる音は、荒れ狂う風と雪を踏むザクザクという音だけ！　夜になった。月もなく、星もなく、ただ雪明かりのみ！　だが丘の洞窟の中に火が見える、心を生き返らせる火だ。元気を取り戻し、そこに向かってタラバは進んでいく。

洞窟の中には女がいた。ひとりぼっちの女、火のかたわらで糸を紡《つむ》ぎ、紡ぎながら歌っていた。松の枝が陽気に燃え、彼女の顔は炎に明るく照らされていた。その顔は乙女の顔、だが髪は白い。彼女は微笑《ほほえ》んで彼を迎え入れたが、なおも糸を紡ぎ続け、紡ぎながら歌っていた。女が紡ぎ出す糸は蚕《かいこ》の出す絹糸より細く、蜘蛛の糸より細かった。彼女が歌う歌は低音で甘く、タラバの知らない言葉だった。

彼は弓をいろりの前に置いた、弦が硬く凍っていたから。彼は首に掛けていた矢筒をはずした、矢羽根に氷がついていたから。そして心地よい炎でなえた肢体が生き返ると、冒険者は食べ物を求めた。女は答えた、なおもその言葉を歌に乗せていた、「近くに住んでいる雌の熊、小熊もいるの、一、二、三匹。熊の母さん、鹿を狩って、持ってくる、そしたら一緒に楽しくごちそう、いまは狩に行っていてじきにここに来るでしょう」

彼女は仕事の手を休めてこう話した、そして答え終わると、また指で糸をくるくる回し、また女は歌い始めた、低く甘い声音で、意味のわからぬ歌を。

彼女の紡ぐ糸は、かぐわしい炎に照らされ金色に輝いた。それでもきわめて細いので、光が当たったとき以外は肉眼では見えなかった。若者は座ってそれを見、女は彼が驚いているのを見た。そしてまた彼女は彼に話しかけた、なおも言葉を歌に乗せて、「さあこれをあなたの手に巻いて、いいこと、さあこれをあなたの手に巻いて、お願い、私の糸は小さく、私の糸は細い、だけどこの私の糸を断つことができるのは、あなたよりもっと強い人に違いない！」

そして彼女は輝く青い目をあげて、やさしく彼に微笑みかけた。彼はそこに邪気を感じなかった。そしてぐるぐるぐると右手に、ぐるぐるぐると左手に、彼はとても細い糸を巻いた。そしてまた女はしゃべった、なおも言葉を歌に乗せて、「さあ、力を込めて、見知らぬお方、さあ、この細い鎖を切ってごらん」

タラバはあがいたが、その糸は魔法の手でよりあわされていた。恥辱で頬に赤みが差し、そこに恐怖が混じった。彼女はそれを見て、彼のことを笑い、また歌った、「私の糸は小さく、私の糸は細い、だけどこの私の糸を断つことができるのは、あなたよりもっと強い人に違いない」そして彼女は輝く青い目をあげて彼に残忍な笑みを向けた。「ありがとう、ありがとう、ホデイラの息子！もとどおりにできないことをしてくれて、私の紡いだ鎖で自身を縛ってくれてありがとう！」そして彼の頭から漆黒の髪を一房もぎ取ると、火の中に投げ入れそれが燃えると大声で叫んだ、「姉さん！　姉さん！　聞いて私の声を！　姉さん！　姉さん！　来て喜んで、罠を紡いだ、獲物を捕った、仕事は終わった、私はホデイラの息子を生け捕りにしたのよ」

魔法の車に乗って姉の魔女がやってきた、ハウラ、魔術師の一族でもっとも残忍な者。彼女は若者をじっと見て、その細い糸を断ちきってみよと言い、声をたててあざけり笑い、喜んで手をたたいた。

雌熊が狩から戻ってきた、血まみれの口に獲物をくわえ、それをマイムーナの足元に置いた。そして分け前を求めるかのような物欲しげな目で見あげる。「そこ！　そこ！」とマイムーナは言い、囚われの身の若者を指し示しながら踏みつけて、彼を食うよう命じた。だがすぐにあざけりは消え、姉妹は怒りと恥辱にかられた。雌熊がタラバにじゃれつき、おとなしく彼の手をなめたのだ。

白髪の魔女は地団駄を踏み霊を呼び出した、「この敵を地下の洞窟の土牢に運ぼうか？」

霊：災いだ！　災いだ！　われらの帝国の災いだ！　もし彼が地下の洞窟に足を踏み入れるなら。

マイムーナ：かせを掛けたままここに放置して、飢えと寒さで死なせようか？

霊：この人里離れたおまえの住処から逃げよ！　危険が近づいてくるのがわかる、ここにいては彼が生き、おまえが死ぬ。

マイムーナ：どこにこの者を運んだらよいのか？

霊：モハーレブの島に行け、そこでこの敵を監禁するのだ、そこならおまえの災いを防げるだろう。

そこでかせを掛けたままタラバを車に投げ込んだ、そして車に乗り、彼の首に足を置くと、マイムーナが手綱をとり、ハウラが鞭をふるう、さあ、行け！　行け！　行け！　その魔法の車を引く馬は生身の種族とは異なり早い足と翼をもっていた。背後に雪煙があがり、氷の岩は砕け散る。聞け！　下の谷間に車輪の音が響く、車は遥かに山々を越えていく。行け！　行け！　行け！　空中の悪霊たちは、姉妹が通りすぎると喜びの叫びをあげ、夜にさまよう邪悪な者どもの亡霊は、魔法の車の上を飛んでいく。行け！　行け！　行け！　丘を越え、平原を越え、川を越え、岩山を越え、砂の岸を越えて。海の波は魔法の馬の下でうねり、馬はひづめも濡らさず海を踏み、いまや島の岸辺に着き、モハーレブの住む都に向かう。都の門が開き、鉄の扉、宮殿の扉が開く。そして魔法の車は止まった。王は車輪の音を聞き、自分が仕える女主人を出迎えた。彼は囚われの若者を知っていた、そしてタラバは、王の衣をつけたモハーレブを見た、かつて自らの腕で、瀝青の穴に突き落としたその男を。

第九巻

「上に登れ、マイムーナ、登って、星回りを読め！」

見よ！　一番高い塔のバルコニーに彼女が立っている。その黒い瞳、美しい顔を天に向けて。その白い髪は銀の流れのように北の夜になびく。

降りてくる彼女の足音をハウラとモハーレブは聞き、もの問いたげに目をあげる。彼女の顔は深刻で、口は重く、悪い知らせを告げたがらない。「何を読みとった？　何を読みとった？」不安にかられてハウラが言う。「危険……死……裁き！」マイムーナは答えた。

「それが天に光るものどもの答えか？」より冷酷な方の魔女は叫んだ。「アッラーの被造物どもめ、奴らは彼の意を体する。そして嘘の脅しで信じやすく愚かな連中をたじろがせるのだ……マイムーナよ、私はこのいまいましい占星術を好いたことはなかった。生《い》け贄《にえ》を捧げて占う方がまし。そして私自身が自分にお告げをするのだ。生け贄を連れてこい、王よ！　男と女だ、そなたは必要な儀式を知っておろう。そのあいだ私は場を浄めよう」

スルタンは行き、魔女は立った。そして北、南、東、西と、天の四方に正対し、各方角を向くたびに壁に手を置き、見あげては虚空を打ち、身をかがめては床を打った。「イブリースとその僕《しもべ》たちに私はこの場を捧げる、彼ら以外ははいってはならぬ！　命の息があるものすべて、命の樹液をもつものすべて枯れて死ぬのだ！」

すべて準備が整った。モハーレブが戻り、円が描かれる。生け贄が血を流す、若者と乙女だ。ハウラは円の中、左右の手で髪をつかんで生首を持つ、若者と乙女の首を。「消え失せよ、光ども！」と叫び、闇の中で呪文を唱え始めた。

両手を広げて彼女は回る、速く、さらに速く、ぐるぐる、ぐるぐる、そのあいだ、大声で呼び続ける、「イブリース！　イブリース！」大声で、やむことなく、なおも彼女は呼ぶ、「イブリース！　イブリース！」目が回る、目が回る、なおも彼女は回る、大声で、やむことなく、なおも彼女は呼ぶ。ずっと同じ動きで、ぐるぐる、ぐるぐる、ずっと同じ呼びかけで、なおも「イブリース！　イブリース！」ついにその声はわけのわからぬ叫びとなり、彼女の頭はくらくら回る、そしてとうとう悪魔に取り憑かれる。彼女は止まり、揺らぎ、よろめく！　見よ！　見よ！　彼女が闇の中に現れる！　炎のような髪は命を得て巻きあがり、さながら流星の光の尾！　その目は病んだ月のようう！

動いているのは彼女の唇、音を発しているのは彼女の舌、だが出てくる声は誰の声か？「汝《なんじ》ら希望を持ち、恐れよ、彼の運勢に危険が迫る。スルタンよ！　彼が死んだら災いぞ！　運命は同時に加えられる死の一撃を書き記している、モハーレブとそのかたきに！　勝利！　勝利！　彼のかせを編んだ女のみが彼を解放できる」

彼女は託宣を告げ、気を失って倒れた。彼らはそのかたわらにひざをついて介抱した、彼女の妹と王は。彼女の手のひらに水を振りかけ、鼻孔を血で湿らせた。彼女は夢から覚めたように目を開けて、自分が何を声にして発したのか尋ねた。だがそれを聞くと、怒りと悲しみで、しわの寄った顔を曇らせた。「ならば奴をずっと囚われの身のまま生かすがよい！」彼女は答えた。モハーレブは目の輝きを取り戻し、彼女の不機嫌な顔つきから、口先だけの嘘をついているのではないことを読み取った。あわれな男！　何の役に立ったのか？　深い洞窟の中で悪の使徒たちが、彼の洗礼に際し、誓いをたてて地獄の秘蹟をとり行ったことは。いまや彼の死が彼らに安全をもたらすのだ。何の役に立ったのか？　彼らがアブダルダールの護符の指輪をくれたことは。もうひとりの命を取ればその打撃は彼自身におよぶと言うなら。

彼はタラバが入れられている地下の独房に向かった。しらじらと夜が明ける時分だった、タラバの祈りの声が、神聖な意味の言葉を伴い、王の耳を打って動揺させた。重い蝶番《ちょうつがい》のきしる音にアラブの若者ははっとすることもなかったし、近づく足音に対し、ひれ伏した頭をあげもしなかった。モハーレブの不敬な声が聞こえても勤めの妨げにはならなかった。黙ったまま、畏怖の念に打たれ、ねたみ、卑屈な気分でモハーレブは、土牢の中の敬虔な平安を見つめていた。やがてタラバは、完璧に儀式をやりおえて穏やかな目をあげた。そこで島の首領は口を開いた、「アラブ人よ！私が危険な洞窟を案内してやったことも、おまえのおかげで充分すぎるほど報われた。敵対しながら、図らずも味方だったというもの。おまえの指輪を受け取りつかんだ手が、探し求めていたあの場所へと私を連れて行ってくれたのだ。さあ私が義理がたいことを知れ。あの魔除《まよ》けを返してやろう、ここでおまえの身を守る唯一のものだ」

彼は言葉巧みに話した、見せかけの義理がたさの裏に利己的な行為を隠して。魔法の鎖に縛られたタラバは、力を失った手に魔力をもつ指輪を再び受け取った。そして、予兆を信じながら最初にその宝石を指にはめたときのことを思い出し、若者はかつて口にした、未来を予感する言葉を繰り返した、「神の名において、そして預言者の名において！　もしその力が良いものなら、正しい人々のために役立たせよう。もし邪悪なものでも、神と私の信仰により、浄化されるだろう。邪悪な者は知らずして天の正しい意志を実行するのだ！」

こうしてタラバはまた、文字の書かれた黄金の指輪を受けとった。その間モハーレブはなにやら考え込みながら、立ったまま、捕らえられた若者を見ていた。そして、巧みに詭弁を組み立てて、次のように話し始めた、「おまえは勇敢だ、タラバ！　なにゆえにわれわれは敵同士なのか！……おまえとの友好を高い値段で買い取ってやろう、そしておまえ自身の幸福に目を開かせてやる。よいか、大自然には二手にわかれて敵対する神々がいる、創造主たちと存在するものの支配者たちで、力は等しい、……ほら黙って聞け！……等しいのだ……まわりを見回してみろ！　同じ大地が果実をも毒をも生むではないか。ラクダが香りの良い食べ物を見つけるところで、角のある毒へビが死の果汁を吸う。自然は人間の役に立つかと思えば、人間の弱さに対し支配力を行使する。おまえは聞くことがあろう、人々の陽気なさざめきと婚礼の歌を。その隣の家からは死者を哀悼する泣き声が聞こえてくるのだ。おまえは、「罪」がアッラーの世界に侵入したと言うのか？　悪魔がしばらくのあいだ黙認されて、獲物を求めうろついていると。おまえの天幕に毒へビがはってきたら、そいつをたたきつぶすだろう？　だとすれば、よいか、アッラーが敵をたたきつぶしたとしても力が足りなかったのだ。最初から、神々同様、神々の争いも永遠で、最後まで争いは続くに違いない。悪と善……タラバよ、それは単なる言葉でなくてなんであろう？　争いにおいては天使の争いも人間の争いも、弱い方に非がある。力が決めるのだ。死者の魂は肉体の家を出ると、おまえたちが間違って教わったように、至福の、あるいは苦しみの終《つい》の住処《すみか》にはいっていきはしない。また墓の中で長い長い眠りにつくのでもない。おのおの偉大な指導者の軍勢に加わり、その指導者の運命がわが身の運命ともなるいくさに加勢するのだ。だから負けた方こそ災いだ！　そいつに従った人の子らこそ災いだ！　彼らは自分の指導者とともに、永遠に、地下の中心の炎の中でうめき続けなくてはならない。タラバよ、おまえは分の悪い方を選択した、選択とは言えぬかもしれん、そこに意志の働きはなく、疑いをさしはさむ余地もなく、比較考量する賢明な判断力もなかったのだから。おまえが生まれついた陣営の権力者に仕えるのは大変だ。そいつの規律は厳しく、残酷でさえある。そして報酬は、たんまりだが約束においてだけ。誰か実際の報酬を見た者がいるか？　われわれの方はと言えば……世界中の快楽がわれわれのもの、富と支配、地上の王国が。私たちがバビロンで会ったとき、ふたりとも冒険者だった、敵対する権力者にそれぞれ熱心に仕えていた。私たちは再び、あいまみえた。おまえはいまの自分の境遇を実感している、おまえはいまの私を目の当たりにしている、この地のスルタン、生と死の支配者だ。おまえを見捨てた奴を見捨てよ、そして私のようになるのだ、人類の中の偉大な存在に！」

囚われ人は、論駁しようとその狡猾な話を性急にさえぎることはしなかった。だが王が彼の答えを期待して沈黙すると、タラバは口を開いた。「それではこれがあなたの信仰か！　この極悪非道の信条！　太陽と月と星々とそして地と天に対するこの虚言が！　盲人にはわからないのだ、万物が最善の仕方で働いていることが！　そして知ろうとしないのだ、世界の成熟期においては、揺籃期に特徴的な愚かさや、青年期に汚点をつける悪徳を、大人の英知がすべて捨て去り、その英知は善のうちに揺るぎなく、悪に影響されないということを。スルタン、モハーレブよ！　確かに、あなたはここで私を鎖につないでいる。だが私は虐げられてはいても、見捨てられてはいない。屈服させられてはいても、破滅してはいない。神と人類の兄弟に命を捧げた者の魂を、危険がたじろがせ、死が狼狽させるだろうか？ その高貴な大義において、同じように報いられ、征服者たちと殉教者たちの勝利のシュロの葉は天上で一つの栄光に輝いている。あなたは私の血であの恐ろしい炎を消しうると思うのか？ あなたは知らないのか、正しい者、賢明な者、過去のあらゆる時代のあらゆる善行が、あなたに抗して団結し、さらにあなたの犯した罪と、真実と、そして天の神が手を結んでいるのを！」

「奴隷め！」とモハーレブは言い、彼の唇は激しい怒りに震えた。「おまえは囚われの身、私の力を思い知らせてやる！ この忌まわしい土牢の中で少しずつ、手から足へと腐っていくがよい！」そして暴君は外に飛び出す。心を腐食する思いに我慢がならず、荒々しい狩りに出て、そのめくるめく陶酔によって内なる報復の力から、つかの間の息抜きを得ようとする。

あの女は誰だ、しわだらけで老いさらばえ、森の中を行くのは？ 杖を頼りによろよろ歩き、歳のせいで動きの鈍った指を使ってゆっくりと数珠をつまぐる。腕白坊主たちが彼女をからかう。腕に抱かれた赤ん坊は彼女に出くわすと、急におびえてうしろを向き乳母の首にすがりつく。

行け！ 行け！ 狩人が叫ぶ、モハーレブが狩に出た！ 猟犬はしきりに吠えて、解き放ってもらおうとする。鷹がすぐに前かがみになるのは、いまにも飛び立とうとするしるし。鞍の上に横たわり、落ち着いた目をして、かぎ爪を隠してはいるが、山猫も放たれるのを待っている。

震える体をもたせかけ、ゆらゆらする杖に支えられて老婆は彼らが通りすぎるのを見る。それっ！　それっ！　獲物が狩り出された！　猟犬が放たれ、鹿が平原を跳びはねる、猟犬たちはのろのろとずっとうしろからついていく！　だが見よ！　鹿の頭上をハヤブサが敵意を持ってはばたき、目をくらませる打撃を加える！　耳をつんざく打撃にくらくらし方角を失ってやみくもに、あわれなけものは懸命に走る。さあ猟犬たちが近づいてきた！　鹿は激しくあえぐ！　心臓の鼓動が見えるほど。そして人間の涙のような涙が、熱で腫れあがった大きな静脈にそって流れる。いまや断末魔の汗が焦げ茶の皮を黒ずませる！　鹿の恐れ、うめき、苦悶、死が慰みであり、喜びであり、勝利なのだ！

それっ！　別の獲物だ、敏捷なアンテロープだ！　山猫が放たれる。ひとつ飛びすると、そのかぎ爪がずぶりとアンテロープの肩に食い込み、その歯は血糊で赤い。森から音がする、侘び住まいのまわりで冬の夜風がうなるような。山猫は獲物に食いついて歯茎が生温かいまま、その呼び出しの音を聞く。主人の声をもはや恐れず、威嚇する調子で何度呼んでもむだ。森へと山猫は走り去る、あの老婆がしわの寄った指をしわの寄った唇にあて、長い長いひと吹きで指笛を鳴らしたのだ。その長いひと吹きこそ、侘び住まいのまわりで冬の夜風がうなるようなあの音だった。

モハーレブは彼女がわからなかった。狩りに向かっていたので、老いさらばえた姿を軽蔑しておごり高ぶるまなざしをちらりと向けただけだった。彼女は森の奥に立っていた。そしてあえぎながら彼女の足にじゃれつこうと、恐る恐る忍び寄っていくのは魔法にかかった山猫。おまえが恐れるのも無理はない、じゃれついても無駄だ！　彼女の姿が変わり、顔つきが一変する、その力と心はそのままで。森に立っていたのはハウラだ！

彼女はマンドレークが生えている場所を知っていた、そして山猫の首とマンドレークの先端に、ひもの両はしを結びつける。自分の耳を蠟でふさぎ、指をすばやく動かしてしっかりと詰め、音が聞こえないようにする。それは毒ヘビが頭を地面につけとぐろを巻いて耳管を完全にふさいだのと同じで、そんなとき、毒ヘビは横目で蛇使いの口の動きを見るものの呪文は届かず、風に流されて消えてしまうのだ。まだらの山猫は見事に、この災いのもとから力強く跳びはねる。瀕死のマンドレークは苦悶に満ち、命の綱が切れるのを感じ、想像を絶するうめき声をあげたが、それを聞いた者は皆命を落とすのだ。

ハウラは、犠牲になった召使いの山猫から、貴重な毒をもつ植物をほどいた。次に素手でマンチニールの枝を引き抜く。さらに昆虫の幼虫が作る蠟を取った。それは木の穴の中から押されて出てきていて、木の中で虫が作ったものがあらわれ出たのである。

森の洞窟の中、彼女は腰をおろして蠟を人の姿にかたどる、指で蠟をこねながら、呪文をかけ、その謎の形に、外からの作用を受けてタラバの命に連動する不思議な力を授けた。

マンドレークとマンチニールで彼女は呪いのかかった薪の山を作る。それに指をつけると、青や緑に指は光って火を放つ。その奇妙な燃料に点火するのにふさわしい火だ。

火の前に彼女は蠟人形を置いた、「さあ溶けてしまえ！」魔女は叫んだ、「おまえとともにホディラの息子も！」

愚か者め！　溶かしに行くがよい、人が治める地域を制限する極地の山々を形成する永遠の氷を。邪悪な者は知らずして天の正しい意志を実行するのだ！　悪を滅ぼすべく運命づけられた者は、アブダルダールの指輪をつけている！　彼の運勢の危機に対しておまえたちが彼を守ってきたのだ！　彼に呼応する蠟に炎は受け入れられず、表面で力なくたわむれる、雪原を照らす冷たい月光のように。

「呪われろ！　畜生め！」悪魔のような女は叫んだ、「おまえにはまだ身を守る呪文がかかっているのか？」そして猛《たけ》り狂う炎の中に蠟人形を投げ入れた。それは炎の中にとどまった、ちょうど古《いにしえ》の聖ポリュカルポスを、火あぶりの柱の炎がアーチ状に包み、聖者の頭のまわりで光輪をなすのに対し、白髪が命あるかのごとくに巻きあがったときのようだった。

「なぜこうなる！」ハウラは叫んで、洞窟の床を三度踏み鳴らした、「マイムーナ！　マイムーナ！」三度彼女は床を踏み鳴らし、岩の戸口の方をにらみつけると、マイムーナがそこにいた。

「だめよ姉さん、だめ！」彼女は言った、「モハーレブの命がタラバの命につながっているのよ！　だめよ姉さん、だめ！　誓いが立てられている！　ふたりに共通の誓約が！」

「愚か者！」ハウラは言った、「ひとりが死ぬか、皆が死ぬかだ！　あいつに信を示せば、ほかの者に対する裏切りとなる。なぜ蠟は大理石のように、火の中で溶けないのだ？　どんな強力な護符がホデイラの息子を守っているのか？」

冷たく、大理石の冷たさで、蠟人形は薪の燃えさかる上に横たわっていた、冷たく、その白熱する炎の中にあって。コウモリがかぎのついた革のような翼で洞窟の天井にへばりついていたが、熱にやられて死にそうになり、つかむ力をゆるめた。ヒキガエルは這って一番暗い隅に身を寄せていたが熱の痛みにあえいでいた。毒ヘビは子を連れ、せかせながら巣から出てきたが、ヘビの子たちは暖かいのを喜んで、細く、巻きひげのように柔らかいとぐろをのばした。すると若々しくてもろい、その美しい緑色が茶色に変わり、夏の日差しを浴びたように干からびて硬くなる。冷たく、大理石の冷たさで、蠟人形は薪の燃えさかる上に横たわっていた、蠟の青白い表面の成分が銀色に打ち震え、にぶい光沢を放っていた。

赤く炎の混じる煙の中に、奇妙なきざしを見ながら、青い目の魔女とその姉は立っていた、それは堕天使が、地獄で生まれた悪霊のとなりに立っているようだった。やがてマイムーナが思慮深げにまなざしをあげた、「姉さん、この蠟はどこから採ってきたの、幼虫か蜂が作ったもの？　だめよそれでは、私は驚かないわ！　それは魔法のかかった薪の山を作るため、アララトから太古の木を採ってきて、バルサムの木の陰で育てるようなもの。その葉脈には、殉教者の血によって効能が与えられているので、愚かな母親は、その木陰から出てきたツノクサリヘビを遊びたわむれる子どもに巻き付ける。これは永遠の、普遍的な戦いよ！　屍蠟というものがあるわ、……私はグールたちが宴《うたげ》の席で、このごちそうを取りあうのを見たことがある」……

「でかした！」とハウラは言った、そして洞窟の入口に行き、しかめっつらを上に向けて、聖なる太陽をあざける、「天で輝いているがよい、私が地を陰らせてみせる！　おまえは日を短くしようとはすまいが、私が闇の到来を早めるのだ！」そして魔女は魔法の歌を歌い始めた。なかば閉じた上下の歯のあいだから長く低い歌声がもれ、ゆっくりと動かす唇からゆっくりと長いひと息が発せられる、やがて彼女の目はくすんだ黄ばみを帯び、たるんだのどに浮き出た静脈がさらにふくれて黒くなった。そして三度上を向いて天の面《おもて》に向けて天を汚す有毒な息を吹きかけた。するとかびのような霧が広がってどんどん暗くなり、夕日が光輝を注いでも霧の中にはいり込めず下界は夜になった。

「さあ蠟を採っておいで」とハウラは言った、「おまえはそれを産出する場所を知っていよう！」ただちにマイムーナは出発し、霧と闇の中を進んでいった。そして彼女は墓場に着いた、墓の中で死者たちは不浄な足に踏まれるのを感ずる。

マイムーナは驚く、そよ風に髪がふわりと持ちあがるので。ハウラの呪文はこんなに弱かったかしら？　突然そよ風が吹いてそれが強まった。先ほどまで、肺にはいり込んで息も苦しかったほどの濃い霧が、疾風を前にして流れていき、いまや子どもの吐息のように淡く、ちょうどそれが秋の寒気の中、日差しを浴びて見えたときのよう。突然、風が立ち、たちまちすべてを吹き払うと、突然、風はやんだ。吹き払われた天は雲一つなく穏やかで、青い空に美しく夏の月が昇った。

彼女は鼓動が早まり、血が勢いよく流れるのを聞き、頬が熱を帯びるのを感じた。たじろぎながらも、必死になって、墓の中へはいっていき、不敬な手で円、四角、三角を描き、魔法の文字を描いた。するとそのまじないにより、墓は裂け、口を開けて、死者をおもてにさらした。マイムーナの目は大きく開かれて、彼女は墓の中の秘密を目の当たりにした。

納骨所にひとりの霊が座っていた、姿、色つや、顔立ち、どれも生きているようで、かたわらには、恍惚とした様子で決して死なない、百の頭をもつ龍がうずくまっていた。

「魔女よ、やめてくれ！　今夜は！」霊は叫んだ、「罪を犯した私の体も、今夜は苦しまずにいられるのだ。万物は、私でさえ今夜は、地獄に落ちた者さえ安らぎを得られるのだ！」

マイムーナは恐怖で骨の髄までおじけづき、体が震えてひざがガクガクした。

「ただこの安息日だけは！　夜明けが来れば、龍が目覚める。このあわれな体は、毒を持ったその百の口でかじられることになるのだ！　神よ！　神よ！　死後に慈悲はないのか？」

魂を打ちのめされて、彼女は走り去り、墓場から逃げた。彼女は地面に突っ伏した、苦悶と動揺と絶望のあまり、その激しく絶望的な苦悶のうちにマイムーナはきっと死んでしまったことだろう、もしこの神秘的な夜に凶事が起こり得たならば。というのもそのときはとても聖なる夜で、被造物は皆自分たちを造ったお方を知りあがめるのだ。昆虫、けもの、鳥、水に棲むものたち、草、木、石、そう、大地と海、無限の天がそのすべての世界とともに。人間だけがこの宇宙の安息日を知らず、創造主に敬意を表する自然の仲間に加わることがない。だが祈りが正しい人々の口から、いつもより強い愛をもって発せられると、いっそう聖なる静けさに包まれ、より甘い夢が悔い改めた人々の眠りを訪れるのだ。

それゆえマイムーナの上に自然が癒やしの力を降り注いだ。彼女の吸うひと息ひと息がなぐさめとなった。どの花も自身の最高の香りを放ち、鳥の歌声はセラピムの奏でる音楽のように、彼女の魂にはいってくるかと思うと、突然やんで、荘厳な沈黙を生むのだった。静かな月が静けさを注いでいるかのように思われ、その美しい光は和解をもたらす天の微笑《ほほえ》みのようであった。

夜露なのか？　彼女の紅潮する頬を流れ下り月光を浴びて光るのは。おお！　泣いている……彼女は泣いている！　マイムーナが地獄の洗礼を受けたとき、彼女を見捨てた善天使が、涙に引き寄せられてやってきて、またさとしはじめた。するとマイムーナはあの両義的な託宣を思い出した。まるで稲妻のようにたちまちその主旨が彼女の頭にひらめいた。許しと救いへの希望が湧き起こり、いまや彼女は理解した、あの嘘のような予言の真意を。もうためらうことなく、思案することもなかった。彼女が飛ぶようにやってきたので、顔に風を感じてタラバは目を開き、銀色の髪をしたこの魔法使いを見た。

もう一度、魔術を使うことを許し給え！　彼女は魔法の鎖を取りのぞく。驚いて目を大きく見開き、タラバは見る、雪のように白い指が、ぐるぐると糸の鎖を解いていくのを。再び彼は低くて甘い声を聞く、調べ豊かなあの低くて甘い声を。その不可解な音調のうちに人知をこえた力があっても少しも不思議ではなく、相手に身を委ねたタラバの心は深く言いようのない喜びに満たされた。仕事が終わり、歌がやむ。彼はそれまで楽園の夢を見ていたかのように覚醒し、かせがはずされているのを感じる。そして驚きと崇敬の思いがほとばしるままに神を賛美する。

マイムーナの魔法により、束縛していた糸の鎖は解かれた、だがどっしりとした壁と鉄の扉がホデイラの息子を閉じ込めていた。聞こえなかったのか、大気の霊たちよ、彼女の呪文が？　彼女の顔にはさっと恐怖の色がうかんだ。もう一度大きな声で呪文を繰り返す、不安な目つき、頬は青ざめ、彼女の脈は速くて弱い。マイムーナ！　おまえの力は尽きた、かつて風を支配したおまえの声がいまや風にかき消される。

「私のために祈って、タラバ！」彼女は叫んだ、「じきに死と審判が来る」一晩中苦悶しながら、彼女は地獄の復讐に突然見舞われるのを恐れていた。明け方に群衆が集まってどよめいているのが聞こえ、彼女は牢獄の格子におびえた目を向けた。どんな見世物に駆られて群衆がふくれあがり、奔流のごとく押し寄せているのか？　少年たち、白髪の老人たち。母親が子どもを連れてやってくる。子どもは手をつないだまま前に回って振り返り、もっと速く、と言う。

どうして何千もの人々が都からはき出されていくのか？　どんな輝かしい式典のために、都の通りには誰もいなくなり、空になった家々が静まりかえるのか？　婚礼の行列がやってくるのか？　王の色欲を満たすため、調達役がこの国の美しい乙女たちを親の腕からもぎ取ってきたのか？　象が金箔を貼ったおりを背負い、そこには生け贄にされる者が閉じ込められているのか？　自由を求めて最後の一瞥を外に向けるとき、彼らは見るのか？　のぼり、護衛、絹の布をアーチ状にかけた駕《か》籠《ご》、長い行列、そして自分を生け贄にするための華やかなパレードを。屋上に窓辺に顔また顔がのぞき、見世物が始まるのを待っている。木々の枝には人が群がり、その下では人々が密集していてほこりの立つ余地さえない。

来る！　スルタンが来る！　聞け、角笛の音が大きくなり、ラッパの音色が広がる。タンバリンは高く掲げられ、その銀の鈴がきらめきながらリンリンと鳴る。そしてシンバルのかん高い音、その大きな真鍮《しんちゅう》の皿が朝日を浴びて光る、光と音が一致して！　締めくくりに重々しい銅鑼《どら》の音が聞こえ、雷鳴のように耳をつんざいた。

おしあいへしあいする人の群れは、王の通る道を空けて両側に退く。駕籠に身を横たえ、彼は、あたり一面喧噪に満ちて、手を振る群衆に尊大でものういまなざしを投げかける。やがて駕籠から降りて天幕にはいり、拝礼と称賛を受ける。大勢の奴隷が冒瀆的な言葉を叫んで称える、あなたさま、臣民の父、われらが主！　偉大な王、全知で全能で、そして至善！　その微笑みは幸福、渋面は死、われらが現人神《あらひとがみ》！

絹のひもで奴隷たちは絹の扇を動かし、彼を頭上からあおいで、よどんだ空気をさわやかにする。一方ほかの奴隷たちは、彼のローブに秘蔵のバラの香水を振りかける。芳醇な香《こう》が彼の前でたかれる、リュウゼン香、ビャクダン、沈香、こうして感覚をくすぐる香気を吸いながら彼は座って、苦悶の様子を見る、断末魔のうめき声を聞く。

突然すべての音がやむ、皆の視線が一つの方向を向く。その者がやってきたのだ、彼こそ今日の祭りの主役、皆のこの期待とこの喜びの的、囚われのキリスト教徒だ。聞け！　物音一つ立てずに人々は立っている。彼に巻きつけた鎖の音が聞こえる。いま彼は苦しみの場に到着した。死刑執行人が彼の足首をなわでくくり絞首台につりあげる。祭司たちが歌い始めるのは賛美の歌、彼らの悪魔＝神への栄光の讃歌。マイムーナは青ざめ、鉄格子ごしに逆さ吊りになった殉教者を見た。彼の金髪は下に垂れ、彼女は叫んだ、「これは姉の仕業《しわざ》だわ！　ああ、タラバ、あの赤毛のキリスト教徒が死ぬのは、私たちのせい、彼の信仰のせいではない。姉が欲しいのは、苦悶のうちに彼の唇からしたたり落ちる最後の泡、悪魔の知る最強の毒。ホデイラの息子、あなたと私がその威力を証明することになるのよ！」

するとなんと！　執行人たちが代わる代わる彼の腹を打ち始めた。見物しているのは他ならぬ人間、……うっかり踏みつぶした虫を見たら悲鳴をあげ、身震いする女たちが、喜んで手をたたき子供を高くかかげて、そのキリスト教徒が死ぬのを見せようとする。

ひきつり、責め苦に酩酊して、男の本性はもはや苦しまなくなっている。彼のまぶたはぴくぴくし、唇はぶるぶると震えているが、切断された手足が痙攣《けいれん》するように、苦痛とは無関係に動く。さあ極上の毒をとらえよ！　それはあわとなって瀕死の唇から出ている、……ハウラは器を差し出す。この島での罪業は叫びとなって、天に充分届いていた。彼らの罪のはかりはいっぱいになり、怒りの時が訪れた。毒は器を破裂させ、地面にしたたり落ちた。魔女は悲鳴をあげてモハーレブのローブをつかみ竜巻を呼んで、逃げ去った。見よ！　呪われた毒から生《は》え出《い》でる、死のウパスの木が。

第十巻

ぽつんと、小川のほとりに死のウパスの木は生えている。不毛な両岸のあいだを不毛な川が流れ、それが海に注ぐところに来た魚は、毒に当たって波間に浮かびあがる。ウパスの木のそばには木も、灌木も、花も草も生えぬ。大地は命を生み出す力を失っており、空から降りてきたさわやかな露はそこで悪臭ふんぷんたる毒に変わって立ちこめる。

天命を受けた若者とマイムーナが、死に瀕した群衆がもがき始めるのを見る前に、牢獄の壁が崩れ落ちた。竜巻がふたりを包んだ。ふたりは風の車に運ばれて、恐れる間もなく移動した。そしてなんと！　再び彼らは青い目の魔女マイムーナのあの洞窟の住処に立っていたのだ。

そして年齢からくる衰弱が突如マイムーナに訪れた。齢《よわい》を重ねた重荷が彼女にのしかかったが、彼女にはわかっていた、神の御前で悔い改めたゆえ、いまや恩寵を得、そして死期の来たことが。彼女の死は正しい人の死のようだった。「私の顔をメッカに向けて！」生気の失せた目で彼女は言った。確かな希望をもつことの喜びで瞳に最後の輝きが灯った、そして死んだとき、顔には笑みが浮かんでいた。

信心深い人々が彼女の棺《ひつぎ》を取り囲むことはなく、誰かが彼女の善行を報告することもなく、彼女の死を悼んで嘆いたり泣いたりする者もいなかった。導師《イマーム》が、防腐処置をした遺体に対し、魂の安寧のために祈りの言葉を吟唱することもなかった。道端に円柱が建てられ、通りすがりの旅人に死者のためにレクイエムを唱えるよう求めることもなかった。タラバは雪の中に彼女を横たえ、自分の武器を暖炉から取った、そして再び孤独で骨の折れる旅に出た。

東風が顔に当たる、風に追い立てられてみぞれと雪が横殴りに降る。空気が刺すようで、風が刺すようで、手足が寒さで痛い、目が雪のせいで痛い、心臓までも冷たく、内なる魂がこごえた。命あるものがそばにいないかと彼はあたりを見回す。だがあるのは空と白銀の荒野、そこここにぽつんと松が生えていて、雪の重みで枝が折れている。痛みが和《やわ》らぎ、感覚が鈍る、苦痛のせいで苦痛が収まる。ものうげに、ものうげに、タラバは足をひきずるように歩く、まぶたが重たく、手足も重くてゆっくりとしか動かず、いまにも眠りそうになる。まだだ、まだだ、ああ、タラバよ！　おまえの安らぎの時が来るのは。悪を滅ぼす者はまだ安らかに眠ることはできない、その旅は終わっておらず、行路はまだ続いている。……このレースを走り抜け、タラバよ！　褒美はゴールにある。

どうしようもない眠気から彼を目覚めさせたのは一本の杉の木だった。大きく円く広がった枝々は、雪の重みを感ずると、天を指して上を向いた。そして力強く屹立し、嵐に挑んで、その勢いを妨げていた。彼は自然が与えてくれた教訓を学び、体の重さを振り払うと、心のうちに希望がよみがえってきた。

いま夕陽が沈んだ、大きな、赤い、輝きを失った天球が、照り映える空に沈んでいった。赤い光の中を雪片が落ちていった、まるで火のように。刺すような風はいっそううなりをあげ、雪を吹き寄せる。雪は彼の髪で凝結し、タラバの息は唇に凍りつく。彼はあたりを見まわすが、闇と、目まぐるしく降る雪が、狭い視界を閉ざしてしまう。

やがて濃密な大気を通して、光がさほど遠くないところに見えた。敵の新たな策略かもしれぬといぶかりながらも、なかば喜びつつ、足取りを速めて、彼は光の方に向かった。

それは小さくてつましい住処だった。その庭の空気は気持ちよく穏やかで馥郁としていて、あたかも夏の夜風がイエメンのコーヒーの木立やバルサムの茂みを吹き抜けるときのよう。その真ん中では炎の泉があふれでて、そこから不思議な小川が四方に流れ、命の熱でその庭をうるおしていた。どこを向いても魔法！　アラブの若者は人との接触を心底求めた。光が見える！……扉が開いた！

……物音一つしない……彼は中にはいる。

そこではひとりの娘が臥所《ふしど》で眠っていた。彼の足音で目を覚まし、嬉しそうな不思議そうな面持ちで彼を見つめた。ものおじしないそのさまは、まだ恐れることを知らない一歳児のようだった。礼を尽くした言葉で若い侵入者は語りかけた。彼の声を聞くと、娘は喜んで黒い瞳を生き生きと輝かせた。立ちあがって彼の手を取ったが、触れた瞬間微笑みが消えた。「まあ！　冷たいわ！」彼女は声をあげた、「私の手のように暖かいと思っていた、あなたはほかの者たちと同じね！」

タラバは黙って立ったまま彼女の言葉に首を傾げていたが、「冷たいだって？」とややあって言った。「私はこの冷たい荒野の中ずっと旅をしてきました、ほとんど命が尽きるところだったのです」

ライラ：それではあなたは人間なの？

タラバ：そんなに変わってしまっていたとは知らなかった。悲しみと苦労のせいで人間に見えないほどだったとは。

ライラ：それならときどき暖かくなることもあるの？　私のように命の暖かさを持つことが？

タラバ：もちろんです。ほかの誰とも同じように、私は暑さ寒さの影響を受けます。あなたの前にいるのは、しがない旅人で、つらい旅の途上にあって、ここにひと晩だけ泊めてもらうことを願う者です。明日には出て行って、また旅を続けます。

ライラ：まあ……明日だなんて！　楽しい夢みたいに、そんなに早く行ってしまわないで！　それにどこに行こうと言うの？　あたり一面終わりのない冬、氷と雪で、果てしなく霜《しも》に覆われた、越えて行くことのできない荒野よ。

タラバ：私をここに導いたお方が、寒さと空腹のなか支えてくれるでしょう。

「おなかがすいているの？」とライラは叫んだ。彼女が百合のような手をたたくと、天から降ってきたのか、地から湧いたのか、目にも留まらぬうちにたちまち床の上に食べ物が並んだ。

ライラ：どうしてためらうような目で見ているの？　あなたのためのごちそうよ。私が命じたの。

タラバ：どこから来たのだろう？

ライラ：どこからか知りたいの？　父さんが送ってくれたものよ。私が呼ぶと父さんが聞いてくれる。あら、あなたは嘘をついたのね！　同じだわ、ひとりぼっちの私に仕えている影たちと。人間のように見えるだけ。……空腹ならばそんな呑気なことは聞かないはず。

タラバ：口をつけたりするものか！　魔法が作り出したのだ！　ここで欺きと危険が待ち受けていると考えなかったらそいつは愚か者だ！　私の外套から手を離せ！……

ライラ：それなら行っておしまい、無礼者！　どうしてつっ立って私の顔を見ているの？　いいわ！　欺きと危険であなたを脅かす者の顔をとくとご覧なさい！　荒野であなたは報いを受けるでしょう、……困ったときに私の顔がまぶたに浮かび、私に悪意がなかったことを思い知るがいいわ。そして自分が臆病だったこと、非礼だったことを思い出し、恥ずかしさのあまり頬を真っ赤にするでしょう、いま私が怒りで頬を染めている以上に！

タラバ：お聞きください！　私には敵が多く、敵は不断にやってくる。日々、私の行く道には罠が仕掛けられていて猜疑心なるものを知りました。苦難の連続のせいで必要な悪徳を身につけたのです。あなたを誤解したのなら、あなたがそのお顔どおりに無垢な方ならば、どうかお許しください！　神とその預言者の名において、食事をいただきます。

ライラ：まあ！　あなたは魔術をこわがったのに、自分では呪文を唱えるのね！

タラバ：呪文？

ライラ：どうして？　おいしい食べ物ではないというの？　どういう意味なの？　これまで精霊《ジン》や四大精霊をあやつる多くの呪文、多くの名前を聞いてきたけれど、こんなのは聞いたことがないわ。

タラバ：なんと！　神と預言者の名を聞いたことがないのか？

ライラ：ええ、一度も……ほらまた困惑した目をして。変な人ね、そしてとても恐がりだわ……でも二度もペテン師よばわりされるなんて真《ま》っ平《ぴら》！　まだ疑っているのならいますぐ出て行きなさい！

タラバ：ではあなたを造った神の存在を知らないのか？

ライラ：造ったですって！　父さんが私を造ったのよ。父さんはこの住処、木立、そしてむこうの炎の泉を造ったわ。毎朝私を訪ねてきて、雪を取って、あなたのような男や女を形作るわ。そして息を吹き入れて動きと命と感覚を与えるの、……でもさわると凍えるほど冷たくて、夜になるとまた溶けてしまって、私はここにひとり寂しく残される。だから朝になって父さんが来るととっても嬉しいわ。やさしい言葉とやさしいまなざしで元気づけてくれる。大好きなお父さん！　父さんがいなかったら、私はこの孤独に耐えかねて、自分も雪になって溶けてなくなってしまいたいくらい。

タラバ：あなたはずっとここに住んでいるの？　雪に閉ざされ、ひとりぼっちで。

ライラ：そうよ。覚えているわ、おぼつかない足取りで部屋から部屋へと歩き回り、花やおもちゃやお菓子を見つけて喜んだことを。とうの昔にもうそんなものでは喜ばなくなった。いまはそれを見ても、あんなにたやすく喜ぶことができた無邪気な子どもに戻れたらいいのにと、むなしく願う気持ちが湧いてくるだけ。

タラバ：ではあなたは父上の技を知らないのか？

ライラ：ええ、一度父さんに頼んだことがあるの、同じ力を授けてって。そうすれば父さんの行くところに私も一緒に行けるかも知れないから。でも父さんは首を横に振り、その力を得るのは代償が大きすぎると言って、やさしく涙を流しながら私にキスしたわ。

タラバ：なぜお父上はこんなに人里離れた場所にあなたを隔離しているのでしょう？

ライラ：恐れているの、父親の恐れと愛。星を読んで、私の運命に危険があるのを見たの。だからこの雪の中に私を住まわせ、決して人の目に触れることのないよう呪文をかけたの。もしたまたま誰かが広い荒野のこの奥地にやって来ても、木立も庭もこの住処も、そしてむこうの炎、雪を溶かし、凍てつく空の寒気を和らげる炎も決して目にすることのないように。それだけではないわ。万一敵がきても私には守り手がついている。

タラバ：守り手？

ライラ：幸いにも、私が目を開けてあなたを見たとき、あなたの顔にはよこしまな猜疑の色は少しも浮かんでいなかった。さもなければ、助けを呼び求めるところだったわ。私の守り手に会ってみる？　でもあなたは女におびえるくらいだから、その険しい表情と振りかざすいかずちに耐えられるかしら？

タラバ：そこへ案内してもらいたい！

彼女は彼の手を取って戸口を出た。庭や木立の上に炎の泉は真昼のような光を注いでいた。あふれ出る不自然な光で、美しく紅潮するバラは青ざめ、濃厚なゼラニウムの緋色の輝きもかすんだ。木立の緑のさまざまな色合いも、いまや一様に灰色となり、より黒い影と市松模様をなしていた。突然ライラは立ち止まって、「私はあなたが敵だとは思わない」と言った、「でもあの方にはわかるの。もしよからぬことをたくらんでいるのなら、あなた、すぐに立ち去って……あなたを死に導きたくはないから！」

ライラは不安げなまなざしをアラブの若者に向けた。「そいつに私の胸を突かせればいい！」タラバは叫んだ、「もしあなたに危害を加えようとの思いがここにひそんでいるのなら」

ライラ：その方の姿はこわくて見たくないくらい……でもいらっしゃい。あなたが来れば、私の心に重く沈むわだかまりも消えるでしょう。そうしたらあなたはここで安全に暮らすことができる。……明日あなたを出ていかせはしないわ、あさってでも、しあさってでも、ずっと！　孤独だけが原因で私はここでみじめだったのだから、……いま、私は人間の顔を見ることができ、人間の声を聞くことができる……だめよ！　私を置いていかないで！

タラバ：ああ、悲しいことに私は休めない。私が生まれたとき、優勢だった星が輝きだして、奇妙で破壊的な影響力を及ぼしたのだ。やさしい姫よ。もし留まったらあなたに死の災いをもたらすことになる。

ライラ：でも父さんに頼んでみるわ、あなたを危険から守ってって。あなたの知らない驚異の技を父さんはもっている。私が頼んだら父さんは断れないわ。おそらくあなたもやさしい父親をもつ幸せを知っているでしょう。

タラバ：父を私は汚してしまったのだ、いとわしいハンセン病患者のように、呪われた運命を感染させて。晩に父はいつものように私に接吻して、手を私の頭に置き、私が眠る前に祝福してくれた。父の断末魔のうめきに私は目を覚ました。殺人者が私たちの寝ているところに忍び込んでいた。その真夜中の襲撃の標的は私だったのだ。父が死に、幼い私の遊び相手だった兄、母の胸にいた赤ん坊、皆死んだ、皆あの恐ろしいときに。だが私は助かった、記憶に留め、復讐するために。

彼女は答えなかった。いまや、枝が頭上を覆う並木道を通り抜け、彼女は手を上に向けて庭園の守り手が立っているところを指さしていた。それは真鍮の偶像で、手足もふくれた血管や筋肉も、生きているようだった。左ひざを折り、右ひざはまっすぐに、しっかり据えて、手を高くあげ、つかんだいかずちを投げる構えを見せていた。

タラバが近づくと、魔法のかかった像はホデイラの息子と知り、恐れていたかたきにいかずちを投げた。指輪だ！　救いの指輪だ！　いかずちはまともに顔に当たったが、炎はちりぢりになって跳ね返された。その効力なき一撃をタラバは夏のそよ風のように感じた、表情一つ変えず髪の毛一本焦げることもなかった。

彼ははっとして、怒りのまなざしを乙女に向けた。その姿が疑いを解いた……息をのみ、青ざめて、彼女は木にもたれかかっていた。血色を失った唇は震え、黙ったまま、恐れ、懇願するように目をあげた。

急に彼女は喜びの叫び声をあげた、そこに父の姿を見たのだ、走り寄って首に腕をかけ、「助けて！」と叫んだ、「敵が来たのよ！　助けて！　助けて！　オクバ！」

「オクバだと！」若者は繰り返した。天幕の中で魔神がその名を告げたそのときより一度たりとも、タラバは父を殺した者のことを忘れたことがなかった。「オクバ！」……彼は手に矢をつかむと、突進してそれで突き刺そうとした。

「ホデイラの息子よ！」老人は答えた、「私の死期はまだ来ていない」彼は手を前に出し穏やかに若者をはばんだ。「私の死期はまだだ！　だがおまえはこの無垢な娘の血を流すことができる、そういう復讐を神はおまえに許し賜うたのだ」

父の首のまわりに手を回しまだライラは抱きついていた。顔をタラバに向けていて、満ちあふれる光が、その大理石のように蒼白な面で揺れた、風が泉の炎をあおるにつれ。恐怖で大きく見開いたまなこをあげて彼の一挙手一投足に見入っていた。「彼女ではない」彼は言った、「彼女ではない、ホデイラの血が復讐を叫ぶ相手は！」そして再び腕をあげ魔術師に迫った。再び腕は押し戻されて、人の力では押し破ることのできない障壁を感じた。

「おまえがなんとしても一撃を加えたいと願う以上に、私は進んでそれをこの身に受けたいと思っている」オクバは答えた、「だがそれでは充分な復讐にはならない。タラバよ、おまえの神はこの無垢な頭《こうべ》の上に復讐する。……私は子を失わねばならぬのだ！　なぜおまえの生け贄を討つのをためらうのか？　アッラーが許し、それを命じているのだ」

「嘘つきめ！」タラバは言った。ライラは驚きのまなざしをあげて苦悶に満ちた顔を父に向けた。「アッラーと預言者にかけて」彼は答えた、「私の言うことは真実だ。なんという苦痛、いまや差し迫った、避けることのできぬ復讐を敵にむかってせかさねばならぬとは！　私はそれを娘のホロスコープに読み取った、娘の生まれついた星は、ホデイラの一族について私に警告した。私は呪文を唱え、魔神を呼び出した。それは答えた、ひとりが死ななくてはならない、ライラかタラバか……いまわしい魔神め！　真実を告げながらあだな望みを抱かせるとは！　ついに、私は第七天に昇り、そこにある永遠の銘板に光の文字で、娘の運命が書かれているのを見た。ずっと苦しみ続けたそれ以来の年月！　わが魂が担い続けた罪の重荷！　私に味方する星々が千載一遇の好機を与えてくれたが、この手はおまえ以外の者の血に染まった、わが手よ、呪われるがよい。まだおまえは立ったまま、信じられないという目をしているのか？　若者よ、情けがあるなら、これ以上娘の苦悶を長引かせるな！」

タラバは信じぬまま、険しい表情で魔術師をにらみつけた。そのとき空中に羽ばたく音が聞こえ、アズラエルが彼らのあいだに立った。その光景に等しく恐怖を覚え、妖術師と撲滅者は立ち尽くした、そしてライラ、生け贄の乙女も。

「ホデイラの息子よ！」死の天使は言った、「この呪われた者は嘘をついてはおらぬ。私は『永遠の手』から一年の運命の巻物を受けとったが、そこには彼女の名が記されていた。いまがそのとき、おまえの手からこの乙女を受けとる使命を帯びて私は来たのだ」

「天使よ、聞いてくれ！」タラバは答えた、「父の復讐をするため、天の意志を遂げるため、地上から、呪われた魔術師の一族を根絶するため、私はためらうことなく危険を冒してきた。心から愛していた人々を皆失い、命の絆をすべて断たれても、不遇をかこちはしなかった。なお何がわが身に待ち受けようと、ことを最後までやり遂げ、危険も苦痛も、進んで耐える覚悟。だがこの乙女を討てとは！　この無垢な者を！　天使よ、私にはできない」

「覚えておくがよい」天使は答えた、「おまえの言うことは皆、審判のために書き留められる。すべての言葉が裁きの天秤で量られることになるのだ！」

「それでかまわぬ」若者は言った。「心の内奥を読み取ることのできるお方が正義の裁きをなされる。私の行く道は明らか、内なる神の声が嘘をつくはずはない……私はこの無垢な者に危害を加えるつもりはない」

彼は言った、すると頭上からあたかも夜の声のごとく、驚くべき答えが返ってきた。「ホデイラの息子よ、考え直せ！　ひとりがここから退場せねばならぬ、ライラか、タラバか。彼女がおまえの代わりに死ぬか、おまえが彼女の代わりに死ぬかだ。命に代わるのは命でなくてはならない。ホデイラの息子よ、よく考えよ、おまえに選択権があるうちに！」

彼は躊躇しなかった、上を向いて、天に両手を差し伸べ、「オネイザよ、天国の君の住処に迎えてくれ、まだ穢れていないこの私を！」

「なんと！」オクバが叫んだ、「おまえは従わないのか、アッラーの助けを得る権利をもはや求めず、すべて放棄してしまうのか？」

勝利の喜びを手中に収めんとする彼の言葉に、タラバの思いは地上に引き戻された。「おまえは勝ち誇るのか、殺人者よ？　おまえは思うのか、私が滅べば、眠ることのない正義の目がおまえの罪に対し、まぶたを閉ざすとでも？　あわれであさましい奴！　いまの喜びだけにおぼれ、けもののように盲目に生きていけるとは、頭上には神の剣が下がり、それに仕留められるのは確実だというのに！」

「アッラーの僕よ、おまえは背いた、神はおまえを見捨てたのだ、私の勝ちだ！」オクバは叫ぶと、娘を振り払い、外衣から短剣を抜いて必殺の一撃のねらいを定めた。

すべては成し遂げられた。ライラが助けてくれた若者を救おうと、あいだに飛び込んだ。一撃を受け、タラバの腕に沈むと、アズラエルがタラバの手から彼女の去りゆく魂を受けとった。

第十一巻

愚かな者よ、おまえの人間の手が運命の車の車輪を止めることができると思うとは！　全知の精神に弱点があって、その定めが変わるなどと夢想するとは！　土と気と地獄の力を合わせれば運命の書から一文字消せるかもしれないとか、永遠の鎖の輪を一つ壊せるかもしれないなどと考えるとは！　あさましく、邪悪で、あわれな老人よ、おまえはいま、わが子の遺体の上に倒れ、自分の胸をたたき、白いひげをむしり取って血を流し、娘の傷をふさごうと無駄に手を当て、地獄に助けを求め、天には慈悲のいかずちを下すよう求める。

アラブの若者は黙って彼が狂乱して嘆くさまを見ていた。憎い若者がいることでみじめな魔術師は猛り狂う苦悶に駆り立てられた。「ああ！　見て勝ち誇るがよい！」彼は叫んだ、「これがおまえの神の正義だ！　まことに正しい神であることよ、復讐を無垢な者の頭に下すとは！　呪われろ、呪われろ、タラバよ！」

復讐の気持ちはことごとくホデイラの息子から消えた。慰めようと余計な世話をやいて、治しようもない傷の痛みをかえってひどくするようなことはせず、ただあわれんで黙ったまま自身の非道の犠牲者の嘆きを聞いていた。

このように預言者の僕が立ち尽くしていると、急に夜の空気が動いてやさしい風が頬にあたった。それは緑の鳥で、その翼が静かな空気をあおいでいたのだ。タラバの手にその緑の鳥は止まり、やさしい目で見あげた、あたかも冒険者の信頼を得ようとするかのように。そして飛び立って、前に飛んでいったかと思うと、また戻ってきて彼に出発をうながすのだった。彼の手が今度はバラ色の足にいっそう強く押されるのを感じると、鳥は再び飛び立って羽ばたいていく。

その誘いに応じて、青白い月の光のもとタラバは道なき雪原を進んでいった。彼は知らなかった、いかなる恵みの使者が道を案内するためにやってきたのかを、ライラの霊が彼の先を行くのを。闇の中、罪の子として育ったが、一点の穢《けが》れもない無垢に対する報酬として、正しき天は一つの善行によって彼女が死後にあがなわれることを許したのだった。だから審判の日まで彼女は祝福のうちに棲むことができる、天国の木陰にさえずる緑の鳥として。

朝日が昇ったが、この広い荒野では目覚める生き物はいなかった。太陽光線はサフラン色に、熱のごとく、雪原に広がった。緑の鳥はタラバを導いて、ゆっくりとこぐように羽ばたいて上昇するかと思えば、翼を広げたまま動かさず斜めに降下し、さらには上昇と下降を繰り返した、あたかも空気の大波に乗って、沈んだり浮かんだりするかのように。真昼になり、凍てついた雪がまぶしくて痛みで目がくらむと、緑の鳥は彼の腕に止まって目の前に羽を広げてくれ、その色合いが彼に視力を取り戻させた。夕暮れがやってきた。輝く雲は、旅人の前にそびえる山の尾根を緋色に染めた。ああ！　どこに行ってしまったのか？　若者の導き手、道連れよ、彼は天の深みにおまえを見失ってしまったではないか。なぜ疲れた旅人を荒野にひとり置き去りにしたのだ？　いま西の空の雲は色あせ、ひとりぼっちの彼に夜のとばりが降りる。

アラブの若者はひざまずき、額を地面につけて夕べの祈りを捧げた。彼が立ちあがると星々が天に光り、空は青く、冷たい月が冷たい雪の上で輝いていた。空中に点が見える！　近づいてくるのは彼の導き手か？　その動きは命あるものの動き方だ！　なんと！　彼女は戻ってくると、その翼から、シバの国から吹いてくる朝の風よりもかぐわしい香りを振りまく。

彼女は羽ばたきながら若者の前で静止し、バラ色の足が彼に触れると、つかんでいたものを離した。それは実のついた枝だった。彼は受けとって実を食べた。新たな命が注ぎ込まれて彼の体は生き返った。それまで痛くて硬直していた彼の手足は、休息のあとの生気を感じ、くらくらしていた頭も落ち着きを取り戻した。まぶたの鈍痛はたちまち取りのぞかれたが、それもライラが天国の木立から癒やしの果実を持ってきてくれたからだった。

そして彼は険しい山を疲れを知らずに登っていった。緑の鳥の案内で、岩山の中、氷と岩を越えていく。それは困難な道で、曲がりくねった長い登りだった。だからどんなにタラバは喜んだことか！　山のふところに抱かれた、奥まった谷が目の前に開けたとき。そこはスィーモルグの谷、太古より生きる鳥の住処だった。

小川のほとり緑の苔《こけ》むした堤に時代を超えた鳥はいた。その静寂を乱す音はなく、ただ川のせせらぎだけが聞こえた。その悠久の流れは世界が誕生して以来変わることなく同じ音を立てていた。ここに全知の鳥は棲み、深い静けさの中にいた。まぶたをずっと閉ざしたままで深い安息を存分に味わっていた。

若者はうやうやしくその老いた、たった一羽だけの鳥に近づいた。そして胸の前で腕を交差させ、頭を垂れて話しかけた。「万物の中でもっとも古いお方、もっとも古くもっとも賢明なるお方よ、どうか私に道をお教えください！　私が目指すのは魔術師の一族が巣くう海の下の洞窟。もっとも年長でもっとも賢明なるお方よ、どうか私に道をお教えください！」

老鳥スィーモルグは若者に対し思慮深い目を開いて、彼の願いに答えた。「小川に沿って北に進め。岩間の泉で俗世の穢れを洗い浄めよ。そこでひざまずいて、主を求め、祈りで魂を強くするのだ。こうした準備ができたら、そりに乗ってさかのぼれ。大胆で注意深くあれ、求めて見つけるのだ！　神がすべてを定めてくださっておる」こう言うと老鳥スィーモルグはまぶたを閉じ、再び安息した。

小川に沿って北へ冒険者は進んだ、流れをたどって源流に向かいながら。天国の緑の鳥よ、おまえは若者のもとを去りはしなかった。ゆっくりと速度を合わせて飛び、彼と一緒に行く。そしてふたりは岩場の泉に着いた。

そこで冷たく澄んだ泉にはいり、タラバは俗世の穢れを洗い浄めた。そして神の御前に拝礼し、祈りで魂を強くした。そのあいだ岩の上に天の鳥は止まっていた。そして彼が乗り越えねばならぬ幾多の危険に思いを巡らせ、穏やかで悲しげなまなざしで愛する若者を見ていた。

見よ！　むこうの一本の松の下に、そりが……そしてそこには引き具をつけた犬がいる。犬どもは荒々しい目つきで若者を見ていて、耳をそばだて彼の方に向けていた。これ以上ないほどやせていて、あばら骨が溝を作って浮き出ていた。頭から足まで真っ黒で、ただどの犬も胸に白い筋がついていて三日月のように湾曲していた。そこで彼はそりに腰かけ、胸の前で腕を組む。鳥は彼のひざに乗る。恐怖が犬どもの目に浮かび、恐怖がその悲しげなうなり声にこもる。そしてうしろを振り返り、そこに彼を見る、行け！

走り始めたそのスピードの速さに若者はうしろに身を反らせて、そりの横木にもたれかかる。髪が風にまっすぐなびくさまは、川の流れの中の水草のよう。曲がりくねった上り坂の道を速い速度で進む、氷の岩をぬう氷の小道を。彼の目はいま頂上に向けられる。そしてそこまでは何の危険もなく、高みの上に着くと黒い犬どもは休んであえぎ、目をタラバに向ける、あたかも情けを乞うように、恐怖のあまりうめきにうめく。


また出発だ！　今度は長い下りが見えてきた、長い長い、狭い小道。右には氷の岩と雪の塚、左は目もくらむ絶壁。気を入れろ、気を入れろ、タラバよ！　少しでも身動きすれば、少しでも身をかがめれば、眼下の岩山に転落し、おまえの体はバラバラになって氷結することになる。なぜ犬どもはそんなに悲しげに吠えるのか？　なぜそんなに速く脈打って血管が黒毛の上に紫に浮き出るほどになるのか？　彼は胸の前で腕を組んでいて、むちも突き棒も持ってはおらず、手を挙げて打とうとする気配はなく、むちが鳴り響くこともない。だが悲しげに犬どもはうめき、血管を浮かせて、道を急ぐ。

見よ！　むこうの高みの上に巨人の悪鬼がそびえ立ち、ぐらつく雪を押して雪崩《なだれ》を起こそうと待ち構えている！　もしタラバが振り返ったら彼は死ぬ、恐怖で動けば、それは死だ。行け……行け……すばやく一定の速度でその恐ろしい道を下るのだ！　若者は気持ちに揺るぎなく、犬は速い、そりは勢いよく進む、雪崩のとどろきがはるか後方でこだまする。行け……行け……すばやく一定の速度でその恐ろしい道を下るのだ！　犬は速く、道は急で、そりは勢いよく進む、彼らは下の平原に着く。

広い広い平原、荒涼として、木も、やぶも、草もない！　犬は速い足取りで走り、そりは勢いよくすべる。やがて日が暮れた。犬どもは止まってタラバを見た。若者は祈りを捧げた。彼が祈るとその横に犬どももひざまずき、メッカの方に頭を向けてその頬を涙が伝う。そして雪の中に身を横たえ、できるだけ互いに身を寄せて、身を横たえて眠った。そりの後方に冒険者は身を横たえ、そこで安らかにタラバは眠った、そして天国の緑の鳥は彼の胸ふところに暖かくうずくまった。

夜明けに犬どもが彼を起こした、犬どもはひざまずいてまた泣いた。そして勢いよく旅を続けた。依然として平原は荒涼としていて、木も、やぶも、草もない！　祈りの時が来るたびに、犬どもは止まり、ひざまずいて、泣いた。依然としてその緑の優美な鳥は、昼は彼の友となり、夜になって彼が寝るときは、その胸ふところに暖かくうずくまった。その極限の孤独において、彼女の穏やかで気持ちをしずめる声を聞くと、彼の心は励まされた。彼女の声は穏やかで美しかった。それはクロウタドリの震え声のようにかん高くならず、夕暮れに物思いにふけりながら散策する孤独な男の心をとらえた、あの魅力的な鳥のように豊かにさえずることもなかった。だがあふれる喜びではないにしても、その調子はやさしさに満ちていて、彼の心は和らぎ慰められた。彼女のくちばしは血に染まったくちばしではなかった。その目には人間らしい意味がこもり、やさしい愛情をタラバに向けるので、見返すタラバには驚嘆の思いが湧き起こり、不思議さゆえになおのこといとおしく思えるのだった。

ああ、嬉しい！　命のしるしが現れてきた、最初に一本のモミの木が、生き物の世界の極限で氷に根を張っていた。もう一本、さらに一本と現れる。次にカラマツが大きく枝を広げ、落下する波のようなアーチをなしている。今度はヤマナラシ、まばらに生えた葉が、そよとも動かぬ小枝で薄墨色に光る。ポプラの緑がさまざまな濃淡をなし、そして白樺は美しく、貴婦人の羽根飾りのように軽やかだ。ああ、嬉しい！　命のしるしだ！　鹿が道のかたわらに足跡を残している。小さなテンが白い姿で雪の上をさまようのが見える。むこうの松の木々からライチョウの羽ばたく音が聞こえる。すると白いフクロウが餌をねだってタラバのそりを追いかけてくる。聞け！　バラ色の胸をした鳥、ツグミの美しい歌声を！　喜べ！　喜べ！　冬の荒野は去った！　いまや緑の灌木とさらに濃い緑の草が見える、こちらの赤い茂みは実に覆われて輝いている、そしてこちらには愛らしい花々が！

彼らの旅に最後の朝が来た。早朝の祈りのあと、緑の鳥はタラバを悲しく訴えるような目で見つめ、人間の声で語った、「神の僕よ、ここでお別れです。私が正しくあなたを案内して来たのかなら、私の望む恵みを与えてください！」

「おお、やさしい鳥よ」タラバは言った、「あなたは危険な道を案内し旅の伴侶となってくれた、私の孤独を慰めるただひとりの友だった、それほどの恩にどうして報いることができようか！　私にできることはなんでも言っておくれ、おお、やさしい鳥よ、わずかばかりお返ししたところで報いたことにはならないだろうが」

「ホデイラの息子！」彼女は答えた、「老人がいて、この世の罰の重みに押しつぶされているのを見たら、許してあげて、タラバ！　そう、彼のために神に祈りを捧げて！」

若き撲滅者の頬はさっと紅潮した。なかば後悔するかのように彼は目を鳥に向けた。彼が思ったのはオクバのこと。そして父の断末魔のうめきが記憶によみがえった。天上の鳥はそれを見て、また言った。「ああタラバ、あなたの腕の中で短剣に刺され、あなたのために死んだ女をやさしい気持ちで思い出してくださるのなら……救って、どうか救って、その女が愛する父を永劫の死から！」

「ライラ！　君なのか？」若者は答えた、「君に対し拒むことなど何があろう？　いまや、わが心に一つの悪意とて抱くべきではない……復讐はやめにする、これは究極の反逆だが……なるようになれ！　神よ、私に必要な許しを与えたまえ、私が彼を許すとき！　だが私ごとき者に、罪深い魂を生かしたまま許す力があるのだろうか？」
「それで充分」ライラは言った、「そのときが来たら私を思い出して！　私の務めは終わった。また天国で会いましょう！」そう言って、羽ばたき、舞いあがると、天の高みを矢のような速さで飛んでいった。

目が痛くなるまで、彼女の行く手を見やったら、犬どもが走り始めた、早く休憩したいと願うゆえ、それだけいっそう速い足取りで。まだ早朝のことだった、そのとき、彼らは小川の水源のかたわらで止まった、旅は終わったのだ。泉は澄んでいて、水は深かった。その深さを測ろうとする者がいたとしたら無鉄砲で無分別だ。その水底は流動していて奇妙に上下し、行ったり来たり、端から端までうねり、波立ち、揺れて、それでもその深みは澄んでいて、なおかつその美しい泉の水面ではさざ波一つ立たないのだった。

このとても奇妙で美しい泉に小舟が浮かんでいた、櫂《かい》もなく、帆もなく、座る場所は一つだけ、まるでタラバのために用意されたかのよう。そして舵のところにひとりの乙女が立っていた、きりりと瞳が輝く乙女。だが乙女としての慎み深さが、その恐れを知らぬ表情に奥行きを与えていた。彼女は悲しげに見えたが、悲しげであるゆえにいっそう美しかった。犬どもが彼女の方をもの思わしげに見あげると、彼らは言葉を話せるようになった、「私どもはやり遂げました、お嬢さま、私どもの苦しみは終わりでしょうか？」
やさしい乙女はそれに答えた、「私が仕える神のあわれな僕たち、この魔法がすべて打ち破られるとき、おまえたちの苦しみは、私の苦しみと一緒に終わるでしょう。希望をこの新たな冒険者は与えてくれました、ああなんと久しくそれを忘れていたことでしょう。神よ禁じたまえ！　おまえたちのように恐怖心ゆえに彼が滅びることを。私の仕える神のあわれな僕たち、心穏やかに、事を待つのです」彼女が話すにつれ彼らは深い完全な眠りにとらえられた。眠れ、あわれな受難者たち！　安心するがよい、目覚めたときにはもはや苦しみはない。おまえたちは選ばれし撲滅者を運んできたのだ！　じきに彼の手で有効な一撃が加えられ、じきにおまえたちは罰として与えられた姿形を脱ぎすてて、エデンの木立で喜びの歌を歌って解放者を称えるだろう！

そして乙女はタラバに言った、「朝は早く、日は美しく、心地よい堤のあいだを心地よく静かな小川が流れています……私と一緒に舟に乗りますか？　あなたは流れの行く手を知りません、見知らぬお方よ、よく考えて！　やがて夜が来ます、私と一緒に舟に乗りますか？　恐ろしい危険を越えてゆかねばならないけれど、見知らぬお方よ、しいたげられた者たちが、あなたの助けを求めています。私と一緒に舟に乗りなさい！」

彼女は涙を流しながら若者に微笑んだ、そんな悲しげな微笑みに逆らうことができたとしたら、それは一体どんな心の持ち主だろう？　「舟を出せ、舟を出せ」タラバは言った、「舟を出せ、アッラーの御名《みな》において！」

彼がたった一つの席に座ると、小舟は動いた。気持ちのよい堤のあいだを静かな小川は気持ちよくうねりながら流れていた。かぐわしいモミの木立のそばを通りすぎ、ハンノキの生える岸のあいだを抜け、緑の肥沃な草地を抜けて小舟は静かに進んだ。アヤメの花が岸に咲き、柳の枝が揺れ、流れは睡蓮の葉の浮かぶまわりにさざ波をたて、緑の紗《しゃ》の羽をもつトンボがたわむれながら下流に向かって飛んだ。旅人にとって心地よく清涼な川の流れは、へさきのまわりで水音を立てる。小舟は流れの速い川を高速で下る。

だがそのあいだ、多くの隠れた湧き水と、合流する多くの小川で川は水かさを増して大きくなっていた。南にあった太陽がカーブを描いて天の道を下り始める頃、舟はどんどん広がる堤のあいだ、深くて広い河を下っていった。するとまた乙女が言った、「流れは強く、河は広い。私と一緒に行きますか？　晴天だけど夜が来ます、私と一緒に行きますか？　はるかかなたで悲しみに暮れている者が、私たちの小舟をいまかいまかと待っています。私と一緒にいらっしゃい！」「進め、進め」タラバは言った、「進め、アッラーの御名において！」小舟は河の流れを高速で下る。

河はどんどん広くなり、小舟を揺らす。鵜《う》が浅瀬に立って、黒い、しずくの垂れる翼をなかば開いて風にさらしている。日は沈み、三日月が夜空に明るく輝いている。かなたに聞こえるとどろきは何だろう？　弱まるかと思うとまた大きくなる。だがごうごうと鳴り続け、どんどん大きくなってくる。小舟は速い流れを高速で下る。月は頭上で煌々《こうこう》と照り、広い海が行く手に開ける。

そして、また乙女は言った、「私と一緒に行きますか？　月は煌々と照り、海は穏やか、私は海路をよく知っている。私と一緒に行きますか？　解放者よ！　そう、あなたは恐れはしない！　私と一緒にいらっしゃい！」「進め、進め」タラバは言った、「進め、アッラーの御名において！」

月は煌々と照り、海はないでいる、小舟は大洋の波を越え高速で進む。海を照らす月光の筋が、彼らの航跡をずっとついてくる。風はそよとも吹かぬ。水は穏やかに、へさきのまわりでつぶやくような音をたててわかれる。彼は上を見、あたりを見回す。果てしない空、果てしない海、三日月、小舟、上にも下にもほかに何もない。

月は沈み、薄明かりがしらじらと東の空に広がる。星々は次第におぼろになっていく。ああ美しい！　神のごとき太陽が海から昇ろうとしている。櫂もなく、帆もなく、小舟は高速で進む。あれは雲だろうか、海と境を接しているのは？　いや空には一つの雲もない！　どんどん近くなって、色が濃くなってくる。あれは……あれは……陸だ！　かなたに見えるは岩の塊、朝焼けに黒々とそそり立つ。空洞になったその根元のまわりでは大波が音をたてて吠え猛る。

小舟は高速で進み、大きなうねりの上で細かく揺れる。いまやすぐ近くに見えるのは、岩棚と、絶壁の影、そして低く沈んだ岩々のなかば隠れた、黒々としたいただきで大波が砕けるさま。そしてさらに近づくと、砕けた波のしぶきがかかる。そして乙女は言った、「私たちが行くのは、あちら、あの洞窟のアーチの下。いまは引き潮。潮が満ちるまで舟で岩を越えていくことはできません。さあお行きなさい、岸で最後のみそぎをし、祈りを捧げて心を強くするのです。……私も祈らねばなりません」

彼女は強い波のなか手でしっかりと舵をとり、大波、寄せ波をぬって舟をあやつった。そして冒険者は陸に飛び降りた。

第十二巻

そしてタラバはアブダルダールの指輪を抜き取り、海に投げ捨てて、大声で叫んだ、「あなたこそわが盾、わが頼り、わが希望、おお神よ！　私を見て、お守りください、救うことができるのはただあなたのみ。子どものときからわが運命を喜んで受け入れてきたからには、つらいときにも、私を懲らしめる手の正しさを感じてきたからには、あらゆる利己的な情念を浄められ、あなたの意志に従い、この世から悪事を働く一族を根絶しに行くからには、主よ！　わが腕の弱さゆえこの大仕事が無に帰すことのないよう計らいたまえ！」

太陽は赫々《かくかく》と昇り、海も空も日差しを浴びて喜んでいた。いまやタラバは最後のみそぎをし、立ってあの小舟が近くで波に浮かんでいるのを見つめた。小舟は大波に乗る海鳥のように、うねりとともに上下していた。やがて陽光あふれる海のまばゆさに目が痛くなって視線をそらし、浜辺に身を横たえて、満ちてくる潮を見た。彼は祈らなかった、祈りを捧げられるほど心穏やかではなかった。これからのことをあれこれと考え、動揺と希望とで彼の心は乱れた。頭は活発に働きながら、やむことのない海の咆哮と怒号を感じ、波が果てしなく起こり、逆巻き、揺れるのを感じていた。果てることのない音と無限のうねりに圧迫され、彼は休もうと目を閉じた。

そのあいだ、より浜の奥まで、より力強く波が次々と押し寄せた。一つ一つの波が、砂の上で震える虹色の泡を残し、それを次の波が持ちあげた。岩に根付いた花は、先ほどまで大気に対して身を縮め、紫の茎の中で眠っていたが、いまや水を感じると、再び目覚めて花を開き緑の葯《やく》を全開させた。

彼の頬を打つ風に霊が宿っていたのだろうか？　それは、やさしい太陽が、夜のあいだ閉じていた花にたわむれ、さあ開いて喜べと言い寄るかのようにやって来た。それは、夕べの露が癒やしと命とを持って、夏の草地に降りてきたかのようにやって来た。あるいはむしろ、苦悶のうめきにおののいて意識を失った人に対して、その死の床のそばにひざまずきつつ発したセラピムの歌、天使のあいさつの最初の音のようだった。

彼ははっとしてその確かな存在を求めてあたりを見回した。「タラバよ！」目に見えぬ者の声が叫んだ……「オネイザの父さん！」彼は答えた、「あなたの寿命は尽きて、あなたも天使の仲間になられたのですか？」「タラバ！」第二の、さらにいとしい声が繰り返した、「主の恩寵を受けて、行きなさい、私のタラバ、行きなさい！　わが夫よ。私たちの至福のあずまやは整えてあります。行って務めを果たすのです、天国で望みを抱く私に待ちぼうけをさせないで！」

彼は熱いまなざしを海に向けた、「おいでなさい！」と乙女は言って、小舟を陸に寄せた。待ちきれず、打ち寄せる波のなか彼は舟を迎えようと走った。その目は輝き、その頬は喜びで紅潮していた。「お祈りをして慰めを得られましたか？」彼女は叫んだ。「ええ」タラバは答えた。「天からの訪れがありました」「神よ、ほめたたえられよ！」と彼女は言った、「では私の望みはむだではなかったのね」そして彼女の声はわななき、唇は震え、涙が頬を伝った。「見知らぬお方」彼女は言った、「ずっと以前あなたのように、神の闘士となって、地獄の一族と戦う誓いを立てた者がいました。あなたのように、彼は若く、やさしく、そしてとても勇敢だった！　獅子の心を持つ男でした。ああ情けない！　私が愛のかいなで彼を引き止めたので、使命を果たすべき時は過ぎてしまった。すると彼に栄冠を授けるはずだった天使がやってきて、怒って彼を打った……それから長い長い年月が過ぎ……彼は悔悟の場で解放者のあなたを待っている、確かにあなたこそそのお方！　私が受けた天罰は、いつまでも若いまま変わらぬ愛を持ち続け、苦悶を新たにし身を切る後悔の念をもって、撲滅者で解放者であることを運命づけられたお方を、ここに運ぶよう記された時を待つことでした。あなたの成功にかかわっているのは、ひとりだけの運命でもなければ、並の悲しみでもないことを忘れないで」

このように彼女が話しているあいだに、洞窟の入口が下を行く小舟に影を落とした。彼らのまわりでは、巣から、海鳥が鋭い声で鳴きながら飛び立ち、見たことのない形のものに驚いたようだったが、生きた人間を見てもおびえはしなかった。人による支配と力の悪用を知らなかったのだ。ひな鳥たちの叫びは、いっそうかん高い音で反響し、荒々しい不協和音となって岩のまわりに鳴り響いた。さらに奥へと彼らが進んでいくと、暗くなった日差しのわずかな反映はいっそうかすかになり、外で砕ける波の音も聞こえなくなった。さらに進めばさらに光はかすかになっていく、そして水の届く果てに着くと、そこでは切りたつ岩に静かにさざ波が立っていた。彼らは陸にあがって進んでいった、すると奥深いところで二枚の金剛石の扉が洞窟の道をふさいでいた。

かたわらの岩に白髪の男が背をもたせて座り砂時計を見ていた。彼に乙女は言った、「いまが定めの時？」老人はしばらく答えず、下を向いたまま目をあげなかった。いまや砂は低く、老齢の日々のように目に見える速さで、残りの砂が落ちていたのだ。そして最後の一粒が落ちた。すると彼は目をあげ、手を掲げて、金剛石の扉を強くたたいた。

金剛石の扉は打たれると開き、入口を開けた。乙女はタラバを向いて言った、「お行きなさい、神の御名において！　私ははいれません……希望と苦悶を抱いたまま結果を待たねばなりません。神とムハンマドのご加護がありますように、あなたのため、そして私たちのために！」

彼はためらわなかった、……彼は戻ることのできない敷居を越えた。俗世の思い、人間的な希望と情念をかなぐり捨てたいま、日差しの微光のある方へと、うしろを振り返ることはなかった。中には光があった、それは黄色い光で、秋の太陽が通り雨や霧越しに夕べの丘を照らすときのようだった。中心の炎から発散しているのか、あるいは太陽光線が日々、太古より、そこに吸収されて怒りの日の炎のために集められているのか。この驚くべき地下空間には陰がなかった。張り出す絶壁も、柱をなす岩も暗い影を落としてはいなかった。垂れ込める熱く重い空気と、その光は一体となり、いたるところに浸透して、どこも同じ黄色に染めていた。生気のない空気に動きはなく、長い下り坂を降りていってもなんら動くものは感じられなかった。岩の上を行く自身の足音さえ聞こえなかった、厚くよどんだ空気で音が伝わらないのだ。吹く風を感じられたら、なんて気持ちいいだろう、と彼は思った、大空の下、風の中で息を吸い、喜びへの渇きを癒やすことができたなら。

下へ下へ、常に道は下っていたが、その長い長い道は安全だった。秘密のたくらみはないのか、敵はひそんでいないのか？　彼は注意深いまなざしを岩の壁に向ける、……用心して天井を見、用心して前に伸びる道を見わたす。下へ下へ、常に道は下っていたが、その長い長い道は安全だった。ただ岩があるだけ、同じ光、同じ死んだ空気、孤独、墓のような静寂。

ついに長い下りは終わり、先は断崖になっていた。その恐ろしい深みにはわずかな光も射さない、深い穴のなか黒い闇、完全な夜が光を敵として拒絶していた。その表面には淡い大気が漂っていたが、闇と混じり合うことはなかった。深淵の上では、羽毛のない巨大で強靭な四枚の翼が、小さな吊り駕籠を持ちあげ、その上に日よけのように覆いかぶさっていた。四枚の生きた翼は、頭もなく、胴もなく、一つの軸から生えていて、そこから下に四つのアーチ状の足が分岐していて、グリフィンの握力を持ったかぎ爪で、吊り駕籠の縦横についた輪をつかんでいた。

だがタラバの目が釘づけになったのは、これら、恐ろしい深淵や、驚くべき翼ではなかった。崖の縁に、炎に包まれた鎖で岩に縛りつけられて、ひとりの男が、生きた男がいて苦しんでいた。かの若きオサーサだ。愛のかいなに抱かれて、無為に時を過ごし、使命を忘れて絶好の機会を逃した者。憐憫の情に身震いしつつタラバは叫んだ、「神の僕よ、私にあなたを救うことができるだろうか？」彼はうめいて答えた、「人の子よ、私は罪を犯し、苦しんでいる。辛抱強く希望をもって耐えている。地獄の一族が滅ぼされるとき、そのとき、私は自由になるのだ」

「そのときはまだか？」タラバは言った、「いや来たのだ、このきざしをもって」そして恐れを知らぬ手で燃える鎖をつかむと、「神の御名において！」と言い、岩から鋲《びょう》を引き抜き、深みに投げ込んだ。炎がわっと燃えあがってとどろいた。鎖が落下しながら、深い穴の有毒ガスに火をつけたのだ。タラバは身をかがめて下を見た。だが炎の深い淵を探ろうとしても無駄だった。炎は人の目の届かぬところに沈み、地獄の火が地下の世界を照らすかのように、ぱっと燃えあがったかと思うと、すぐに毒の燃料が尽きて、炎は色あせ、おぼろになってさらに暗くなり、ついには消えて、再び真っ暗になった。ただ黄色い大気がわずかにはいってきてゆっくりと混じった。
そのあいだ、自由になったオサーサは彼のひざを抱いて叫んだ、「解放者よ！」そして喜びと希望で身もだえしながら、「彼女はどこだ？」と叫んだ、「来ることがはるか以前より約束されていたのだが……」「行きたまえ！」タラバは答えた、「門のところであなたを待っている」「勝利のあかつきには」彼は答えた、「あなたもわれわれのところに来てくれるか？」解放者は深淵に目を向けた、ほかに道はない……この深さを昇ってくることはできない。「私を待つな」彼は叫んだ、「私の道は定められている、行け……舟に乗れ！　命を取り戻して……幸せに暮らすのだ！」

オサーサ：名を教えてくれ……国々にふれまわって、あなたを祝福しよう。

タラバ：慈悲深き神を祝福したまえ！

そしてタラバは神の御名を唱え、吊り駕籠に飛び乗った。下へ、下へ、それは降下した、……下へ、下へ……彼は息もできず見ることもかなわない。めまいがして目を閉じ、落下の勢いで息が詰まった。空気は吊り駕籠の下で押され、それが頭上の翼をふくらませた。下へ……下へ……途方もない深さ！……スィーモルグは悪の勢力と結託して滅ぼそうとしたのではないか？　あの美しい舵取りは、まやかしの美しさをもつ悪鬼ではなかったか？　なおも彼は降下する、下へ……下へ……

だが常に上に吹きあげる風が頭上の翼をふくらませる、なおもあらがう翼は吹きあげる風を押し戻す。下へ……下へ……ついに着地する。

彼は立ち、めまいがしてよろめく。周囲のものは皆、しばらく、ゆらゆら揺れて見える。じきに気を落ち着かせ、彼は行く手を見た。遠くに明かりがあって、探索する彼を導く、松明の炎の方がもっと大きく、芯を切らないロウソクの炎の方がもっと長いだろう。だがこれは真昼の太陽のように強烈で、強い光線を放ち、その輝きの中心で緑色の光に震えていた。その彼方は何も見えなかった。どんな視力の持ち主もその耐えがたく過剰な光を見通すことはできないだろう。それは敵意ある者を隠している、とタラバは考えた、そしてその判断は正しかった、岩の扉の敷居に、呪われたやからの中でもっとも巨大でたけだけしい、魔界の門を守るにふさわしい者、反逆のイフリートがいたのだ。人間の餌食が近づいてきたのを嗅ぎ取ると、飢えを満たそうとの欲望が炎の目をらんらんと輝かせた。手をかざして目がくらむのを防ぎながらタラバは前に進み続けた、そしてときどきさっと目をあげた。やがてしかるべき距離まで近づくと、頭を下げて、弓を構えた。気をゆるめることなく懸命に、眉間にしわを寄せて、痛む目で強烈な光を見据え、矢を放った。

激痛に襲われた叫びがあがった、とても人間の声では出せない途方もない悲鳴で、その雷鳴のようなとどろきは反響して岩を駆けのぼった。光は弱くなって消えかかった。タラバはかなたに見える扉の方に突き進み、道を守るイフリートが断末魔の苦しみに身をよじる、その上を飛び越して、石の扉をたたき、神の御名において開くよう命じた。

足下の瀕死の悪鬼は、その名を聞くといっそうの苦悶に身をよじった。そして岩は砕け、岩の扉は彼の声にこなごなになった。見よ！……その中には……テラフと火、ハウラ、そして鎧《よろい》に身をかため戦いに備えたモハーレブ。だが彼が腕をふりかざすも、タラバはしびれるほどの力でそれを打ち、突進した。いま彼は見たのだ、炎のなかホディラの白い遺灰の上にその聖なる剣が横たわるのを。

彼は炎に突進した。ハウラが立ちはだかり飛びついて、腕をからめて彼をつかみ、モハーレブを呼んで殺《や》ってしまいと言う。ああ愚かな者よ！　彼は父の剣を見たのだ、誰が止められよう？　誰もその怒れる腕に抵抗できぬ。ハウラは地面にたたきつけられた。彼女はなかば身を起こし、彼のひざにからみつく。ほんのしばらく……彼はそれを振り払おうとするが、できないとわかるといらだって、呪われた彼女の胸をかかとで踏みつけ打ち砕く。そして瀕死のうなり声をあげるその体をあとに、剣に向かって飛んでいく。

剣とともにある炎は悪の撲滅者を知っていた。それは彼の周囲を巡り、彼のローブを包んだ。そして頭のまわりに集まって、そこで凝縮し、より強い光輝となる。彼の栄冠、命の光として、その輝く花冠はそこに漂った。タラバが父の剣に手を置いた瞬間、内なる洞《ほら》で、あの生きた偶像が丸い祭壇を打った。ドムダニエルの地は激しく揺れ、その地下空間全体が雷鳴のようにとどろいた。地表でも揺れが起きて、その恐ろしい震動が感じ取られた。魔術師の一族は、ひとり残らず、どこにいようとも呼び出しに応ぜざるをえなかった。ひとり残らず、地獄と天国に召し出されてやってきた。地獄に召し出されたのは、彼らの洗礼の盟約を守り、力を結集して共通の危険に立ち向かうため。天国に召し出されたのは、共通の運命にあずかるため。

どんな魔法も無駄だ！　悪の撲滅者はドムダニエルの床を踏んで進む。連中は、素手で、人間の力を結集してたったひとりの敵を倒そうとする。どんな人間の力も無駄だ！　彼がふるうは父の剣、目覚めた神の復讐のやいばなのだ！　だが主にタラバに向かってきたのはモハーレブ、あの霊感を受けた魔女の言葉は、両者に致命的な一撃があることを告げていた。身の安全はないとわかっていたが、それでも彼はイブリースの大義に仕え、死をもってその帝国に忠義をつくそうと望んだ。

誰に彼の行く手をはばむことができよう？　タラバの剣に蹴散らされ、魔術師の一群は退いて彼が戦うための場所を空けた。あわれな奴、全能の怒りに対し、かぶとや盾が何の役に立とう！　あわれな奴、悪い方に加担したことに、モハーレブは気づくのが遅すぎた。彼は盾をあげてアラブの若者の剣を受ける、……炎で鍛えられた鋼《はがね》のやいばに盾は割れて落ちる。彼の冷たい手は、きしるような音をたてた一撃を受けてしびれる。……彼は偃月刀《えんげつとう》を振りかざし、第二撃を受ける、なんと！　折られたつかが麻痺した彼の手から垂れ下がる。彼は血を流している！　彼は逃げる！　そして集団の中に隠れようとする、だがほかの連中もホデイラの剣の威力を感じ、破滅をまぬがれようと逃げる。急いで内なる洞に駆けこみ、皆恐れをなして巨大な偶像の足元に倒れこみ、彼らの仕える力に助けを求める。

それは生きた偶像だった、魔術の業により肉と骨で作られていて、人間の血がどくどくと静脈と動脈に流れていた。イブリースをかたどってそれは作られていた、その背丈と力はまさに神の子らの中でひときわひいで、輝く頭をあげたときのもの、曙の王子として。ひたいには炎の流星の冠をかぶり、炎は光の点となって流れていく。彼の前で宙に浮いているのは丸い祭壇、地球が地軸を中心に回るように回っていて、地球のように海と陸とが市松模様をなしている。悪魔の業で作られたものだ。偶像が手にする王笏《おうしゃく》がその丸い祭壇にふれると、それに対応する地域で大地は衝撃を感じ、海は荒れ、都市はその基礎を揺さぶられて崩壊し、住民はことごとく押しつぶされる。偶像のもういっぽうの手は上に掲げられ、手のひらを広げて大洋の重みを支えていた。海の水がそのままこの聖域の天蓋をなしていて、彼がその唯一の支えであり、唯一の柱だったのだ。

地面に倒れこみ、彼の足もとに魔術師たちはひれ伏した。モハーレブは震える腕で偶像のひざにしがみついていた。偶像の顔は蒼白で、恐怖におびえながらも落ち着いた様子で、悪の撲滅者が近づくのを見ていた。

自分の一撃に自信をもって、それゆえやみくもにならず、急ぐこともなく敵を求めて、悪の撲滅者は進み出る。オクバが割ってはいった。一族の中でただひとり恐れを知らぬ、あわれな男。一片の希望も持たぬゆえ。「この私に、私の上に」子を亡くした魔術師は叫んだ、「その武器を振りおろせ！　おまえの父の天幕に真夜中に忍び込んだのは私だ。この手がホディラの心臓を突き刺し、おまえの兄弟姉妹の血が、短剣のつかのまわりに噴き出るのを感じ取ったのだ。私の上に運命の剣を振りおろせ！　復讐の時は来た！　撲滅者よ、使命を果たすのだ！」

策略も、武器も、絶望した男は持っていなかった。彼は剣の一撃を受けようと胸を広げた。「老人よ、私はあなたを打ちはしない！」タラバは言った、「あなたが、私とわが一族に働いた悪事はすでに厳しい罰をもたらした。あなたのいとしい娘のために、私はあなたを許そう、私も天の許しを望むがゆえに。彼女のために時あるうちに悔い改めるのだ！　私の祈りも助けとなろう。あわれな罪人よ、怒れる神の慈悲にみずからを投げ出せ！　ライラの名において私は言う、もしいま彼女の無垢の霊と天国でまみえることを考えられぬとしてもそれが何であろう、……アッラーは英知によってアル＝アラフをお造りになったではないか？　そこからは天国が見えて、悔い改める者の胸に希望という強い浄化の火が灯るだろう。やがて審判の日が訪れ、その者は慈悲の門が開くのを見るだろう」

彼が話すあいだ、驚いた男はただ立ったまま見ていた、やがてその心が和らぎ、涙がほとばしり出て彼は声をあげてすすり泣いた。すると突然、すべてをみそなわす預言者の、畏怖の念を呼び起こす声が聞こえてきた、「よくやった、わが僕よ！　おまえの報いを求め、受けとるがよい！」

深い畏敬と喜びでタラバの心はふくらむように思われた。畏《おそ》れかしこんで、腕を胸の前で交差させ、ふり仰ぐ目には恍惚の涙があふれた。彼はその声に答えた、「神の預言者よ、聖なる、善なる、恵み深き者よ！　あなたの意志を遂げるにあたって、この世で一つだけ願いがあります。あなたの庇護がそれを可能にしてくれます。この魔術師を見てください！　彼の罪は重いけれど、慈悲に限りはありません！　もしあなたの僕たる私が神の目にかなって恩顧を得られるのなら、彼を悔い改めさせ、その魂を完全なる死よりお救いください」

「悔い改めのうめきは」その声は答えた、「必ず聞き届けられる！　だがおまえ自身のために、まず祈るのだ、天国の宝庫はおまえの意志によって開かれる」

「神の預言者よ！」タラバは答えた「私はこの世でたったひとり。わが心のひそかな願いをあなたはご存じです！　お望みのとおりになさってください！　あなたの意志こそ最善です」

彼に答える声はなかった、だが　見よ！　彼の復讐を見るためにホデイラの霊が降りてきている、そしてそのかたわらにはバラ色の光の純粋な形体、天使となった母の姿が浮かんだ。「わが子よ、私のいとしい、栄えある、祝福された子よ、私の約束は果たされる……あなたの使命を遂げなさい！」

タラバは、死ぬときが来たことを知った。彼は跳躍し、飛びついて、偶像の心臓につかのところまで剣を刺した。海底の天蓋は崩れすべては壊滅した。その刹那、天国の門ではフーリーの姿をしたオネイザが永遠の至福へと夫を迎え入れた。

註

▼は原註を、▽は訳註を示す。

序

▽アラビア物語の続編　ジャック・カゾットの『続千一夜物語』（一七八八―八九、英訳一七九二）

第一巻

▼41　「主は与え、主は奪う。主の御名《みな》はほめたたえられよ」――ヨブ記1章21節。ここで私は聖書の一節をイスラム教徒に言わせた。だがこれはヨブ*の言葉であるし、近代のアラブ人が古代の人間のように話したとしても不穏当なことは全くない。諦念はムハンマドが特に熱心に説いたもので、彼の教えの中で、信徒たちが最もよく守ってきた規範である。それは中東世界の悪徳とさえ言える。ゼイナブにコーランの一節を語らせる方が簡単だっただろう。平板なコーランの言葉を記憶できるとしての話だが。そもそも退屈な繰り返しの多いコーランを読み進めた者はわずかしかいない。われわれの宗教観と結びつく言葉で、宗教的感情を表現する方がよいと私は考えたのである。

＊ヨブ　旧約聖書ヨブ記の登場人物。神の試練を耐えぬく。

▽48　天幕　タラバの一族は遊牧民のベドウィン族で天幕に住む。

▽54　預言者　ムハンマドを指す。

▼114　無駄な装飾と労働の空費が中東の人々のあらゆる作品の特徴をなしている。私はペルシアの彩色写本を見たことがあるが、どれも長年の労苦の産物であるに相違なく、どのページにも絵が描かれていた。だがそれらは生活や習俗を表したものではなく、大抵はトルコ絨毯《じゅうたん》の曲線や直線にも似て、なんの観念も伝えず、ナンセンス詩を聞いても意味をなさないのと同様、見ても無意味なものだった。われわれ西洋人が手にした、わずかばかりの彼らの文学作品も同じように無価値である。異邦人の文化の研究者たちはフェルドウスィー*を東洋のホメロスと呼んできた。彼の詩のサンプルがある。この翻訳はよくないと言われており、忠実な訳でないのは確かだ。

韻文で訳されているからである。だがいかに下手な模写でも元の絵の主題と構図は示すだろう。この東洋の『イリアス』を、「すぐれた詩」（冒瀆的にも学者たちはこれをそう称してきたが）にするのは錬金術の夢をかなえることであり、鉛を金に変えるようなものだ。

『アラビアン・ナイト』は確かに才能にあふれている。その空疎な比喩表現はフランス語の翻訳のフィルターにかけられる過程で消えている。

＊フェルドウスィー（九四〇―一〇二五頃） ペルシアの詩人。叙事詩『王書』［抄訳 岡田恵美子訳、岩波文庫］の作者。

▼120 「アラビア人はこの宮殿を世界の不思議の一つに数える。この宮殿は、ヒーラ*を統治したアラビア人の王のひとり、ノオーマン・アル＝アワルのために建てられたものだが、たった一つの石が建物全体を固定しており、壁の色は一日のうちに何度も変わった。ノオーマンは設計者のスィニンマールにたんまり褒美をやった。だがあとになって、スィニンマールがこれに匹敵するか、さらに美しい宮殿をライバルの王たちのために建てるかもしれないと思い返して、彼を宮殿中もっとも高い塔から投げ落とすよう命じた」エルベロー

＊ヒーラ 現イラク中南部の都市。

▼187 「アード族はアードの子孫。アードの父はアウスもしくはウズ、その父はイラム*、その父はセム、その父はノア。ノアは言葉の混乱*ののち、ハドラマウト州アル＝アフカーフ（砂丘）に定住し、彼の子孫は大いに栄えた。最初の王はアードの息子シャッダードであった。中東の作家たちは彼について多くの途方もない事績を伝えているが、中でも際立っているのは、父が建設を始めた壮大な都市を完成させたことである。そこにすばらしい宮殿を建て美しい庭園を築いたが、それを飾るためには金も労力も惜しまなかった。それによって彼を神と崇拝する迷信を領民たちに植え付けようともくろんだのである。この庭、もしくは楽園はイラムの園と呼ばれ、コーラン*に記述があり、オリエントの作家たちがしばしば言及している。彼らによるとこの都市はいまでもアデンの砂漠の中にあり、神意により神の正義の記念碑として保存されている。ただしごくまれに神が見ることを許すとき以外は目に見えない。カリフ、ムアーウィア*の治世下において、コラーバなる人物が、事の真相をつきとめるようカリフによって派遣され、この都市を見る恩恵にあずかったことがあると主張している。コラーバが語った冒険は次のようなものだ。彼が逃げたラクダを捜していると、突然、この都市の門前に出た。中にはいったが、ひとりの住人もいなかったのでこわくなり、それ以上は留まることをせず、ただきれいな石をいくつか拾ってき

てカリフに献上したという」セール

「アードの子孫は、時が経つにつれて堕落し、真の神を崇めずに偶像崇拝をするようになった。神は預言者フード*（エベル*と同一人物とされる）を遣わし、神の本質の単一性を説かせて人々を矯正しようとした。フードは何年もアード族に教えを説いたが効果はなく、ついに神は人々が悔い改めるのを待ちきれなくなった。神が下した最初の罰は三年間続く飢饉で、そのあいだずっと天は民に対して閉ざされたままだった。アード族はそのときまでアラビア中で最も裕福で強力な民族だったが、この飢饉の被害によりその多くが死に絶えた。

この難局で人口の減少を目の当たりにし、偽の神々から救いを得られなかったアード族は、ヘジャーズ州のある場所（現在メッカの位置するところ）に巡礼を送ることを決めた。当時そこには赤砂の塚があり、その周囲にいつもさまざまな民族が大勢合流しているさまが見られた。集まった諸国民は、信心深い者も不信心者も、敬虔な思いでこの地を訪れたら、生活上足りないものや必要なものは、何でも願いのままに神から与えられると信じていた。

アード族はこの巡礼を実行に移すことに決めると、七十名を選び、その頭《かしら》にこの国の最も重要な人物であるモルタードとカイルを指名した。彼らは全国民の名で務めを果たし、天から雨を降らせねばならなかった。さもないと国が滅んでしまうのだ。代表団は出発し、当時ヘジャーズ州を治めていたムアーウィアに手厚くもてなされた。彼らは旅の目的を説明し、雨が得られるよう、赤い塚まで行って宗教的儀式を執り行うことの許可を求めた。

モルタードは、一行の中の一番の賢者で、預言者フードにより改宗していた。彼は、預言者の説く真理をあらかじめ受け入れて不信心を心から悔い改めない限り、この選ばれた場所で祈るために旅をしても無駄だと、よく仲間にさとしていた。われわれを教化するために神が送った人物の声に耳を傾けようとせずに、どうして神が惜しみなく慈雨を降らせてくれると期待できるのか、と彼は言った。

カイルは迷妄に陥った者の中でも特にかたくなで、預言者の一番の敵だった。彼は仲間であるモルタードの主張を聞くと、ほかの者たちと塚に赴《おもむ》いて祈りを捧げるあいだ、彼をとらえて留め置くようムアーウィア王に頼んだ。ムアーウィアは同意し、モルタードを捕らえて、ほかの者たちが旅を続けて誓いを遂げられるよう計らった。

いまや代表団の唯一の頭となったカイルは、目的地に着くと、神よ、御心のままアードの民に雨を降らせたまえ、と祈った。彼の祈りが終わるか終わらないかのうちに、空に三つの雲が現れた。一つは白、一つは赤、三つ目は黒。それと同時に、三つのうち好きなものを選べという声が天から発せられるのが聞こえた。カイルは黒い雲を選んだ。それが一番ふくらんでおり、水分を豊富に含んでいると考えたのである。それこそ彼らに極端に欠乏しているものであった。選び終わると、彼はすぐさまその地を離れ、自分の巡礼が首尾良く成功したことに大喜びしながら帰国の途についた。

カイルは、アード族の領地であるマゲイスの谷に着くや同郷人に、よい返答を受け取ったことと、すぐに国中をうるおしてくれる雲のことを告げた。無分別な民は雲を迎えようと皆家から出てきた。だがこの雲は神の復讐の念で大きくふくれていて、そこから出てきたのは、アラブ人がサルサルと呼ぶ、非常に冷たくて激しい風のみであった。それは七日と七晩吹き続け、国中の不信心者を滅ぼし、生きて残ったのは預言者フードと、彼の言葉を聞いて改宗した者だけだった」エルベロー

＊イラム　セムの子、アラムを指す。創世記10章22節。

＊言葉の混乱　もともと世界中同じ言葉が使われていたが、バベルの塔の建設が神の怒りを買い、神は全地の言葉を混乱させた。創世記11章8節。だが聖書によれば、これはノアよりも後代の出来事である。

＊コーランに記述　コーラン89章7節（標準エジプト版）参照。

＊ムアーウィア（六八〇没）ウマイヤ朝初代カリフ。

＊フード　コーラン7章65節参照。

＊エベル　創世記11章16―17節参照。

▼195　アル＝アフカーフは砂丘を意味する。

▼247　「あるキプロスの植物学者から聞いたところでは、黒檀は葉も実もつけず、地表に出ているものが見つかることはない。その根は完全に地中に埋もれていて、エチオピア人たちはそれを掘り起こす。彼らの中には、その隠れた場所を見つけることにたけた者がいる」パウサニアス、テイラー訳

▼293　アード族は四つの偶像神を崇拝した。サーキアは雨を降らせる神、ハーフェダは旅人を庇護する神、ラーゼカは食糧を与える神、サーリマは病気のときに体を守ってくれる神だった。エルベロー、セール

▼299　メッカはこのように（合流の地と――訳者）呼ばれた。ムハンマドはアラブ人の迷信を打ち砕いたが、「井戸」と「黒い石」への古くから根づいた崇拝は採用せざるを得なかった。彼は、人々の敬意と崇拝がエルサレムに向けられるよう意図していたが、それをメッカに変えることにした。

▼337　「異教徒のアラブ人の一部には死ぬとき、自分の墓にラクダをつないでおく者たちがいた。そのまま肉も飲み物も与えずに死ぬにまかせ、一緒に来世に連れてい

くのである。そうしないと復活の時に徒歩で行かなくてはならず、それはとても恥ずべきことと考えられた。アリー*が断言しているが、敬虔な者は墓から出て復活するとき、彼らのために用意万端整った白い翼のラクダを見出し、それは黄金の鞍をつけているという。ここに古代アラビア人の教えの痕跡が見られる」セール

＊アリー（六〇〇頃―六六一）　第四代正統カリフでシーア派の初代導師《イマーム》、ムハンマドのいとこで、その娘ファーティマと結婚した。

▼369　ピラミッドに関して、グリーヴズが次のように述べている、「アラビアの作家たちがほぼ確実な話と認めていることを書き記そう。それはイブン・アブド・アル＝ハカム*が報告していて、そのアラビア語を訳すと以下のようになる。「ほとんどの年代学者の認めるところでは、ピラミッドを建てたのは、ノアの洪水の三百年前に生きたエジプト王、サウリド・イブン・サルフークである。そのきっかけは、彼が眠っているときに見たことに起因する。その夢ではこの地上がすべて、住人もろともひっくり返り、人々はうつぶせになった。星々は落下し、互いに衝突し、ものすごい音をたてた。彼は当惑し、これを秘密にした。この後、恒星が白い鳥のような姿で地上に降りてくるのを見た。それらは人間を捕らえ、二つの大きな山脈の間に運んでいった。そして山脈は人々の上で閉じ、輝いていた星々は暗くなった。あまりの恐ろしさに目を覚ますと、彼はエジプト中から主な聖職者百三十人を招集した。その一番の長はアクリムムと言った。王がすべてを語ると、彼らは星々の高度を測り予知を行って、洪水の到来を予言した。王がその洪水はわが国に来るのかと問うと、彼らは然りと答え、国を滅ぼすことになると言った。洪水の到来まで一定の年数があったので、王はそのあいだにピラミッドの建設を命じた。（……）」」グリーヴズの「ピラミッド譚」

＊イブン・アブド・アル＝ハカム（七九八頃―八七一）エジプトの歴史家。『エジプト、マグリブ征服史』の著者。

▼387　ざくろ石は騎士物語の大抵の地下宮殿に出てくる。その驚くべき性質についてトゥアヌス*によるものほど詳しい説明は見たことがない。ステファニウスがサクソ・グラマティクス*につけた註でそれを引用している。

王がボローニャに滞在しているとき、見知らぬ男が、種類と性質において驚くべき宝石を東インド諸島より持ってきた。男は物腰から異邦人と見受けられた。その宝石は、まるごと燃えて火花を放っているかのように、信じがたいほどの輝きをもち、キラキラ光って、四方に光線を発していた。それはかなり遠くまで、強い光であたりを満たし、誰も目を開けていられないほ

どであった。土の中でじっとしていられず、埋めるとすぐに空中に飛び出てくるという点でも驚異的だった。また人間のどんな技をもってしても狭いところに収納できず、充分に広い場所しか好まないように思われた。しみもよごれもなく、この上なく純粋だった。また特定の形をもっていなかった。形状は定まらず絶えず変化していた。そして遠くから見ている分には美しいが、不浄の手で扱われることを許さず、しつこく触ろうとする者を傷つけてしまう。このことは多くの人が衆人環視の中で経験したことである。たまたま一部が欠けても(あまり堅くないので、そういうこともあり得たが)かさは減らなかった。

トゥアヌス　第六巻

『宝石の鑑』ではざくろ石には男石と女石があると述べられている。女石は光輝を放ち、男石の中では星が燃えているように見える。(……)

＊トゥアヌス(一五五三—一六一七)ジャック゠オーギュスト・ドゥ・トゥーのラテン語名。フランスの政治家・歴史家。アンリ三世、四世のもとでの外交官でナントの勅令の公布に尽力した。引用はステファニウス『サクソ・グラマティクス『デンマーク人の事績』詳註』より。

＊サクソ・グラマティクス(十二世紀半ば—十三世紀初め)デンマークの歴史家。『デンマーク人の事績』はハムレット伝説が含まれていることで有名。

▼394 「あるムーア人の作家によると、アダムは禁断の木の実を食べたあと、楽園の木々の陰に隠れようとしたが、金と銀の木々は人類の父に対し、陰を貸すことを拒んだ。神は木々になぜそうしたのか尋ねた。なぜならアダムはあなたの命令に背いたからです、と木々は答えた。よくやった、と創造主は答えた。お前たちの忠誠に報いよう、天命として人間は今後お前たちの奴隷となるのだ、そしてお前たちを探して地下深くまで掘ることになるのだ」シエニエ

▼401 シャッダードはアード族の最初の王。私は中東の作家たちほどには彼の宮殿を飾り立てて描きはしなかった。『バハーリ・ダーニシュ』[*]の註に、その壮麗さについて『トゥフファアト・アル゠マジャーリス』[*]から引いた以下の記述がある。

気持ちの良い高台に場所を定めると、シャッダードは百人の族長を派遣して、諸国から腕利きの職人たちを集めさせた。彼はまたシリアやオマーンの王たちに命じて、彼らのもつすべての宝石や貴石を送らせた。ラクダ四十頭分の金・銀・宝石が日々建造に費やされ、その建物には広々とした千の中庭があり、そのまわり

を何千もの部屋が取り囲んでいた。その中庭には金と銀でできた人工的な木々があり、その葉はエメラルドで、真珠と宝石の実が鈴なりになっていた。地面にはリュウゼン香、ジャ香、サフランが撒かれた。人工的な木々のどの二本のあいだにも必ずおいしい実のなる果樹が植えられた。この夢のような住まいは完成に五百年かかった。完成するとシャッダードはそれを見に行軍した。近づくと、ダマスカスから連れてきた二十万の若い奴隷を四つの隊に分け、庭園のどの側からでも自分たちを迎えられるよう、それぞれの隊を四方の宿営所に配置した。その庭園に向かって彼はお気に入りの廷臣たちと進んでいった。突然、空中に雷鳴のような声が聞こえたので、シャッダードが見あげると、堂々とした体軀を持ち厳しい表情をした人の姿が見え、「私は死の天使である。お前の不浄な魂を捕らえる使命を帯びてやってきた」と言った。シャッダードは「私に庭にはいる猶予を与えてくれ」と叫び、馬から降りようとしたがそのとき、命の狩人は彼の不浄な魂を奪い取り、彼は絶命して地に倒れた。それと同時に稲妻が光り、不信心者の連隊すべてを滅ぼした。そしてイラムのバラの園は人の目に届かぬように隠された。

＊『バハーリ・ダーニシュ』　インドの学者シャイフ・イナーヤトゥッラー（一六〇八―七一）が収集したインドの恋愛物語集。「知識の春」の意。ムガル帝国の公用語であるペルシア語の原文から、イギリスのオリエンタリスト、ジョナサン・スコットが英語に全訳した（一七九九）。

＊『トゥフファト・アル＝マジャーリス』「集いの賜物」の意。同名の書物がいくつかありどの文献か不明。

▼403　「非常にたくさんの繊維質のひげが椰子の枝から両側に伸びているように思われる。それは互いに枝をまたいで、枝と枝のあいだを覆い尽くし、一種の樹皮として目の細かい網のようになっている。これを手で紡《つむ》いで、さまざまな長さの綱にしたものが、主にエジプトで用いられている。これから服のための一種のブラシも作られている」ポーコック

▽410　ニムロド　創世記10章8―9節に出てくる人物。一般にバベルの塔の建設を命じた王と見なされてきた。

▼467　「ラマイによると、名は挙げていないが、ある偉大な王が、すばらしい宮殿を建て、その都の才人たち皆にお披露目しようと思ったという。王は才人たちを祝宴に招き、食事が済むと、彼らに向かって、構造において、装飾において、家具調度において、これ以上壮麗で、より完璧な建造物を知っているかと尋ねた。招かれた客は皆、同調して口々にほめそやしたが、ひとりだけ

例外がいた。その人物は質素な隠遁生活を送っていて、アラビア人からザーヘドと呼ばれる者のひとりだった。

この男は王に対し気兼ねなく口をきき次のように言った。この建物には大きな欠陥があります。基礎がだめで、壁が充分強くないので、いたるところからアズラエル*がはいり込め、サルサル*が簡単に吹き込みます。次にこの男は、瑠璃《るり》と金で装飾した宮殿の壁を見せられた。その驚くべき職人芸は、材料の豪華さ以上に高価なものだった。彼はそれに対し、ここには依然として大きな不都合があります！　私たちはうしろ向きに寝かされるときまで、こうした技を決して充分に評価できません、と言った。この言葉の意味は、こういったものを正しく理解することは死の床につくまで決してできず、そのときその空虚さに気づくということだった」エルベロー

＊アズラエル　［イスラム教・ユダヤ教］死の天使。人の魂を肉体から分離する。

＊サルサル　555行の註参照。

▼538　「死は窓に這いあがり城郭の中にはいり込む。通りでは幼子を、広場では若者を殺す」（エレミヤ書9章20節）

「木々は果実を実らせるが、摘み取る者が誰かいようか？　ブドウは熟れるが、それを踏む者が誰かいようか？　どの場所も誰もいなくなるのだ」（第二エズラ記*16章25節）

「弓を引く彼の右手は強く、彼の放つ矢は鋭い、そしてひとたび放たれたら、地の果てまで的をはずすことがない」（第二エズラ記16章13節）

＊第二エズラ記　旧約聖書の外典。

▽555　サルサル　ヒューヒューと鳴る肌を刺す寒風。187行、467行の註参照。

▼614　「ミモザ属にはいくつかの木もしくは灌木がある。その木の一つは誰かが近づくと必ず枝を垂らし、まるで木陰で休もうとする人に挨拶するかのようである。この無言のもてなしゆえ、アラビア人に珍重され、傷つけたり切り落としたりすることは厳しく禁じられている」ニーブール

▼654　「ラビの言うには、死の天使は手に剣を持って枕元に立ち、剣の先端には三滴の胆汁が付いている。病人がこの死の天使を見て恐怖のあまり口を開けると、胆汁が滴り落ちる。一滴目で死に、二滴目で蒼白くなり、三滴目で腐敗する」パーチャス

おそらく「死の苦みを味わう」という表現はこのことを言っているのであろう。

第二巻

▼26　「テラフィム*がどのように作られたかということ

について、ラビ*たちは次のようなばかげた想像をしている。人々は長男を殺し、首をもぎ取って塩と香料をまぶし、金の皿に不浄な霊の名を書いて、それに首をのせて壁の上に置く。そしてその前にロウソクを灯して拝んだのであると」ゴドウィンの『モーセとアロン』

ラビ・エカザール*では子どもの首ということになっている。

*テラフィム　テラフの複数形、しばしば単数としても用いる。（古代ヘブライ人の）家の守り神の像。祖先崇拝・子孫繁栄の祈願・占いなどに用いられた。創世記31章19節以下参照。

*ラビ　ユダヤ教の指導者。

*ラビ・エカザール　アブラハム・エリーザー。『ラビ・アブラハム・エリーザーの古い錬金術の書』（ライプチヒ、一七六〇）の作者とされる人物。

▼130　悪魔は、ムハンマドが見放してイブリースと名付けたが、かつては神に最も近い天使のひとりでアザゼルと呼ばれた。そして（コーランの教義によると）アダムに対しひざまずけとの神の命令に背いて堕落した。コーラン2、7、15章

「神はアダムの体をサルサル*、すなわち乾いているが、焼いてはいない土から作った。そして四十夜、ほかの説によれば四十年間、魂を入れずに置いておいた。悪魔がやってきてそれを蹴ると音がした。そこで神は自らの息で魂を吹き入れ目に送り込んだ。するとアダムは自分の鼻が依然として命の通わぬ土くれであるのを見、魂が体を駆けめぐるのを感じた。それが足に達すると彼は直立した」マラッチ

ニュルンベルク年代記にはアダムの創造の版画がある。その体は半分できていて、創造主の手の下、土のかたまりから生え出ている。さらにばかげた版画ではアダムの脇から半分抜け出たイヴが描かれている。

*サルサル Salsal　寒風のサルサル（Sarsar）とは別。

▽134　アブドゥッラー　アッラーの僕《しもべ》の意。

▽137　曙の王子　イザヤ書14章12節でルシファーを指す「曙の子」を踏まえた表現。

▼165　この数行には、救われた者が最後の審判の日まで置かれている中間的な状態についての、イスラム教徒のさまざまな考えが含まれている。

▽165　ザムザムの泉　メッカのカーバ神殿の近くにある神聖な泉。

▽167　イスラーフィール　最後の審判を告げるラッパを吹く大天使。

▼195　このくだりを例外として、私はルーカーヌスのあの力強い詩に似ることのないようにしてきた。

（……）彼女はそばに佇《たたず》む、横たわる屍《かばね》の霊を見詰めた。霊は、今は命なき己の肢体と、魂を閉じ込めた、かつての疎《うと》ましい牢獄に怯《おび》え、切り開かれた胸や、内臓、引き裂かれた臓物の中にはいるのを恐れた。——ああ、哀れな汝《なんじ》。二度と死なぬという、不当な死の最後の賜物を今しも奪われようとする者よ——エリクトは、定めに、こうして己を愚図《ぐず》つかせる力が与えられたことに驚き、死に憤って、動きのない屍体を生きた蛇で鞭打った。

（……）

すると、突如、固まっていた血が熱くなり、黒ずむ傷を癒し、血管を流れて、四肢の隅々にまで行き渡り始めた。血の巡りだした臓器は冷たい胸の下で顫動《せんどう》を始め、内臓に新たな命が染み渡って、束の間、命と死とが入り交じった。と、そのとき、屍体は四肢のすべてをひくつかせ、筋を張った。屍体は、四肢を一つ一つ動かして、徐《おもむろ》に起き上がりはせず、地から跳ね上がるように飛び起きると同時に、真っ直ぐに立った。口は大きく開けられ、目は見開かれている。だが、その表情は、まだ生者の表情ならぬ、今まさに、末期《まつご》を迎える者のそれであった。なおも蒼白さと硬直が残り、この世に戻されて、茫然とする風。

ルーカーヌス

＊引用は『内乱（パルサリア）』第六巻705—712、737—747行。大西英文訳、岩波文庫。

▼225　これはムハンマドが禁じた、アラブ人の異教時代の迷信の一つだった。

▼237　一部の人々は、水晶とは雪が三十年間固められて氷となり、それが長い年月のあいだに岩になったものと信じている。『宝石の鑑』ピサロの医師カミルス・レオナルドゥス著、チェーザレ・ボルジアに捧ぐ。

▼322　「アラブ人の場合、少人数の場合は円い獣皮を、大人数の場合は部屋中に広がる大きな粗《あら》い毛の布を敷く。大宴会では十皿ほどの料理が六、七回繰り返し出されて円形に並べられ、その真ん中で羊や子羊がまるごとゆでられたり焼かれたりする。一組が食事を終えると別の一組が座り、最も身分の低いグループまで順番が回ってすべて食べ尽くされる。アラブの王公はしばしば自分の屋敷の前の通りで食事をし、通りかかる者には乞食でさえも、「神の御名において」を意味する「ビスミッラー」という決まった言い方で呼びかける。声をかけられた人々はやってきて座り、食事が終わると「ハムドゥリッラー」と言うが、これは「神よ、誉めたたえられよ」という意味だ。アラブ人は全くの平等主義者で誰でも対等に扱う。この寛大さともてなしの精神で信頼関係を保っている」ポーコック

▼327「ペルシアの習慣では宴会を果物とジャムで始める。私たちは二時間かけてそれだけを食べ、ビール、水に溶かした蜂蜜、強い酒を飲んだ。次に大きな銀の皿で食事が運ばれてきた。さまざまな色のついた米が大盛りになっていて、その上にゆでたり焼いたりしたいろいろな種類の肉—牛肉、羊肉、家禽類、野がも、魚などが乗っていた。どれも大変きれいに盛りつけてあり美味だった（……）」

「彼らは使節たちの部屋の床に上等な絹の布を敷き、その上に三十一もの銀の皿を置いた。その皿にはさまざまな種類のジャム、ドライフルーツ、フルーツジュース、生のくだものが満載され、メロン、シトロン、カリン、洋梨、さらにヨーロッパでは知られていない種類のものがあった。布が取り払われてしばらくすると、また別の布が部屋に敷かれ、実にさまざまな色の米、実にさまざまな種類の、ゆでたり焼いたりした肉が五十を超える銀の皿で饗された」

「ペルシアでは、水に浸した米はごくありふれたものでプラウと呼ばれるが、これを毎食たべ、どの料理にも添える。ときどき、水にザクロ、サクランボの果汁やサフランを少し入れるので、通常、同じ料理でさまざまな色の米を食べることになる」『使節たちの旅行記』

▼335「タマリンドの木は有用でかつ好ましい。果肉はブドウのような味がし、そこから健康に良く、気分をさわやかにする果実酒が作られる。木陰は灼熱の太陽から家々を守り、美しい形状が、生育する地域の景観を大いに引き立たせる」ニーブール

▼345「カボチャやメロンのいくつかの種類は林にひとり生えしており、ラクダの餌になっている。だが本物のメロンは畑に植えられていて、実に多様な種類のものがある。とても豊富なのでアラビア人ならどの階層の者にとっても、その季節のあいだは食事に欠かせないものとなる。メロンはとても口当たりのよい果実酒になるのだ。果実がほぼ熟したところで果肉に穴を開け、蠟でふさいで茎についたまま放置しておく。この手順を経ると数日のうちに果肉はおいしい酒に変化している」ニーブール

▼399「どんな生き物もシムーン*が起きた圏内にいるとたちどころに窒息し、死体は直ちに腐ってしまうほど、その力は絶大である。アラビア人は大気が異常に赤くなることでその接近を見抜き、シムーンが吹くときは硫黄の臭いがすると言う。この有害な突風から身を守る唯一の方法は、地面に身を投げ出しうつぶせになって、毒をまき散らす旋風《つむじかぜ》をやりすごすというものだ。それは地表から常に一定の高さのところを吹くからである。そのようなときにはけものでさえ本能的に頭を地面に傾け

る」ニーブール

＊シムーン　アラビアや北アフリカの砂漠地帯で、砂を巻いて吹く熱風。

第三巻

▼46『宝石の鑑』から、宝石について、かつて広まっていたばかげた考えをいくつか拾ってみよう。

「アメジストは酔い覚ましになる。へそにつけておくと酒気を抑え、酔いを払ってくれる」

「アレクトリアは水晶のような色の石で、やや暗い色調を帯び、澄んだ水に幾分似ている。（……）この石の効力は、持っていると姿が消え、口に含むとのどの渇きを抑えるので格闘家に向いている。妻を夫の目に好ましく見せ、名誉が得られ、すでに名誉ある人はそれを保ち続ける。かけられた魔法を解く。人を雄弁にし、堅実にし、人当たりがよく愛想よくする。失った王国を回復したりよその領土を獲得したりするのに役立つ」

「ボラックス、ノーサ、クラポンディナスは、同じ石の名でヒキガエルの体内から採れる。二種類あり、良い方は滅多に見つからない。もう一種類は黒か灰褐色で、空色に輝き、中心に目のような模様がある。これを死にかけたヒキガエルがまだあえいでいるうちに採取しなくてはならない。その方が地面に長く放置されていた死骸から採ったものより良質なのだ。この石は毒に対してすばらしい効果を発揮する。誰でも毒を飲んでしまった者には、この石を飲み込ませるとよい。石は体内を下り、腸内をめぐって、腸に宿るすべての毒気を駆除する。そのあと肛門から排出されるのでまたとっておくことができる」

「コーヴィアもしくはコーヴィナは赤い石で、人為的に入手するものと考えられている。それを得るには四月一日に、カラスの巣から取った卵を硬くなるまでゆでる。熱が冷めたらもとどおり巣に戻す。カラスはこのことに気づくと、この石を求めて遠くに飛んでいき、見つけたら巣に戻ってくる。卵が石に触れると卵は生《なま》になり、ひながかえるのだ。石は即座に巣から奪い取らねばならない。この石には富を増し名誉が得られるという効力があり、また将来のさまざまな出来事を予言する力がある」

「カイノシータスはとても有益な石だ——悪鬼を追い払ってくれるのだから」

▼49「バルマク家の始祖ジャアファル＊は、故郷のペルシアを逃れざるを得なくなったとき、ダマスカスに避難し、カリフのスライマーン＊に庇護を求めた。その君主と対面すると、カリフは突然顔色を変え、彼に退けと命じた。毒を持っていると疑ったのだ。スライマーンは腕に十個の宝石をつけていたのでそれがわかった。宝石はブ

レスレットのように腕にはめられ、毒がそばにあると必ずぶつかり合って、かすかな音をたてた。尋問によりジャアファルが指輪に毒を忍ばせていたことがわかったが、それは敵に囲まれたとき、自害するためであった」マリニー

　このような愚かで古い迷信はすたれ、いまでは宝石を毒物として隔離したり、解毒作用を持つものとして身につけたりすることはない。しかし今日、毒に関する昔のばかばかしい考えが復活している。フリーメーソンへの誹謗中傷をまた新たに始めた作家たちが、この団体に対する迫害をより広範に引き起こそうと目論《もくろ》んでいるのだ。

＊バルマク家の始祖ジャアファル　バルマク家はハールーン・アッ＝ラシード（七六三〔六六〕―八〇九）に仕えたことで有名な一族。始祖としてのジャアファルなる人物については不詳。

＊スライマーン（六七四―七一七）ウマイヤ朝第七代カリフ（在位七一五―一七）。

▽89　イスマーイール　コーランに登場する預言者のひとり。旧約聖書のイシュマエル。

サーリフ　コーランに登場する預言者のひとり。サムードの民にアッラーへの信仰を説き、しるしとして雌ラクダを送る。だがサムードの民はサーリフの言葉を信じず、ラクダを殺したために滅ぼされる。

▼92　ウエストミンスターのマシュー*によると、バークレーの老婆*の物語は、聖グレゴリウス*の対話篇を読むと、信じがたいものとは思えなくなるという。聖グレゴリウスは、教会に埋葬されたある男の遺体が悪鬼たちにより放り出されたことを語っている。カール・マルテル*もまた、十分の一税の多くを横領して兵士たちへの報奨金に充てたため、悲惨なことに悪霊たちにより墓を暴かれ遺体を取り出された。

「トルコ人が確かな事実であるとして伝えるところでは、ハイレッディン・バルバロッサ*が埋葬されたあと、その遺体が四、五回墓のそばの地面の上で発見されたという。人々は遺体を墓に安置できないでいたが、やがてひとりのギリシア人の魔術師が遺体と一緒に黒い犬を埋葬するよう助言した。それをしたら静かになって、以後人々を困らせることはなかったそうである」モーガンの『アルジェリア史』

＊ウエストミンスターのマシュー　十三―四世紀にラテン語で書かれたイギリスの年代記『歴史の精華』の作者とされていた人物。『歴史の精華』は何人かの修道士によって書かれたものでウエストミンスターのマシューなる人物は実在しない。

＊バークレーの老婆　サウジーに同名のバラッド（民間伝承の物語詩）がある。第八巻416行註参照。

*聖グレゴリウス　グレゴリウス一世（五四〇頃―六〇四）。ローマ教皇（在位五九〇―六〇四）。グレゴリオ聖歌の編纂者。『イタリア教父の生涯と奇蹟、霊魂不滅に関する対話』。

*カール・マルテル　（六八九―七四一）フランク王国の宮宰。七三二年、トゥール・ポワティエの戦いでイスラム教徒を破った。

*ハイレッディン・バルバロッサ（一四八三頃―一五四六）地中海の海賊。オスマン帝国スレイマーン一世時代の海軍提督。バルバロッサ（赤髭）はヨーロッパ人による呼称。

▼233「十一月から二月にかけて吹く、西風や南西の風をアラブ人は『雨の父たち』と呼んだ」ヴォルネー

▼266「われわれはアラビアによくある谷を二つ越えた。それらの谷は大雨が降ると水が満ち、一年のほかの時期は全く干あがっているのに、そのときだけ「ワーディ*」すなわち川と呼ばれる。――われわれは川の近くまで来たが、その支流は干あがっていて、河床には高さ二十フィートに達する葦が密生していた。それは一筋の道を形成していて、葦が心地よい影を作っていた」ニーブール

*ワーディ　実際は「谷」の意。

▼275「ベドウィン族の下層民の質素な暮らしぶり、というより、おそらくより正確に言えばその貧しさは、彼らの長《おさ》の生活水準に比例する。一家の全財産はすべて動産からなり、以下に述べるものでかなり正確な財産目録となる。雄馬と雌のラクダ数頭、ヤギ数匹と家禽数羽、馬具と鞍付きの雌馬一頭、天幕一式、長さ十六フィートの槍、反り身のサーベル一丁、さびたマスケット銃一丁（これに火打ち石か点火装置がついている）、パイプ一本、持ち運び可能な粉ひき機一台、料理用深鍋一個、革製の手桶一個、コーヒーの焙煎機一台、敷物一枚、衣類少々、黒い羊毛の外套一着、それにガラスか銀のリングを数個（これは女性が足や腕にはめる）。これらのうち一つでも欠けると家財道具が揃っていないことになる。だが貧しい男が最も必要とするもの、最も嬉しく思うものは雌馬である。一番の支えになるからだ。雌馬に乗ってベドウィン族は敵の部族に遠征し、田舎や街道に略奪しに行く。雌馬は雄馬より好まれる。雌はいななくことがなく、おとなしく、乳を出すからだ。乳はときに主人の渇きを癒し、飢えをもしのがせる」ヴォルネー

「一七八四年の終わり頃、ガザの国で私を泊めてくれた族長《シャイフ》は、その地域の有力者だった」とヴォルネーは述べている――「それでも出費の度合いが、裕福な農園主以上には見えなかった。彼の個人資産は、わずかばかりの革のマント、絨毯、武器、馬、ラクダからなり、どう見積もっても五万リーブル（二千ポンドとちょっと）は超

えない。注意しておくべきは、この算定のうちには競走馬の品種の雌四頭六千リーブル（二百五十ポンド）と一頭あたり十ポンドのラクダが含まれているのである。それゆえベドウィン族について語るとき、「諸侯」や「首長」という言葉に通常の意味を付与してはならない。山岳地帯に住む資産家の農園主になぞらえた方が本当のところに近いだろう。日常生活や習慣のみならず服装においても素朴な点で似ているのだ。ある族長《シャイフ》は五百頭の馬を指揮したが、自ら馬の鞍にまたがり手綱を取ったし、愛馬に大麦と刻んだわらを食べさせるのもいとわなかった。彼の天幕では、妻がコーヒーをいれ、パン生地を練って、食べ物の下ごしらえを監督する。彼の娘たちや一族の女たちはリネン類を洗濯し、頭に水瓶を載せヴェールをかぶって泉に水を汲みに行く。こういった習慣は、ホメロスの記述や創世記にあるアブラハムについての史実と正確に合致する。だが自分の目で実際に見てみないことには、彼らについて正しい認識を持つことはむずかしいと言わねばなるまい」ヴォルネー

▼277「このようにアラブ人たちは最低限の生活必需品だけで暮らしていて、必要とするものが少ないので、産業はほとんどなかった。不格好な天幕を織ること、敷物とバターを作ることが彼らの技術のすべてである。彼らの交易と言ったら、ラクダ、子ヤギ、雄馬、乳を交換するのがせいぜいで、これらを武器、衣類、わずかの米や麦、そして金に換えるが、金は地中に埋めてしまう」ヴォルネー

▼287「アラブ人の主な製造業は、ハーイクと呼ばれる羊毛の毛布と、天幕に使うヤギの毛の織物を作ることである。この仕事には、大昔のアンドロマケ*やペネロペイア*の例を見てもわかるように、女性だけが携わる。女性たちは杼《ひ》を使わず指で横糸を一本一本通す」ショー

＊アンドロマケ　トロイアの王子ヘクトルの妻。戦場に赴く夫を引き止めようとするアンドロマケにヘクトルが、私の身を案ずることなく、家に帰って、機を織るなり糸を紡ぐなり、自分の仕事に精を出すように、と告げる場面が、ホメロス『イリアス』第六巻にある。

＊ペネロペイア　ギリシアの英雄オデュッセウスの妻。トロイアに遠征したオデュッセウスの留守中、大勢の若者が彼の館《やかた》に居座ってペネロペイアに求婚したが、オデュッセウスの父ラエルテスの棺衣を織り終えるまで応じられないと言い、昼間は織り夜間にそれをほどいて時間をかせいだ。

▼294「アラブの女性たちが手際よくパンを焼くさまを見るのはとても面白かった。彼女たちは、二、三フィートの高さの、土で作った小さな構築物を持っている。灰をかき出せるよう底に穴が空いていて石灰窯に似ている。このかまど（と言うのがこの構築物に最もふさわし

い名称だと思うが）は通常、てっぺんが十五インチほどの幅で、底の方に向かって広がっている。薪で熱し、充分に熱くなって煙が消え、底にあるのが（高熱を発し続ける）真っ赤な炭だけになったら、彼女たちは大きな鉢にパン生地を用意し、かまどのそばの板や石の上で、望ましい大きさに成形する。生地をこねて適度な堅さにしたあと軽くたたき、片手に載せると、とても手際よくポンポン投げあげて、思いどおりの薄さにする。それから片面を水でぬらし、同時に手と腕もぬらして、生地をかまどに貼り付ける。生地のぬらした側は、充分に焼きあがるまでかまどの壁面にしっかりくっついているが、焼きあがりのタイミングをよく見計らわないと、炭の中に落ちてしまう。この作業は非常に手早くやらないと、かまどの熱で手や腕の皮膚が焼けただれてしまうだろう。だが彼女たちは驚くべき手際の良さでそれを行い、あるひとりの女性などはすべて焼きあげるまで、常に三、四枚もかまどにいれておくのだった。さらに付言すると、このやり方ならヨーロッパでの焼き方に比べ、燃料は半分以下ですんでしまう」ジャクソン

▼296「タマリンドは大きな木に生長し、枝をたくさんつける。葉はルリハコベにやや似ているがルリハコベほど大きくなく、ただし少し長い。花ははじめのうち桃のようだが最後は白く変わり、つるの先に実をつける。日が沈むやいなや葉が実を包んで夜露から守り、明るくなるとすぐにまた開く。実ははじめは緑色だが熟すにつれ濃い灰色となり、次第に赤みを増していく。茶または黄褐色のさやに覆われ、味は少しにがくてプルーンに似る。木の大きさは栗の木くらいで、葉が多く、枝に実をつけ、実は小刀のさやのような形状だがまっすぐではなく弓のように曲がっている」マンデルスロ

▼300「私はよく族長《シャイフ》がコーランの一節を歌うのを聞いた」とニーブールは述べている――「彼らは決して声をふりしぼって音程を無理に上げようとはせず、私はこの自然な音楽がとても気に入った。

中東の人々の歌は皆おごそかで飾り気がない。彼らは、ひと言ひと言が理解できるよう、歌手にとてもはっきりと歌わせる。楽器をいくつか同時に演奏し、それに歌を合わせる場合も、皆が同じメロディーだ。ただ、ひとりが歌か演奏で、常に同じ音程の基調低音を交えることもある。この音楽があまりわれわれの好みではないとしたら、われわれの音楽も中東の人々の嗜好には合わないだろう」ニーブール『アラビア地誌』

▼302「すべてのモスクはほとんど同じ様式で建てられている。長方形で、中ほどに大きなドームがあり、そのてっぺんには金めっきの三日月がついている。正面には、小さなクーポラがいくつかかぶさった、形のよい

ポーチコがあり、中庭の敷石より一段あがっている。トルコ人は暑い季節にはときどきそこで礼拝をする。円柱と円柱のあいだには鉄の格子があり、たくさんのランプがつり下がっていて、木曜日の夜と祝日に灯される（……）」ラッセルの『アレッポ』

▼308 「カーバ神殿は全人類の祈りが向けられる場所であり、それが一つになる中心地である。それはすべての天上的存在にとってのバイト・マアムール*、四人の大天使にとってのクルスィー*、神の玉座を守るケラビムとセラピムにとってのアーク*に等しい。メッカの住人は、カーバ神殿を目の当たりにする幸福を享受しているので、祈るときにはこの聖所をじっと見ることが義務になっている。だが遠くに住んでいて、この価値ある特権をもたない人々は、祈りのあいだ、この聖なる建物に注意を向けることのみ求められる。カーバの位置がわからない信者はなんとしてもそれを知ろうと努めなくてはならない。そのことに大いに心を砕いたならば、方向が正確でなくとも、その祈りは有効である」ドーソン

＊バイト・マアムール　繁栄と幸福の家という意味だが、古代にメッカにあったカーバ神殿を指す。言い伝えによればノアの洪水のときに、天使たちが天国に運び、現在の聖所の真上に置いたという。サウジー自註

＊クルスィー　座席を意味し、第八天を指す。サウジー自註

＊アーク　全能の神の玉座で、天の最上層、第九天に位置すると考えられている。サウジー自註

▼315 「ベドウィン族は天幕に住み、それは住人に日陰をもたらすことからハイマと呼ばれたり、素材からバイト・アッ＝シャアル（毛の家）と呼ばれたりする。これは古代ギリシア・ローマの人々がマパリアと言ったものと同じである。今日、石炭を入れる袋に用いる動物の毛の布だけの覆いで、当時もいまも暑さ寒さを防いでくれるので、これをウェルギリウスが薄い屋根と言ったのももっともだ。いくつか集まっている場合は（私は三つから三百までの集合を見たことがあるが）通常、円形に配置され一つの宿営地《ダウウォー》を形成する。一つ一つの天幕の造りは同じで、長方形をしており、昔サルスティウス*が述べたように船底をひっくり返した形に多少似ている。しかし住む人数により大きさはまちまちで、一本の柱に支えられているものもあれば、二、三本で支えられているものもある。時折り、絨毯やカーテンで仕切り、全体を小部屋に分けている。いま述べた柱は、長さ八〜十フィート、太さが三、四インチのまっすぐな棒で、天幕を支えるだけでなく、たくさんのフックがついていて、アラブ人たちはそこに服や駕籠《かご》、鞍、武具をかけている（……）」ショー

「ムーア人の天幕はいくらか円錐形で、中心の高さが八〜十フィート以上になることはまずなく、長さは二十〜二十五フィートほどである。大昔のものと同様、船をひつくり返した形をしており、竜骨だけが見える。こうした天幕は、ヤギとラクダの毛と野生の椰子《やし》の葉からなるより糸でできているので水をはじく。だが黒いので遠目には見苦しい」シェニエ

＊サルスティウス（前八六―前三四頃）古代ローマの歴史家。

▼324「ペルシア人はとても美しい言い換えをし、「詩を作る」ことを「真珠を数珠つなぎにする」と言う。フェルドウスィーの有名な一節にも「私のペンのダイヤのペン先で、真珠を数珠つなぎにしたら、知識の海に浸ったということだ」とある」サー・ウィリアム・ジョーンズ『東洋詩註解』

「アブー・タンマーム*は、すぐれた詩人だったが、よく次のように言っていた――「散文で述べられた繊細な情緒は宝石をちりばめたよう。だがそれが詩の韻律のうちに納められると、真珠のブレスレットや真珠を数珠つなぎにしたひもに似てくる」」サー・ウィリアム・ジョーンズ「東洋諸国の詩についての小論」

＊アブー・タンマーム（八〇四頃―四三頃）アッバース朝の詩人。古代アラビアの詩を収めた『武勇詩集』を編纂した。

▼327「彼らは声を高く張りあげて歌うことを好む。彼らのように肺が丈夫でないと、これは十五分も続かない。彼らの歌は性質と発声の仕方において、スペインのセギディリア*を除けば、これまでヨーロッパで聞いたことのあるどんな歌とも全く異なっている。ディビジョン*があって、それはイタリアのものより凝っており、音の抑揚はヨーロッパの人間にはまねできない。歌にはため息や身ぶり手ぶりが伴い、実に生き生きと情念を描き出すので、ちょっとわれわれにはついていけないくらいだ。彼らはもの悲しい調べにおいて最もひいでていると言えよう。アラブ人が首を傾げ、耳に手を当て、眉間にしわを寄せ、思いつめた目ざしを向けるのを見、その歌の悲しげな調子、長く引き伸ばされた音、ため息とすすり泣きを聞くと、涙をこらえきれなくなる。それは彼らに言わせれば決してつらいことではない。それどころか彼らは涙を流すことに喜びを感じているに違いない。というのも、いろいろな技芸の中で歌うことが一番すばらしいと考え、歌の中では特に心を揺り動かすものを好んでいるからだ」ヴォルネー

＊セギディリア　スペイン南部の舞曲。三拍子でギターとカスタネットを伴奏に歌いながら踊る。

＊ディビジョン　メロディーを構成する音を即興的に細分

化する装飾法。

▼331「ある古いアラビアの写本によると、ダチョウが雛をかえすときは、ほかの鳥のように卵を抱かず、雄と雌が協力し、まなざしの効果だけでかえすのだという。それゆえどちらかが餌を探しに行くときは、鳴いてもう一方に知らせ、残った方は相手が不在のあいだ、少しも身じろぎせずに、じっと卵を見つめて相手の帰りを待つ。こうして代わる代わる餌を探しに行くのである。親鳥のこの世話は必要不可欠で一瞬の中断も許されない。もし途切れたら卵はたちまち腐ってしまうそうだ」ヴァンスレーブ。ハリスの『集成』より。

　これは世界に対する創造主の絶えざる配慮の象徴であると言われている。

▼342「多くのインド人女性は、金、銀、象牙、珊瑚のリングを十ないし十二、両腕にはめ、また足首にもはめている。足にはめたものはくるくる回って歩くと音をたてるので、女性たちのお気に入りだ。大抵は手足の指も大きなリングで装飾している」ソネラ

「その日には、主は華美な装身具を奪う。足首でチリンチリン音を立てる飾り、額の飾り、三日月形の飾り、耳輪、腕輪、ヴェール、頭飾り、すね飾り、……」イザヤ書3章18節*

＊欽定英訳聖書　イザヤ書3章18―20節。

▼344「彼の指は、美しさと細さにおいてヤド・バイザー*か太陽光線のように見え、ヘンナで染色されていて、透き通った赤い珊瑚の枝のようだった」『バハーリ・ダーニシュ』

「彼女は贈り物を小さくて繊細な指で配った。指先は美しく光っていて、ダビア*につく紅白の虫か、イーゼルウッド*から作った歯磨き粉のようだった」『ムアッラカート』*、「イムルウ・アル＝カイス*の詩」

註

＊ヤド・バイザー　モーセの奇蹟的に輝く手。サウジー自註

＊ダビア、イーゼルウッド　いずれも植物の名。

＊『ムアッラカート』　イスラム化以前のアラビアで作られた七篇の詩。ウィリアム・ジョーンズ訳。

＊イムルウ・アル＝カイス　六世紀のアラビアの詩人。

▼347　黒いシャドーを塗ったまぶたと赤く染めた指は中東の習慣だったが、ギリシア人のあいだでも行われた。いまでもギリシアの化粧法として残っている。ほかのヨーロッパの女性たちは装飾としてこれらを取り入れることはなかった。

▼351「ミモザセラムは美しい赤色の見事な花を咲かせる。アラブ人はこれで花冠を作って祭りの日にかぶる」ニーブール

▼397「一七七八年、モロッコ帝国はこの昆虫によって

荒らされた。その年の夏、雲をなすイナゴが南部からやってきて空を暗くし収穫物の一部を食い荒らした。それらが地上に残していった子孫はさらに大きな被害をもたらした。翌年、イナゴが新たに発生、繁殖し、春のうちに国中を覆い尽くし餌を求めて次から次へとはい伝っていった。（……）

一七八〇年、被害はいっそう拡大した。冬に雨が降らず農作物が減ったうえに、新たにイナゴの発生を招いて、天候不良に耐えた作物もすべて食い尽くされてしまった。農夫は撒いた分を刈り取れず、食糧、家畜、種もみに事欠いた。この悲惨なときに貧しい人々は飢餓の恐怖を思い知った。根を食おうとさまよう貧者の姿が国中で見られ、またおそらくは命をつなぐため生の糧を求めて地面を深く掘ったせいで彼らは寿命を縮めた。

大勢の人々が消化不良と食糧不足で死んだ。私は街道や街路に餓死した土地の人々の死体を見たが、それらは埋葬のためにロバの背中に乗せられ運ばれていった。父親は子を売った。夫は妻の同意を得て、よその土地に連れて行き、妹でもあるかのように嫁として他人に与える。そしてあとになって困窮度が和《やわ》らぐとまたやってきて妻を返せと要求するのだ。私は女や子どもがラクダのあとを走り、その糞をあさるのを見た。消化されていない大麦の穀粒を探していて、もし見つけたらがつがつとむさぼり食った」シェニエ

▼402「アブメレクもしくはイナゴ、バッタ食い鳥は、旅人たちから聞いたいろいろな鳥の中でも特筆に値するだろう。この鳥にまつわる諸事実は、それ自体は奇妙であるが詳細で明白な証言があるので、どれほど驚くべきことのように思えても信じざるを得ないのである。この鳥の餌はイナゴかバッタだ。普通の雌鶏くらいの大きさで、羽は黒く、翼は大きく、胴体は灰色がかっている。通常大群をなして飛ぶのはわがムクドリに似ている。だがこの鳥の驚くべきところは、ホラーサーン*もしくはバクトラ*のある泉の水をことのほか好み、その水がどこに運ばれようともついていく点にある。それゆえこの水は注意深く保管されている。というのもどこであれ、イナゴが来たら、アルメニアの祭司たち（彼らにはこの水が与えられているのだが）は、それを大量に持って行き、壺に入れて置いたり、畑の小さな水路に注いだりする。すると翌日にはこの鳥の大群がやってきて、すぐさま人々をイナゴから解放してくれるのだ」『世界全史』

「メディアとアルメニアの国境では、決まったときにわがクロウタドリに似た夥《おびただ》しい数の鳥が見られるが、この鳥はとても奇妙な特性を持っているので、ここで言及しておこう。この地域で麦が育ち始めると驚くほどたくさんのイナゴが現れて畑を覆ってしまう。アルメニア人た

ちがイナゴの被害をまぬがれる方法はただ一つ、列をなして畑をまわり、大切に家に保存しておいた特別な水を撒くのである。この水はとても遠いところから運ばれる。人々はこれを国境近くの女子修道院の井戸から汲んでくるが、かつてこの井戸に多くのキリスト教徒の殉教者が投げ込まれたのだという。列を作って水を撒く行為は三、四日続けられる。すると先ほど述べた鳥がたくさん飛んできて、イナゴを食べるのかあるいは追い払うのか、二、三日でイナゴは一掃される」タヴェルニエ

「モスルとハラブ*で私はよくイナゴ鳥の話を聞いたが目にすることはなかった」とニーブールは述べている――「その鳥はその土地でサマルマルもしくはサマルモグと呼ばれる。それは黒くてスズメより大きく決して美味ではないという。毎日無数のイナゴを駆除するに違いないが、土地の人々は、ときどき数で圧倒した場合にはイナゴの方が自分たちを防御して、この鳥の羽をむさぼり食うのだなどと言う。（……）サマルモグはモスルやハラブの在来種ではないので、ホラーサーンまで仰々しく探しに行くのだ。イナゴがあまりに増えると、行政府は信頼のおける人物をサマラーンという村のそばにある泉に派遣する。それはペルシアの一地方、マシュハドもしくはムーサ・アッ＝リダーのそばの四つの山に囲まれた平原に位置する。代表団は決められた儀式を行って容器に水を満たし、戻るまでに水が蒸発したりこぼれたりしないよう容器にピッチを塗る。泉からもと来た町に戻るまで、容器は常に天と地のあいだに位置していなくてはならない。効力が失われてしまうので地面に置くことも屋根の下にはいることもできないのだ。モスルの町は城壁に囲まれており、城門をくぐらせられないので、壁越しに水を受け取らせる。そして容器はナビー・ジルジースというモスクの上に置かれる。これはもと教会だった建物で、大昔よりほかのすべての建物に優先してこの容器を屋根の上にいただく栄誉を授けられている。この貴重な水が細心の注意を払ってホラーサーンよりもたらされると、モスルに住むイスラム教徒、キリスト教徒、ユダヤ教徒の民衆は、サマルモグが水を追ってやってきて、ナビー・ジルジースの容器に一滴でも残っていれば、この土地に留まり続けると信じている。ある日、大きなコウノトリの巣がこの容器の上にあるのを見て、私は、「サマルモグの嗅覚はすばらしい、こんなに多量の汚物の中、あの水のにおいをかぎ分けるなんて」と町のある著名なキリスト教徒に言った。彼は答えなかったが、行政府がこんなに貴重な宝の上にコウノトリが巣を作るのを許していることにとても憤慨しており、新鮮な水を手に入れる使節を九年以上も派遣していないことにいっそう怒っていた」ニーブール『アラビア地誌』

ラッセル博士はこの鳥についてムクドリ程度の大きさであると述べている。胴体は鮮やかな色をしていて、ほかの部分の羽毛は黒く、くちばしと足も黒い。

＊ホラーサーン　イラン北東部の州。

＊バクトラ　アフガニスタンの地名。

＊モスルとハラブ　イラクの地名。

▼445　「イナゴで注目すべきは額に象形文字が描かれていることだ。体全体は緑色で、頭のまわりに小さな黄色い縁があり、目のところで消失する。この昆虫の外側の二枚の羽はとても堅く、体のほかの部分と同じ緑色をしているが、両方の羽に小さな白い斑点がある。イナゴは風に乗るときは、船の大きな帆のようにこの羽を広げたままにする。内側にもう二枚羽があり、軽くて透きとおっていてクモの巣によく似ている。こちらは船の縦帆のように用いられる。イナゴが休むときは停泊中の船のようなことをする。二番目の帆を最初の帆の下にたたむのだ」ノーデン

　イスラム教徒はイナゴの額の文字には何か神秘的な意味があると信じている。

▼487　『ムアッラカート』から取ったアラビア語の表現。「彼女は右手を向く、あたかも頭の大きな夜鳴き鳥におびえたかのように」「アンタラ＊の詩」

＊アンタラ　六世紀のアラビアの詩人。

第四巻

▽95　ニムロドの不敬な神殿　バベルの塔のこと。第一巻410行註参照。

▼98　「イスラム教徒は、世界の滅亡が近づくと、人々の体が次第に小さくなっていくと、ずっと信じている。ダッジャール＊について言えば、人類がこびとになってしまっているのをダッジャールが見出すことになるのだそうだ。そのときには都市や大きな町の人の住まいは、現在、靴や上履きを作っている布地でできていて、それが見目良く秩序だって縦横に配置され、一足がちょうど二家族分になるという」モーガンの『アルジェリア史』

＊ダッジャール　世界の終末の前に現れる偽の救世主

▼120　このハールートとマールートの物語は、エルベローの本と、セールによるコーランの註に見られる。そこには、もともと人間の女だったゾハラがヴィーナスの惑星（金星―訳者）に変身したとする説明と、惑星ヴィーナスがふたりの天使を誘惑するためにゾハラとなって地上に下ったとする説明があるが、私は前者を選んだ。

　アラブ人は韻に子供じみた愛着を持っていて、ハールートとマールートのように、通常二つの名前が対になっているとそれに韻を踏ませる。だから彼らは、カインとアベルのことを、アベルとカベルと言う。私が聞いたと

ころではコーランは韻でひしめき合っていて、特に章の結末部に押韻が多いという。

▼130　イスム・アブラ＊──神の御名についての学問。

「彼らの言うには、神がこの学問の錠で、ムハンマドが鍵であるとのこと。それゆえイスラム教徒でなければそれを習得できない。習得すると遠くの国々で起きていることがわかり、精霊《ジン》の持ち主はその扱い方に精通する。その奥義に通じた者は精霊《ジン》をあやつり、命令を下すのだ。また風向きや季節を意のままにし、蛇に噛まれた傷を癒し、四肢の障害や盲目を直すことができる。バグダッドのアブドゥルカーディル・ジーラーニーやイエメン南部に住むイブン・アルワーンといった偉大な聖人は、敬虔なるがゆえにこの学に精通しており、毎日正午にはメッカのカーバ神殿で祈りを唱えながら、その時刻以外は自宅にいたという。（現在メッカでとても有名な）ムハンマド・エル・ディスジャナズジェからこの学のすべてを習ったある商人は、海上で死の危険に瀕したとき、通例の儀式によって覚え書きをマストに貼り付けたら即座に嵐がやんだと言う。ボンベイで彼が遠くから私に見せてくれた本には、さまざまな種類の数字や換算表が載っており、またあらゆる状況に応じた覚え書きの作り方、ふさわしい祈り方についての指示が書かれていた。だがその本に触れることもタイトルを写すこともさせてくれなかった。

　イスラム教徒の中には、暗いところに閉じこもって長時間飲み食いせず、気を失うまで大声で短い祈りを繰り返し唱える者たちがいる。彼らは意識を回復すると、天使の群れのみならず、神ご自身、さらに悪魔でさえも見たのだと主張する。だが真にイスム・アッラーの奥義に通じた者はこのようなヴィジョンを求めることはない。隠された財宝を発見する秘訣も、私の思い違いでなければイスム・アッラーにあるはずだ」ニーブール

＊イスム・アブラ　イスム・アッラー（アッラーの名）の誤記。

▼151　「われわれが遠くから見たアラブ人のひとりは、ラクダに乗っていたが、塔よりも高く見え、空中を動いているようだった。最初、私には奇妙な様相に見えたが単なる光の屈折の効果に過ぎなかったのだ。そのアラブ人が乗っていたラクダはほかのラクダと同じく地面に足がついていた。この現象はなんら異常なものではなく、私は乾燥した地方で全く同様の光景をその後何度も目にした」ニーブール

▽160　永遠の書コーラン　原文は'the uncreated Book'。コーラン2章102節にハールートとマールートへの言及がある。ただその運命については述べられていない。

▼269　「人間と石を燃料として不信心者のために用意さ

れた業火を恐れよ」コーラン2章＊

「まことにしるしを信じない者は、必ず地獄の業火に投げこんで焼いてやる。皮膚がすっかり焼けたら、ほかの皮膚ととりかえて、さらに強い苦痛を味わわせてやろう」コーラン4章＊

＊コーラン2章24節。

＊コーラン4章56節。

▼285「アラブ人は、ソロモンが悪い精霊《ジン》や巨人たちと常に対立し争っていたと考えている。不思議な働きをするソロモンの指輪について彼らが伝える話は数限りない。アラブ人はアダム以前にソロモンの一族がいたという話まで作り出している。それによればこの一族は四十代にわたって（ほかの説では七十二代にもわたって）世界を支配した。代々の王たちは皆悪い精霊《ジン》をこき使い、彼らの意に染まぬ仕事をさせたという」エルベロー

「アンシエタ＊はカヌーでアルデア川＊の河口に向かっていた。そこは気持ちのいいところで、マンゴーの木々に囲まれ、通常ゴアラハスという鳥がたくさんいるが、この鳥はここで繁殖するのである。この鳥は雌鶏くらいの大きさで、色は濃い紫でやや赤みがかっている。孵化したときは白いが、すぐに黒くなり、成長するにつれ黒さが消えて深みのある美しい紫になる。一行はそこに到着したが、誰もが喜ぶすばらしい光景を満喫するはずが、日差しが極度に強いために、目を楽しませる代償として全身が汗みずくになり、こぎ手たちは発熱してしまった。困った一行がジョゼを呼び求めると、対処法を心得ている彼は、マンゴーの木にこの鳥が三、四羽止まっているのを見て呼びかけた。それはこぎ手たちが知っているブラジルの言葉で、「行って仲間を呼んでこい。熱を出している神の使徒たちに陰を作るのだ」というものだった。鳥たちは「承知しました」と言うかのように首を伸ばし、ほかの鳥を探しに飛び立った。ほどなく鳥たちは優美な雲の形をなして大群で飛んできて、海の沖合一リーグ＊にも亘《わた》ってカヌーに陰を作ったので、やがてすがすがしい海風が立った。そこで鳥たちにもう行ってよいと告げると、野卑ではあるが嬉しそうな叫び声をあげて散っていった。その声を理解できるのは鳥たちを造った自然の創造主のみである。これは、神が雲によって荒野の選民たちを太陽の暑さから守った以上の奇蹟で、こちらの方がより優雅で奇抜なパラソルと言える」

P・シマン・デ・ヴァスコンセロス『ジョゼ・デ・アンシエタ神父の生涯』（リスボン、一六七二）

　シマン・デ・ヴァスコンセロス神父はおそらくこの奇蹟の話を、ソロモンについてのアラビアの話から盗用したものと思われる。創案の才に欠けていたからではなく、イエズス会士として無知であることを疑われてはな

らないからである。

＊アンシエタ（一五三八―九七）スペインの宣教師。イエズス会に入会し、ブラジルに派遣される。サンパウロとリオデジャネイロの建設に直接携わった。

＊アルデア川　ブラジルの川。当時の複数の文献に記述があるが、現在のどの川を指すか不明。

＊一リーグ　約四・八キロメートル。

▼391「水のあるところではどこでも美しいさまざまな種類のチドリがいた」ニーブール

▼393「暑い国のラクダは、寒冷地と異なり、ほかのラクダの尾につながれておらず、牛の群れのように思い思いに進むことが許されている。ラクダの牧者は歌いながらついていき、ときどき鋭い口笛を吹く。歌声や口笛の音が大きいとラクダの群れはそれだけ早く走り、歌がやむとただちに足を止める。牧者たちは交代で歌い続け、草木を見つけて半時間ほどラクダに食《は》ませようと思ったら、そのあいだ自分たちはパイプをくゆらせている。それが済むとまた歌い始めるが、ラクダたちはそれに呼応して即座に動き出す」タヴェルニエ

▼434「午後の四時頃、私たちは予期せぬ自然界のもてなしを受け、喜びに満たされたが、それもほんのつかの間だった。眼前に広がる一面の野が緑の草と黄色いヒナギクにびっしり覆われているように見えたのだ。私たちは足を引きずりながらも全速力でその場所に駆けていったが、その緑野をなすのがセンナとコロシントウリだったことを知ったとき、どんなにがっかりしたことか。これらは吐き気を起こさせる植物で、人間にも動物にも食糧の代用とするのには全く向かなかった」ブルース

▼452「道すがら私たちはラクダの骸骨を見たが、砂漠ではときどきそういうことがある。それは、あわれにも疲れ果てて死んだラクダである。アラブ人は、自分たちが生きながらえるために殺したラクダについては骨もろとも運び去ってしまう。その革からエジプトで着用される上靴の底が作られるが、なめすことはせず日にさらすだけだ。旅の途上で力尽きたラクダの死にざまは人間の心に訴えかけるものがある。ラクダは非常に忍耐強いので、体を支える力の続く限り、なえることなく旅を続ける。不屈の精神の持ち主なので、さまざまな病気を併発して体力がなくなるまでは決してへたばらない。そうなったときにのみ積み荷を運ぶのをあきらめて地面に伏すだろう。むちを打っても、撫でても、餌を与えても、休ませても、もう二度と身を起こすことはないのだ！　気力は尽き、潮が引くようにたちまち生命力が衰えていく。この状態にアラブ人たちはとても敏感で、苦しみを長引かせないよう、瀕死のラクダを思いやって、その胸に剣を突き刺す。アラブ人でさえ、これをするときには

自責の念にかられる。そのかたくなな心も忠実な召使いを失うことに揺さぶられるのである」アイルズ・アーウィン

▼472 『バハーリ・ダーニシュ』にこの目の錯覚を暗喩に用いた例がある。「運命の女神の昔ながらの習慣で、長いあいだに確証されたものとして以下のことがある。運命の女神は、欲望の道の途上にある、のどの渇いた旅人を、期待はずれの蒸気のもやによって最初はとまどわせる。だが旅人の苦悩と難儀が極限に達したとき、突然、暗く、曲がりくねった混乱と錯誤の道から旅人を救い出し、喜びの泉へと導くのだ」

▼474 おそらく、旅をして同じような苦難に遭いながら、生き延びてその体験を語ったのはパーク氏だけだろう。

「私はできるだけ道を急いで、当日の夜のうちにどこか水のあるところにたどり着こうとした。のどの渇きはこのときまでに耐えがたいほどになっていて、口の中はひからび燃えるようだった。急に視界がぼやけることが何度もあって、気を失いそうになるほかの徴候も生じた。私の馬も非常に疲れていて、自分は渇きのために死んでしまうかもしれないと本当に心配になってきた。私は口とのどの焼けつく痛みを和らげようと、いろいろな灌木の葉を噛んでみたが、どれも苦いばかりで役に立たなかった。

日の暮れる少し前、穏やかな起伏の頂上に着いたので、高い木に登り、その一番上の枝から憂鬱な気分で不毛な荒野を眺めたが、どれほど遠くに目をやっても人の住む痕跡は見当たらなかった。気の滅入る単調さで灌木が連なり、いたるところ、砂地が広がっていた。地平線は海の水平線のように平らで何もさえぎるものはなかった。

木から降りてみると、私の馬が切り株や灌木をむさぼり食っていた。ふらふらで、もはや私には歩く気力はなく、馬も私を乗せるには疲れすぎていたので、馬具をはずして馬を自由にしてやることが人間らしい唯一の行いであり、残された力で実行できる最後の行為であると考えた。ところがそれをしている最中に急に気分が悪くなりめまいがして、砂の上に倒れ込んでしまった。死ぬときが急ぎ足で近づいてきているように感じられた。いま、ここで、つかの間無駄な抵抗をしただけで、世の人々の役に立ちたいという望みはついえてしまうのかと思った。ここで私の短い人生は終わりを迎えなくてはならないのだ。――私はあたりの景色に最後の一瞥（とそのときは思ったのだが）を投げた。そしてこれからわが身に降りかかろうとしている恐ろしい変化に思いを馳《は》せているうちに、楽しかったこの世は記憶から消えていく

ように思われた。だがようやく本能が機能を取り戻した。意識を取り戻すと、まだ馬具を手にしたまま砂の上に大の字になっていた。太陽は木々の背後にまさに沈もうとしていた。私は気力をふりしぼって、生き延びるためにもうひとふんばりすることにした。日が暮れると幾分涼しかったので、(命の唯一の供給源である)水のあるところにたどり着けるよう、手足の動く限りできるだけ遠くまで行こうと決めた。この展望をもって馬に馬具をつけ、自分の前を歩かせて、ゆっくり一時間ほど進んだ。すると北東の方角に稲光が見えたので、とても嬉しかった。それは雨の予兆なのだ。急速に暗くなり稲光も増えてきた。そし一時間もしないうちに茂みに風がうなるのが聞こえた。私は雨粒を受けて生気を回復しようと早くも口を開けていた。だがたちまち砂塵に包まれてしまった。それは強い風にあおられ顔にも腕にも非常に不快な感触をもたらした。窒息を避けるために、馬に乗って茂みのもとに身を寄せざるを得なかった。おびただしい砂の嵐が一時間近くも吹き荒れた。そののち再び出発して、難儀しながら進み、夜の十時になった。この頃とてもあざやかな稲光を目にして驚き嬉しく思うと、重たい雨粒がぽたぽた落ちてきた。ほどなく砂嵐はやみ、私は馬を降りて、汚れていない衣服をすべて広げて雨を集めた。ついに雨が確かに降ってくることがわかった。一時間以上にわたって雨はふんだんに降り、衣服をしぼったり、それに吸いついたりして、渇きを癒やした」パークの『アフリカ内陸の旅』

▼504 シェニエによると「ヒトコブラクダは一日に六十リーグ走ることができる。動きがとても速いので、乗り手は腹帯で体を鞍に固定し、風をさえぎるために口をハンカチで覆わなくてはならない」という――この説明はおそらくかなり誇張されているだろう。

▼508 「私たちはここで、世界で最も壮大な景色を前にして、驚きかつ畏怖の念を覚えた。その広大な砂漠の西から北西の方角、さまざまな距離のところに、たくさんの途方もない砂の竜巻が見えたのだ。それらはものすごい速さで動くかと思えば、ゆっくり堂々と進んだりする。何度か私たちは、あっという間に竜巻がやってきて飲み込まれてしまうのではないかと思った。そして実際、一度ならず、わずかながら砂が飛んできたのだ。竜巻は再びほとんど見えなくなるまで遠ざかっていくと、てっぺんが雲にまで達したりした。そこでてっぺんの部分はしばしば胴から切り離され、ひとたび分かれると、空中にちりぢりになってもう姿を現すことはない。時には大きな砲弾を撃ち込まれたかのように、まん中あたりで形が崩れることがある。正午頃、竜巻はかなりの速さで私たちの方に進み始め、北の風が非常に強くなった。

十一個の竜巻が、私たちから約三マイルの距離に連なった。そのうちの最大のものの一番太いところは十フィートもあるように思われた。南東の風が吹いて離れていったが、竜巻が残していった印象はなんとも名付けようがない。ただその構成要素の一つは確かに恐怖だった。それにかなりの驚嘆・驚愕も伴った。逃げようと思っても無駄だった。どんなに速い馬も帆船もこの危険から脱するのに役立たなかっただろう、そう確信していたので私はその場に釘付けになって立ち尽くしていた。十五日に同様のすがたの動く砂の柱が現れた。ただ今回は数が多い分、一つ一つのサイズは小さかった。何度か私たちの方に近づいてきたが二マイル以内のところまで来ていたと思う。日が昇るとすぐに発生して深い森のようにほとんど日を陰らせた。日の光は一時間近く砂の柱を通して差し、それらは火の柱のように見えた。そのとき、私たちの従者はパニックになった。ギリシア人たちは叫び声をあげて審判の日が来たと言った。イスマーイールはそれを地獄だと言い、トゥコロリー人*たちは世界が火に包まれたと言った」ブルース

＊トゥコロリー人　不詳

第五巻

▼25「ペリカンは卵を産むのに乾燥した砂漠を選ぶので、ひながかえると、遠くから水を運ばなくてはならない。この作業を可能にするべく、ペリカンには下のくちばしの先からのどまで伸びる大きな袋が備わっていて、そこには数日間ひなを養うのに充分な水がはいる。この水を母鳥は巣に注いで、ひなが涼んだり渇きを癒やしたりするようにし、またひなに泳ぎを教える。ライオン、虎、その他の肉食動物がこのペリカンの巣にやってきて水を飲むが、ひなには危害を加えないと言われている」スメリーの『博物学』

▽38、41　斑点のある荒野の猛獣　虎のこと。サウジーは虎とヒョウを混同している。

▼72　オリエントの都市に顕著なこれらの特徴は、ジャン・シャルダン卿が述べた、都市の眺望すべてに見られるだろう。

「モスク、尖塔、そしておびただしいクーポラが壮麗な景観を作っている。そして家々の平たい屋根は、丘の斜面にあるために、順番にせり上がっていて、垂れ下がった形のテラスが何段も続いているように見え、そのそこここに糸杉とポプラが点在している」ラッセルの『アレッポの博物誌』。

「イスファハンの広さは郊外も含めるとパリ以上だが、パリの方が十倍もの人口をかかえている。しかしこの都市がこんなに広くて、人口密度が低いのは驚くに当たら

ない。どの家庭も一軒家を持ち、ほとんどどの家にも庭があるので広々としているのだ。どの方角からこの町に来ても、最初に何本ものモスクの塔が見え、次に家々を囲む木々が目にはいるだろう。遠くからだと、イスファハンは町というより森のように見える」タヴェルニエ

ヴォルネーは、アレクサンドリアについて次のように言っている――「椰子の木々が広がり、段々をなす家々には屋根がないように見え、そして細長い尖塔がそびえ立つ。そのどれもが旅人に別世界に来たことを告げるのだ」

▼73　「アル＝マンスール*はある日廷臣たちと馬に乗って、チグリス河岸の、かつてセレウキア*のあったところを通った。彼はこの土地の美しさに惹かれ、そこに新しい首都を築くことを決意した。この計画を従者たちと話しているときに、従者のひとりが仲間を離れ、近くの庵《いおり》に住む隠者に出会った。従者はこの隠者と話し込みカリフの計画を伝えた。すると隠者は、土地の言い伝えでその平原にいつの日か都市が建設されることを承知していたが、創設者はモクラースという男だと答えた。それはカリフの名、ジャアハルートともアル＝マンスールとも全く異なっていた。

この将校はアル＝マンスールのもとに戻り、隠者とのやりとりを話した。カリフはモクラースという名を聞くやいなや馬から降りてひれ伏し、神の命令を実行する役に選ばれたことに感謝を捧げた。廷臣たちがこの振舞いの説明をとても聞きたそうにしていると、カリフは次のように話した。「ウマイヤ朝のカリフ統治時代、私たち兄弟はまだ若く、財産がほとんどなかったので田舎に住まざるを得なかった。そして交代で誰かが皆の食糧を調達することになっていた。順番が回ってきたある日、私には金がなく食べ物を確保するすべがなかったので、乳母の腕輪を取って質に入れた。乳母は大騒ぎしてあちこち捜しまわった結果、私が犯人であることをつきとめた。怒りのあまり彼女はさんざん私を罵倒したが、ののしりの言葉の一つとして私をモクラースと呼んだ。それは当時有名な盗賊の名前だった。それ以後、彼女は亡くなるまで、私のことを決してほかの名では呼ばなかった。だからこの事業を成し遂げる役に神が私を定められたと分かるのだ」マリニー

アル＝マンスールはこの新しい都市をダール・アッ＝サラーム、平和の町、と名付けた。しかしかの隠者が住んでいた土地の名からバグダッドという名前がついた。

＊アル＝マンスール（七一三頃―七五）アッバース朝第二代カリフ。バグダッドに都市を建設して首都に定めた。

＊セレウキア　セレウコス朝の創始者セレウコス一世が前三一二年頃、首都として築いた都市。

▼79　アル＝マンスールは「勝利者」を意味する。

「バグダッドは奇妙な迷信がもとで創建された。ラーワンディーヤという一派がおり、彼らはイスラム教徒が神にのみ払うべきとしている敬意をカリフにも示すべきだと考えた。ラーワンディーヤは、カリフのアル＝マンスールが普段住んでいるハーシミーヤに大挙して押しかけ、宮殿を取り囲んで、イスラム教徒がメッカの神殿のまわりでするのと同様に行列して同じ儀式を行った。カリフはこれを禁じ、メッカの神殿に対してのみ行うべき宗教的儀式を汚してはならないと命じた。ラーワンディーヤは禁令を顧みず同じ行動を続けた。

　アル＝マンスールは彼らの頑迷さを見て鎮圧することを決意し、まずこの狂信者たち百人を捕らえた。彼らはそれに驚いたが、すぐに度胸を取り戻し、武器を取って監獄に行進し、扉を打ち破って仲間を解放した。そして引き返すと宮殿のまわりでカリフを崇敬する行列を再開した。

　カリフはこの不敬なふるまいに怒り、護衛の先頭に立ってラーワンディーヤの前に進み出た。自分が姿を現せば即座に彼らは解散すると思ったのだ。だが彼らは抵抗し激しく反駁《はんばく》したので、危うくカリフが犠牲になるところであった。だが折よく援軍が到着し、大勢が殺戮されたのち狂信者たちは町を追われた。過度の忠誠心が起こしたこの奇妙な反乱にアル＝マンスールはすっかり嫌気がさし、事件の起きた町を捨てることにした。こうしてバグダッドの基礎が築かれることになったのである」マリニー

▽80　ハールーン・アッ＝ラシード（七六三〔六六〕―八〇九）アッバース朝第五代カリフ（在位七八六―八〇九）。その治世はアッバース朝の最盛期とされる。バルマク家のヤフヤーとふたりの息子ファドルとジャアファルを重用したが、その権勢の肥大化を恐れ、八〇三年にジャアファルを殺害、ヤフヤーとファドルを捕らえて、一族の財産を没収した。

▽83　アル＝マームーン　アッバース朝第七代カリフ（在位八一三―三三）。ハールーン・アッ＝ラシードの息子。ギリシア文献の翻訳を促進し、学芸を保護したが、治世下では反乱が相次いだ。

▼89　「バグダッドのバザールには皆アーチの天井が掛かっている。これがないと商人たちは暑くてそこにいられないのだ。ここではまた日に二、三回水をかけてもらえる。大勢の貧者が人々にこのサービスをするのに雇われている」タヴェルニエ

▼110　タヴェルニエの時代にはバグダッドには五つのモスクがあったが、そのうち二つが立派で、大きなドームの屋根はさまざまな色の光沢のあるタイルで覆われてい

た。

▼113　バグダッドには鶴がたくさんいて、そそり立つ家々のあいだ、尖塔のてっぺんに巣を作っている。

「アダナクエ*では夥しい数の鶴がいて、ほとんどの家の屋根に巣がある。鶴はとてもおとなしく、住民は決していじめたりしない。ただ何かに邪魔されると、長いくちばしでとても騒々しい叫び声をあげ、時には町中の鶴がそれに呼応する。この大きな鳴き声は数分間続くことがある。夜警がもつガラガラのようにうるさく音も似ていなくもない」ジャクソン

＊アダナクエ　バグダッドの北にある町。今日のアダイムか？

▼120　「この都市の城壁、その内側では、広い囲い地で粗野な農夫が、鋤《すき》で耕し、あるいは穀物を束ね、羊飼いは安心して羊の群れを見張る。広々とした城壁の上を六台の戦車*が音を立てて走り、長い前線を守る。城壁のどちらの側も、長さ、高さ、大きさにおいて反対側と対称をなし、正四角形を作っている。広大な周囲を測ると、六千歩にわずかに足りない。みがかれた真鍮《しんちゅう》でできた百の門は中心地につながり、その中央を、すばらしい技術で橋をかけられた航行可能な川が流れる。それはユーフラテスのとどろく本流から枝分かれしたもの」ロバーツの『ユダ王国再建』

＊戦車　chariot。古代の、通例、馬で引く二輪の戦車。

▽132　空中庭園　バビロンの空中庭園。世界の七不思議の一つ。新バビロニアの王ネブカドネツァル二世（在位前六〇五―五六二）が故郷の緑の山をなつかしむ王妃アミティスのために建設した庭園。数段のテラスに土を盛って樹木を植え、水を上までくみ上げて流した。遠くからは空中に吊り下げられているように見えたという。

▼132　「バビロンの城壁の内側にはうずたかく塚が築かれ、花々や香木がこの垂れ下がった庭園を飾った。それというのもネブカドネツァルの王妃が、バビロニアの平原に飽きて、メディアの故郷を思い、ため息をついたから。そこでは大自然が深い谷を掘り、山肌を緑の木々で覆っていたのだ。彼女が嘆いていると、妻を溺愛する王は、人工の技で自然の美しい多様性に対抗した。すぐさま二万人の奴隷がこの丘を築いた。とてつもない作業だ。豊かな果実がスロープになった散歩道に垂れ下がり、香りのよい木々が波打つ枝をからませた」

ロバーツの『ユダ王国再建』

▽135　ベーロス　バビロンを築いた伝説上の王。アッシリアの同名の王と同一視されることもある。

▼135　昔の旅行家たちは、ベーロスの神殿の残骸であると思ったものについて奇妙で詳細な記述を残している。「広大な平野のまん中、西に流れるユーフラテス川から

四分の一リーグほどのところに、積み重なった廃墟の山が現れる。それは巨大な山のように見え、何の素材でできているのか、ぐしゃぐしゃにまざりあっていて見分けがつかない。塔かピラミッドのようにせりあがった四角い形状をしており、四つの正面は磁石の指す四方を向いている。だが南北の方が東西よりも長く、その差は私が歩いて測った限りでは優に四分の一リーグはあった。それがある場所とその形状は、ストラボン*がベーロスの塔と呼んだピラミッドと一致し、その場所はいまでもバビロンもしくはバベルと呼ばれているが、そこのニムロドによる塔*の可能性が高い。(……)

この廃墟にはいくつかの洞穴《ほらあな》がある。だがひどく崩れていて、塔を建てるときに作られたものか、のちになって農民が雨宿りのために作ったものか判然としないが、おそらく後者であろうと思われる。イスラム教徒はこれらの岩屋を、神がふたりの天使、ハールートとマールートを罰するために作らせたと信じている。それによれば、このふたりの天使は人間の罪*を裁くために天から遣わされたが、遂行すべき使命を果たさなかったのだという。(……)この廃墟が古代のバベルであり、ニムロドの塔であったと私は確信している。場所が何よりその証拠であるし、土地の人々にはそのように認識されていて、アラブ人たちからは通例バビルと呼ばれているからだ」ピエトロ・デッラ・ヴァッレ*。『世界全史』より。

*ストラボン（前六四頃―後二〇頃）ギリシアの地理学者、歴史家。『ギリシア・ローマ世界地誌』〔邦訳　飯尾都人訳、龍渓書舎〕。

*ニムロドによる塔　バベルの塔のこと。ノアの子孫たちが築こうとした天まで届く塔。神の怒りを買って破壊された。創世記10章8節、11章9節参照。ニムロドはノアのひ孫で多くの都市を建設したが、その一つにバベルがあることからバベルの塔もニムロドが築いたとされる（ただし聖書にはそのような記述はない）。またバベルは一般にバビロンと同一視される。

*人間の罪　原文は‘the armies of men’だが、意味が通らず、再版以降‘the crimes of men’に訂正されているので、そちらに従う。

*デッラ・ヴァッレ、ピエトロ（一五八六―一六五二）イタリアの旅行家、文筆家。この箇所は、『世界全史』に英訳で引用された彼の旅行記の一部。

▽135―138　ダルシマーやリュート……黄金の像はいまいずこ？　ネブカドネツァル王は黄金の像を造らせ、その除幕式において、ダルシマーほかの楽器の演奏とともに像の前にひれ伏して拝むことを命じた。このうちダルシマーは小さなハンマーで鳴らす弦楽器で、コウルリッジの「クブラ・カーン」、ミルトンの『失楽園』第七巻、

596行にも出てくる。コルネットは管楽器。サンブカは四弦の古代の楽器。プサルテリウムはツィターに似た弦楽器。英訳聖書では「リュート」ではなく「フルート」になっており、また拝むことを強要されたのは「アッシリアの奴隷たち」ではなく「諸州の高官」である。ダニエル書3章1―7節。

▼141　「バビロンは国々の中で最も麗《うるわ》しく、カルデア人の誇りであり栄光であったが、神がソドムとゴモラを覆されたときのようになる。もはや、だれもそこに宿ることはなく、代々《よよ》にわたってだれも住むことはない。アラブ人さえ、そこには天幕を張らず、羊飼いも、群れを休ませない」イザヤ書13章19―20節。

▽244　ヴェスヴィアスあるいはヘクラ　前者はイタリア南西部ナポリ近郊にある火山。後者はアイスランドにある火山。

▼246　「オユン・ヒート（ヒートの泉）と呼ばれる瀝青《れきせい》の泉はアラブ人やペルシア人によく知られていて、ペルシア人はチエシュメ・キール（ピッチの泉）と呼ぶ。この液体の瀝青を彼らはナフタと言い、トルコ人はピッチと区別するためにハラ・サーキス（黒い乳香）と名付けている。あるペルシア人の地理学者によれば、リュウゼン香が海の泉から噴き出てくるようにナフタは陸の泉から噴き出てくるのだという。近代の旅行家たちはラウヴォルフ*を除き、喜望峰が発見される以前はユーフラテス川を経由してペルシアとインドに行ったが、皆、不思議なものとしてこの瀝青の泉に言及している。ヘロドトスがこの川に言及していることに気づいた者もいる。また彼らが断言するには、土地の人々に言い伝えがあって、バベルの塔を建てるとき、ここから瀝青を取ってきたのだという。このことはアラブやペルシアの歴史家たちも確証している。

ヒート*、ヘイト、エイト、アイト、イドなど旅行者たちがさまざまに表記しているが、これはユーフラテス川右岸もしくは西岸に位置する大きなトルコの町で城もある。この南西、町から三マイルの谷間に、この黒い物質の泉がたくさんあり、一つ一つが鍛冶屋の炉のような音を立て絶えずこの物質を吹き出しているので、一マイル離れたところでも聞こえるほどだ。それゆえムーア人やアラブ人はこれをバーブ・アル゠ジャハンナム（地獄の門）と呼ぶ。それはどんな重いものも飲み込み、たくさんのラクダがときどき穴に落ちてそのまま消えてしまう。これらの泉の源はある湖で、きたない煙を吐き絶えずピッチを煮えたぎらせている。ピッチは広い平野一面に流れ出ていて、いつもふんだんにある。誰もがただで採ることができる。人々はそれを小舟に塗るために使い、二、三インチの厚さにする。そうすると防水になるのだ。また椰子の枝で作った自分たちの家にも塗る。もしユーフラテス川が氾濫を起こして押し流すことがなかったら、ピッチは川に接するところから砂地全体を覆っているので、ずっと以前にピッチの山がいくつもできていただろう。あたりの地面や石からも瀝青が採れる。またこの平野は硝石が豊富だ」『世界全史』

*ラウヴォルフ　レオンハルト・ラウヴォルフ（一五三五―一九六）ドイツの医師・植物学者。一五七三―七五年、薬草採取のため、中近東を旅した。

*ヒート　オスマン帝国領内（現イラク西部）、ユーフラテス川沿いにある町。

▼281　「イスラム教徒はカトリック教徒同様、タスビーフ（賞賛の道具）と呼ばれるロザリオを使う。私の記憶が正しければ、それは九十九個の数珠からできている。彼らは指のあいだから数珠を落としながら、「おお創造主よ、おお慈悲深きものよ、おお許し賜うものよ、おお全能なるものよ、おお全知なるものよ、……」と神の属性を繰り返し唱える。（……）敬虔な信者が、通りを歩きながら、あるいは会話の合間に人前でロザリオの祈りを唱えるのを目にすることもある。裕福で位の高い人のロザリオはダイヤモンドや真珠、ルビー、エメラルドの数珠でできている。庶民のものは干した種や珊瑚、ガラス玉を糸に通している」『バハーリ・ダーニシュ』の註

▼297　「イスラム教徒は、ひとりひとりの人生に起こる定めの出来事が、目には見えないが、その人の額に聖なる文字で刻印されている、と信じている。それゆえ彼らは運命を表すのに、英語で「刻印された」にあたる「ナスィーブ」という語を使う。おそらくこの考えは、黙示録にある、選ばれた者たちの刻印*についての記述からムハンマドが取り入れたものであろう」『バハーリ・ダーニシュ』の註

*黙示録にある、選ばれた者たちの刻印　ヨハネの黙示録7章1―8節。

▼306　「ザッハークはピーシュダーディー朝*第五代の王で、アード族とともに死んだシャッダードの子孫にあたる。ザッハークは先の王を殺し、十字架にかける刑罰と生きたまま皮をはぐ刑罰を考案した。長いあいだ彼に仕えてきた悪魔は、最後に返礼として彼の両肩に接吻する許可を求めた。たちまち二匹の蛇がそこから生え出て、蛇は彼の肉を食べ、脳みそに食らいつこうとした。悪魔は解決策を教えたが、それは毎日、人をふたり殺してその脳を蛇に与えておとなしくさせる、というものだった。この暴君は長く王位にとどまったが、やがて、王の蛇を養うために子どもを殺されそうになったイスファハンの鍛冶屋が、革の前掛けを反旗に掲げ、ザッハークを退位させた。ザッハークはいまも刑罰の洞窟の中で生き

ている、とペルシア人たちは言う。その場所からは硫黄の煙が噴き出ていて、そこに石を投げると、「なぜ私に石を投げるのだ？」と叫ぶ声が聞こえてくるという。この洞窟はダマーヴァンド山*中にあり、そこに行くにはエルヴェンド山からテヘラン方面に向かう」エルベロー。オレアリウス。

*ピーシュダーディー朝　ペルシア古代の神話上の王朝。

*ダマーヴァンド山　テヘランの北東にある火山。中東全体の最高峰。

▼309　ある外国の迷信をここに書き写しておこう。それはフランス、ドイツ、スペインの多くの地域で固く信じられているものである。その説明と作り方はある判事に依《よ》るものと思われる。作り方はマクベスのまじない*に驚くほど似ている。

『栄光の手』について（それは強盗が、抵抗される心配なく、夜、人家に押し入るときに利用するものである）。

「私は自分では『栄光の手』の秘められた技を試したことはない。だが拷問によりそれを使ったことを白状した罪人の最終判決を補佐したことが三度ある。それはどのようなもので、どうやって手に入れ、その用途と属性は何かと問うと、彼らは次のように答えた。第一に、『栄光の手』の用途はそれを出して相手を呆然とさせ、死んだも同然に身動きできないまでに無力化することである。第二にそれは絞首刑になった人の手である。第三にそれは以下のようなやり方で作らなくてはならない。

右手でも左手でも、絞首刑になって街道でさらされている男の手を入手する。それを経帷子《きょうかたびら》でくるみ、ほんのわずかな血も残らぬようによく絞《しぼ》る。そして陶器に入れて、粉末にした肉桂、硝石、塩、ヒハツをよくまぶす。十五日間そのままにしたら取り出して、完全に乾燥するまで真夏の昼の日差しにさらす。日差しが充分でなかったら、シダとクマツヅラを燃やしたかまどに入れる。次に絞首刑になった人の脂肪、混じり気のない蠟、ラップランドの胡麻で一種のロウソクを作る。『栄光の手』はこのロウソクを灯したとき、燭台として使う。その属性は、どこでもこの恐ろしい道具を持っていけば、それを見せられた者は力を失って動けなくなってしまうというものだ。この魔力を消す治療法や解毒剤はないのかと問うと、彼らの答えるには、家の戸口の敷居や、泥棒がはいると思われるそれ以外の場所に特殊な軟膏を塗っておくと、『栄光の手』は効力を失い、泥棒も利用できないとのこと。それは黒猫の胆汁、白い雌鶏の脂肪、金切り声をあげるフクロウの血からなり、その調合は必ず真夏に行わなくてはならない」グロースの『方言辞典と民衆の迷信』

*マクベスのまじない　『マクベス』第四幕第一場冒頭で、

魔女たちが大釜にさまざまなものを入れて煮えたぎらせ魔法をかける。

▼433 「聖者たちの住まいは必ず彼らの先祖の聖所や墓のそばにあって、それらを聖者たちはきちんと祀っている。住まいに隣接して、庭や木々、畑、ことに泉や井戸を持っている聖者もいる。私は一度、十月のはじめに南部を旅行したことがあるが、たまたまその時期は極端に暑く、国中の井戸や小川が干あがっていた。私たちは水が尽きてしまい、自分たちの分も馬に飲ませる分もなかった。水を得るのにさんざん無駄な努力をした挙句、ある聖者を訪ね表敬した。その聖者ははじめ、異教徒を近づけるのを潔しとしない風を装っていた。ところが十シリングかそこら払うことを約束したら、非常に愛想よくなり、ほしいだけの水をくれた。それでも彼は、自分の寛容さ、とくに私心のなさを自慢していた」シェニエ

▼435 「世界中でアラブ人ほど迷信にとらわれている民族はいない、あるいはイスラム教徒一般と言ってもよいかもしれない。彼らは、邪悪なまなざしに対する解毒剤、魔除《まよ》けとして、ひらいた手の像を子供たちの首にかけ、またトルコ人やムーア人はひらいた手を自分の船や家に描く。彼らにとって五は不吉な数で、目に五を入れる（おそらく五本指のことと思われる）とは呪いや反抗を表す慣用句である。大人になると、常にコーランの一節か何かを身につけ、ユダヤ人が聖句箱を身につけるように胸の上にさげたり帽子に縫い付けたりして、魔法にかかるのを防いで病気や不幸から身を守ろうとする。こういったお守りや聖句の効力は万能であると彼らは考え、牛や馬その他、使役する家畜の首にもぶら下げている」ショー

第六巻

▼27 「アラブ種の馬は大きく二つの系統に分かれる。一つはカディスチでその血統は不明である。もう一つはコチラニで、こちらは二千年にわたって血統が記録されている。コチラニはもっぱら乗馬用だ。珍重されているので非常に高価で、血統はソロモン王が所有した馬にさかのぼると言われる。その真偽のほどはともかく、この馬はどんな疲労にも耐え何日も餌なしで過ごすことができる。また敵に対して並外れた勇気を示すといわれ、自身が傷を負って人を乗せ続けることができなくなると戦線を離脱し、乗り手を安全な場所に運んでいくとさえいわれている。乗り手が落馬すると、そばにとどまって、助けがくるまでいなき続ける。コチラニはそれほど大きくはなく見栄えも悪いが、驚くほど足が速い。種全体がいくつかの血統に分かれ、それぞれ名前がついている。より古く、純血を保っている高貴な血統が、ほかの

ものに比べいっそう評判が高い」ニーブール
▼88「夜中にエフライム山地*の谷を旅しているとき、私たちは、一時間以上にわたって狐火に見舞われたが、それはさまざまな異常現象となって現れた。狐火は時に応じて球体になったりロウソクの炎のような形になったりした。大きく広がって、私たち一行を青白い無害な光で包んだかと思うと、たちまち縮んで消えてしまう。だが一分もしないうちに前と同じように出現する。あるいはまたある場所から別の場所へすばやく動き、ときどきまわりの山々に二、三エーカー以上にもわたって広がるのだった。その日は夕刻にさしかかる頃から大気が顕著なまでにどんよりとかすみ、私たちは馬に乗っていて感じたのだが、夜露が異常にねっとりとじめじめしていた。似たような天候のときに、私はこのような光のかたまりを見たことがある。それは海上では船のマストや帆桁のまわりを飛び交い、船乗りからコルプサンセ*と呼ばれている」ショー

＊エフライム山地　ヨルダン川西方の丘陵地帯。

＊コルプサンセ　この気象現象をスペイン人はクエルポ・サント（聖体）と呼ぶ。それがなまったもの。サウジー自註

▽109―110　それはあの泉の噴出する洞窟から聞こえ、旋律が混じり合っていて「噴泉と洞窟から入り混じった旋律が聞こえた」コウルリッジ「クブラ・カーン」33―34行。

▼117「ハンマーム・メスクーティーン*（沈黙の、もしくは魔法にかかった温泉）は山に囲まれた低地にある。いくつかの水源から非常に熱い湯が供給されていて、湯はその後ゼナーティー川に注ぐ。この温泉群から少し離れたところには別の複数の泉があり、こちらは対照的にとても冷たい。そこから少し下った、ゼナーティー川の堤の近くに廃屋がいくつかあるが、おそらく湯治にきた人々のために建てられたものと思われる。

ハンマーム*・メスクーティーンでは強い硫黄の蒸気が出ているが、それに加えて湯が非常に熱いこと、湯が流れる岩の表面が時に百フィートにわたって溶け石灰化しているのが観察できる。岩の成分が柔らかく一様である場合、湯がどの向きにも同じように浸食して、岩は円錐形や半球体になる。その高さは六フィートで、直径も同じくらいなので、アラブ人たちは先祖の天幕が石になったのだと主張している。だが通常の柔らかい白亜質の成分に加え、簡単には溶けない、より硬い物質の層が岩に含まれていると、流れる湯に対する抵抗の度合いに応じ複雑な型や溝ができて、見る者の目を楽しませてくれる。アラブ人たちはそれらを羊、ラクダ、馬、さらには男や女、子どもたちであると判別し、皆天幕と同じ運命

をたどったのだと考えている。私の観察したところでは、この湯を供給する温泉はしばしばせき止められていた、というより、あるところで流れが止まっているかと思うと、即座に別のところから噴き出ていた。これが原因で、たくさんの円錐形のみならず、さまざまに変化した形が生まれたものと思われる。この突起と温泉の織りなす光景はゼナーティー川まで続いていた。

　われわれがこの場所を馬に乗って行くとうつろな音が響いて、いまにも下に落ちてしまいそうで恐ろしかった。おそらく地面の下が空洞になっているのだろう。そして思うにその洞窟に閉じ込められた空気が温泉とともに絶えず外に排出されていて、かん高い音、ささやくような音、深く低い音を一緒に生じさせ、風向きや外気の動きに応じて水音とともに聞こえてくるのではなかろうか？　アラブ人の想像力のたくましさをまたもや引き合いに出すと、それはジェヌーン（妖精たち）の奏でる音楽なのだという。ジェヌーンは独特な仕方でこの場所に居を構えていて、あたり全体の異様な光景を作り出したのも彼らだと考えられている。

　この場所にはほかにも同様の、物珍しい自然のなせる業がある。白亜の石は非常に細かい粉に分解すると、流れに運ばれて水路の両岸や時には湧き出る温泉の縁にたまる。また運ばれていく途中で、小枝やわら、そのほかの物を包み込むと、たちまち硬くなってアスベストのような光る繊維質の物質に変化し、同時に、実に多様なきらきらとした形や美しい結晶を形成するのである」ショー

＊ハンマーム・メスクーティーン　アルジェリア北東部、コンスタンティーヌ東方にある温泉。

＊ハンマーム　この国では公衆浴場をハンマームといい、英語のハンマームHummum（トルコ式浴場—訳者）はここに由来する。サウジー自註

▼138　「ホアンホー（黄河—訳者）の源には百以上の泉があり、星のように輝くことからオドゥンノール＊（星の湖）と呼ばれる。これらの源流はハラノール＊（黒い湖）と呼ばれる二つの大きな湖を形成している。その先に三、四本の細い川が現れ、合わさってホアンホーになるが、八、九本の支流を擁している。これらホアンホーの源流はオトン・タラとも呼ばれ、チベットに位置する」ゴービル、アストリーの『航海記・旅行記集成』＊

＊オドゥンノール　モンゴル語で「星の湖」中国西北部、青海省にある「星宿海」を指し、本来は湖面に星影が映ることで知られる。

＊ハラノール　モンゴル語で「黒い湖」ザリン湖とオリン湖を指す。

＊ゴービル、アストリーの『航海記・旅行記集成』　トマ

ス・アストリー編『新航海記・旅行記集成』（ロンドン、一七四五―四七）に収められた、イエズス会士アントニー・ゴービルによる「チベットの記述」（フルフォードによる）。

▼167「ベニ・アッベスの山中、マンスーレ県*の南東四リーグのところで、狭く曲がりくねった小道を抜けることになる。そこでは半マイル近くにわたって両側に非常に高い断崖がそそりたつ。どの曲がりでも、もともとは岩や地層により道がふさがれ、一つの谷を別の谷と分けていたところが、幅六、七フィートの扉の枠の形に切り取られている。その形からアラブ人たちはそれをビーバーン（門）と呼ぶようになった。一方トルコ人たちは、そこが頑丈でごつごつしていることから、デミル・カプ（鉄の門）の別名で呼んでいる。恐怖心を抱かずにそこを通れる者はほとんどおらず、その通路なら敵の全軍が攻めてきてもわずかな人数で戦えるだろう。おそらくこの谷を流れる小川の塩分によって削られて最初に道ができたところを、必要に迫られて人の技によって広げたのだろう」ショー

＊ベニ・アッベス、マンスーレ　ベニ・アッベスはアルジェリア中西部、マンスーレは同北部の地名でショーの記述には矛盾が生じている。

▼209「一五六八年、ペルシアのスルタンは大君主《グランセニョール》に、*二つの大変立派な天幕が一つに合わさったものを贈った。その幕には金が織り込まれ支柱にも同じ装飾が施されていて、天幕の入口にかかる九つの美しい日よけも同様であった。いずれもキリスト教徒の世界では使われることのないものである」ノールズ*

＊大君主《グランセニョール》　トルコのスルタン。ここではオスマン帝国のセリム二世（在位一五六六―七四）。

＊ノールズ『トルコ全史、国のはじめからオスマン家の興隆まで』。上記は原文そのままではなく、二箇所の記述をまとめたもの。

▼244「ペルシア人たちは庭園に金をかけて、富を最大限に誇示する。彼らは、われわれヨーロッパの人間のように美しい草花を植えたりはしない。野原にチューリップその他の草花が無数に生えているので、それらは自然が気前よく与えてくれるものとして顧みられないのだ。その代わりに彼らは庭園にあらゆる種類の果樹を植えようとする。ことに、ヨーロッパにはないプラタナスもしくはポプラの一種を並木にして気持ちのよい散歩道を作ることを好む。この木をペルシア人たちはチェナールと呼ぶ。それは松の木くらいの高さになり、ブドウの葉に少し似た非常に大きな葉をつける。実はクリに似て外皮に包まれているが、中に仁はなく食用には適さない。木質部は焦げ茶で木目が多いので、ペルシア人たちは扉

や、窓のよろい戸に用いる。油をつけてみがくとクリの木でできたどんなものより遥かに見栄えがよく、現在＊珍重されているクリの根でできたものをもしのぐ」『使節たちの旅行記』

＊現在　一六三七年。サウジー自註

▼257　この表現はアリオストの短詩の一つから借りたものである。

「彼女がやさしく微笑《ほほえ》みながら自身の美しさにうっとりするとき、美しい顔に広がる愛の炎を見るのは、ちょうど太陽が東から出て昼に向かって昇っていくときに、真っ赤なバラが葉の美しい楽園をあらわにするのを見るよう＊」

＊詩の引用は初版にはなく、一八〇九年版以降の版による。

▼269「オルペウス＊の墓のそばに巣を作ったナイチンゲールは、他のナイチンゲールよりも美しく大きな声で歌う、とトラキアの人々は言う」パウサニアス

＊オルペウス：ギリシア神話でトラキアの詩人・音楽家。彼の竪琴の調べは動植物をも魅了したといわれる。

▼286「『カフラマーン・ナーメ』＊の中で、ディーヴ＊はパリー＊の一部と争い、相手を鉄の鴐籠に閉じ込めると、できるだけ高い木々に鴐籠を吊した。そこへときどきパリーの仲間が大変貴重な香料をもってやってきた。その香料はパリーが常食としているものだったが、さらに別の強みをもたらした。というのもそれはディーヴを寄せ付けなかったり苦しめたりしたのである。ディーヴたちはその香りに耐えられず、パリーが吊されている鴐籠に近づくと必ず気がふさいで憂鬱になってしまうのであった」エルベロー

＊『カフラマーン・ナーメ』不詳。タイトルはペルシア語で「英雄の書」の意。

＊ディーヴ　ペルシア神話の悪魔、悪霊。

＊パリー　ペルシア神話で、悪魔に対して人間の味方をする妖精。

▼294「ムハンマドとハディージャの婚礼――婚礼を祝して非常におごそかな宴《うたげ》が準備されているとき、神の玉座が震動し天使たちは驚嘆した。神ご自身が威厳に満ちた様子で、天国の守り手に対し次のように命じた、晴れ着を着た少年少女を召し出して、しかるべく祝杯を並べさせよ、また胸の発達してきた娘たちと、それと同年配の若者に立派な衣装を着せよ、と。神はまた大天使ガブリエルにメッカの神殿に祝いの旗を掲げるよう命じた。すると丘も谷も喜びに沸き始め、その夜はメッカじゅうが火にかけた鍋のように沸き立った。神は同時に、たいそう貴重な香料をすべての人間に振りまくようガブリエルに命じた。人々は突然の珍しい香りに驚いたが、神の御業により新郎新婦のために発せられた香りとわかっ

た」マラッチ*

*「ムハンマドの生涯と業績」『コーラン全ラテン語訳』

▼309 「マカオから広東に行くまでの川や水路では、たくさんの牡蠣が採れ、その殻で中国人は窓ガラスを作る」ジェミッリ・カレーリ

中国の小説『好逑伝《こうきゅうでん》』*で水冰心《すいひょうしん》が、広間に真珠貝でできたカーテンを掛けるよう召使いに命ずるところがある。彼女は、最初のテーブルを客用に、カーテンの外に設置し、その上にロウソクを二本置いて灯すよう命じた。次に、明かりは灯さず、自分用にもう一つのテーブルをカーテンの内側に置くよう命じた。そうすることで自分は見られないままカーテン越しにすべてを見ることができるのだ。

マラバルのインド人たちは真珠貝を窓に使う。フラ・パオリーノ・ダ・サン・バトロメオ

*『好逑伝』 一七世紀中国の才子佳人小説。名教中人作。人品容貌にすぐれた鉄中玉と才色兼備の水冰心が紆余曲折を経て結婚する。トマス・パーシーの英訳（一七六一）がある。

▼310 「王と諸侯たちはとても立派な一種の地下貯蔵庫を持っており、ときどきそこにもてなしたい客を案内して一緒に酒を飲む。地下貯蔵庫は四角い部屋で、二、三段で降りていける。中央に小さな貯水池があり、壁から貯水池まで床には豪華な絨毯が敷かれている。池の四隅には四つの大きなガラス瓶が置かれていて、それぞれ二十クォート*ほどの赤か白のワインがはいっている。この瓶のあいだには小さな瓶が並んでいるが、材質と形は同じで、円くて首が長く、四、五クォートのワインがはいっていて、赤と白が交互に置かれている。部屋の周囲の壁には壁龕《へきがん》があり、その一つ一つにも赤と白のワインの瓶が交互に置かれている。二本はいるよう作られた壁龕もある。窓から部屋に光が射し、すべての瓶がさまざまな色合いになるよう絶妙に配置されていて、非常にすぐれた視覚的効果を生んでいる。瓶は常にいっぱいに満たされているが、その方がワインの保存状態がよくなるのである。だから空になったらすぐに補充される」タヴェルニエ

*クォート 一・一三六リットル。

▽320 シーラーズ イラン南西部の都市。

▼323 「ムハンマドはワインを「罪の母」と呼んだ。その見解を、ペルシアのアナクレオン*と言われるハーフェズ*は認めず、次のように言った。

あの信心深い男が「罪の母」と呼ぶ酸っぱいやつ（ワイン）は、私には、乙女のキスより望ましく、甘いものに思われる」『東洋詩註解』

「あの炎の液体でおれをつぶしてくれ、つまり、あの水

のごとき炎をもってこい」ハーフェズ
＊アナクレオン（前六世紀後半―前五世紀前半）古代ギリシアの抒情詩人。愛と酒宴を歌った。
＊ハーフェズ（一三二六頃―九〇）シーラーズの抒情詩人。ペルシア四大詩人のひとり。引用はいずれもジョーンズの『東洋詩註解』より。

▼330「クム＊からは白い陶器とニスを塗った陶器が輸出される。ここから輸出される白い陶器に特徴的なのは、夏には、たえず水分を蒸発するので水を見事なまでに急速に冷やすことだ。だから冷たくおいしい水を飲みたいと思う者は、同じ甕《かめ》からせいぜい五、六日しか飲まない。はじめに薔薇水で甕を洗い、土の臭いを取り去ると水を満たし、湿ったリンネルの布で包んで吊す。初回は六時間で四分の一の水が蒸発する。その後は日を追うごとに蒸発の度合いが減り、やがて水に含まれる濁りの成分により細孔がふさがれてしまう。孔《あな》がふさがれるとすぐに甕の中が臭い始めるので、新しいものと取りかえなくてはならない」シャルダン
「エジプトでは裕福な人々はカップの中でヒオス島産の乳香を焚く。多孔性の素材に浸透する香りが長いあいだしみ込んでいて水によい香りをつけるので、気持ちよくするためにこの習慣が続くのである」ソニーニ
＊クム　テヘラン南方にある町。

▽337 ハレブ　アレッポのアラビア語名。

▼339「カズヴィーン＊はペルシアで一番よいブドウを産出し、それはシャハーニー（王のブドウ）と呼ばれる。金色ですきとおっていて小粒のオリーブほどの大きさがある。このブドウを干したものはペルシア中に出荷される。また世界一強くておいしいワインにもなり、大抵の強くて甘い果実酒と同じくとても濃厚だ。この比類なきブドウは若枝にしか実らず、それには決して水をやらない。まる五カ月間、夏の暑さと灼熱の太陽のもとで育てられ、そのあいだ雨露も含めて一滴の水も与えられないのである。収穫が済むとブドウ畑に家畜を入れて若い芽を食べさせる。そののち大きな木はすべて刈り取り三フィートほどの若い株だけを残す。その高さならほかのブドウ畑のような支えは不要なので支柱を立てることはない」シャルダン
＊カズヴィーン　テヘラン西方の平野。

▼345 タヴェルニエがエレバン＊に汗《カーン》のもとをはじめて訪れたとき、汗《カーン》は「橋の中の部屋」で将校たちとごちそうを食べていた。そこには氷で冷やしたワインがあり大きな皿に盛ったさまざまな果物やメロンがあった。それぞれの皿の下には氷の皿が敷かれていた。
＊エレバン　サファーヴィー朝ペルシア治下のエレバン汗《カーン》国の首都。現在はアルメニアの首都。

▼353　イスファハンで、使節たちの前で踊ったインド人の踊り子たちのうち、「何人かは奇妙なものを足につけていた。足の甲にひもを結んで小さな鈴をつけ、それで拍子を計り、時には音楽自体を調整するのだ。手に持っているチャルパネ*かカスタネットでも同じことをしていたが、そのやり方にとても長けていた」*

クージャー*でマンゴー・パークが見た踊りでは、「多くの踊り子たちが出ていて、小さな鈴を与えられ、足や腕につけていた」*

*チャルパネ　オスマン朝期に用いられたトルコのカスタネット。

*「何人かは……長けていた」　オレアリウス『使節たちの旅行記』。

*クージャー　セネガルにある町。

*「多くの……つけていた」　パーク『アフリカ内陸の旅』。

▼355　「セランジュ*では、とても薄くて、肌が透け、まるで裸のように見える布が作られている。商人たちがこれを輸出することは禁じられていて、できたものは皆知事がムガル皇帝の後宮と宮廷の諸侯に送る。皇帝の王妃や諸侯の妻たちは、これで暑さをしのぐためのシュミーズやドレスを作り、王や諸侯は薄いシュミーズが透けて見えることを喜び、女たちに踊りを踊らせたりする」タヴェルニエ

*セランジュ　インドの地名。

▼386　「私はカプリ・ケント（橋の村）と呼ばれる村に来た、タバディ川という川に掛けられたとても美しい橋がその近くにあるのだ。この橋は川を挟んだ二つの山に掛かっていて、高さも幅も異なる四つ*のアーチに支えられている。形状が不規則なのは、アーチが川から突き出た二つの大きな岩を足場にしているためである。これらは両端が空洞になっていて、通行人を泊められるように、中に小部屋やポーチコがしつらえられてあり、それぞれに煙突がついている。川の中央のアーチは端から端まで空洞で、両端に二つの部屋と、上部を覆われた二つのバルコニーがある。バルコニーは夏には涼しい風が通るのでとても喜ばれ、そこに降りるために岩から切り出して作られた二列の石段がある。ジョージア中でこれほど美しい橋はない」シャルダン

イスペルス川*には「六つのアーチからなる非常に美しい橋がある。その一つ一つに広い部屋があり、台所その他の設備があって、川の水に接するまでになっている。そこに降りて行くには二列の石段を使う。このようにこの橋は一つの隊商をまるごともてなすことが可能である」『使節たちの旅行記』

これらの橋の中でもっとも壮大なのはイスファハンのジュルファー橋*である。

＊四つ　三つの誤りか？
＊イスペルス川　『使節たちの旅行記』の地図によれば、現イランを流れ、カスピ海に注ぐ川。
＊ジュルファー橋　現在スィー・オ・セ・ポル（三十三橋の意）と呼ばれている橋。

第七巻

▼50　この数行はバーネットの地球の理論*の貧弱な翻案である。

「地球にある真に雄大な山々について私が述べたいのは以下のことである――われわれはバッカスの丘を楽しいとは思わないし、緑の草や近くの泉や木々が夏の強い日差しを防いでくれる、小高い山々を魅力的とも思わない（そこにはある種の優美さや心地よさがあるけれども）。われわれが注目するのはそれとは違う山、とても古く、いかめしくてごつごつした、地球の重荷になっている山々だ。その無骨ないただきは雲間にそびえ、岩よりなるふもとは大地に根をおろす。非常に長い時代にわたって不動のままで、そのあいだずっと、焼けつく太陽、稲妻、嵐にむき出しの胸をさらして耐えている。これらは太古からある不滅の山々で、地球の組織がこわれたことにより誕生したと考えられ、同様の現象で消滅するものと思われる」

この「山について」の章全体が詩人としての雄弁さで書かれている。ギボン*が述べた次の賛辞も少しも誇張ではない――バーネットは「聖書と歴史と伝統を一つの壮大な体系に融合させた、その崇高な想像力はミルトン*その人にも引けを取らない」この著作はラテン語で読むべきである。著者自身の英訳はみじめなまでに劣っている。彼の生きた時代は、英語による散文の水準が最低だった。

＊バーネットの地球の理論　『地球の聖なる理論』（一六八一）ラテン語版。
＊ギボン　（一七三七―九四）イギリスの歴史家。『ローマ帝国衰亡史』（一七七六―八八）。
＊ミルトン　（一六〇八―七四）イギリスの詩人。キリスト教叙事詩『失楽園』（一六六七）。

▽101　フーリー　イスラム教で、天国に住む黒い瞳の完全美の処女。

▼176　「ザックームは地獄の底から生えている木で、その実は悪魔の頭に似ている。亡者たちはそれを食べて、胃袋を満たし、それとともに熱湯を飲まされるであろう。そののち、地獄に帰っていくであろう」コーラン37章*

「この地獄のザックームはテハーマにあるとげのある木から名前を取っている。この木はアーモンドのような実

をつけるが非常ににがい。それゆえ同じ名が地獄の木につけられたのである」セール*

＊コーラン37章　セールの英訳に拠る。

＊セール『英訳コーラン』37章の註。

▼186　「有名なデラールの妹がほかの多くのアラブ女性とともに、ダマスカスの手前で捕らえられたとき、彼女はほかの女たちを扇動して反乱を起こし、女たちは天幕の杭をつかんで自分たちを捕らえた敵を攻撃した。マリニーによると、この大胆な決断は無鉄砲な怒りにかられた結果ではなかった。女たちの多くは、すでに武術を身につけていたのだ。特にヒムヤル*の部族（ホメリタエ族）の女たちは強かった。かの地では女も子どもの頃から、乗馬、弓、槍、投げ槍の訓練をする。反乱は成功した。戦っているあいだにデラールが援軍にかけつけたのだ」マリニー

＊ヒムヤル　古代南アラビアの部族（ギリシア世界でホメリタエと呼ばれる）、またその部族による王国。前二世紀末頃、王国を作り、六世紀まで存続した。

▽226　ひとりの旅人とて帰ってきたためしのない　ハムレットが、「生きるか死ぬか、それが問題だ」で始まる独白において、来世を「そこからはひとりの旅人も帰らぬ未知の国」と言うくだりに対する引喩（『ハムレット』第三幕第一場）。

▼256　「ペルシアの北東部にアロアディンというイスラム教徒の老人がいた。彼は二つの丘のあいだの広い谷を囲い込み、そこに果物や絵画、ミルク、ワイン、蜂蜜、水の流れる小川、宮殿、豪華に着飾った美しい乙女たちといった、天然と人工により産み出されうるありとあらゆるものを備えつけた。そしてそこを楽園であると言った。そこに行くには堅固な城を通らねばならなかった。アロアディンは自分の宮殿に若者たちを住まわせて日々この楽園での快楽を説いた。ときどき何人かに眠くなる飲み物を飲ませてそこに運び込んだ。四、五日楽しませてやると、若者たちは楽園に連れてこられたのだと思い込む。そこで再び同じ飲み物で昏睡させて外に連れ出し、若者たちに何を見てきたかを尋ねるのだった。アロアディンはこのように若者たちをだまして、敵の君主の殺害等どんなことを命じてもひるまずに実行するよう仕向けた。彼らはイスラムの楽園に行けるとの期待をもち死を恐れなかったのである。だがハスラー（ウラン）が三年のあいだ城を包囲しアロアディンとこの愚者の楽園を滅ぼした」パーチャス*

　別の箇所でパーチャスは同じ話をしているが、このいかさま師をアラデュレスと呼び、オスマン帝国のセリム*が彼の楽園を滅ぼしたと言っている。

　この話はとても多くの作家が、時代と場所をさまざま

に違えて語っていて、それが実際の出来事であることを完全に否定はできず、ことの事情も充分あり得るものと思われる。

「さらに南に向かって旅を続け、私はメリストルテと呼ばれる地方に着いた。それはとても快適で肥沃なところだ。この地に山の老人と呼ばれる年配の男がいて、二つの山のまわりにそれを取り囲む城壁を築いていた。この城壁内に世界中でもっとも美しくもっとも水の澄んだ泉がいくつかあった。これらの泉のそばには大勢の非常に美しい乙女たちがいて、りっぱな駿馬もおり、ひと言で言えば、肉体的な慰めや喜びのために考えうるすべてがそろっていた。それゆえ土地の人々はこの場所を楽園と呼んでいる。

この老人は有能で勇敢な若者を見ると彼の楽園に導き入れた。そのうえ、いくつかの導管によってワインとミルクが豊富に流れるようにしている。老人は、復讐しようとか、どこかの王や重臣を殺そうと考えると、楽園を統括する者に命じて、その王や重臣の知り合いを連れてこさせる。そして楽園でしばらく楽しませると、その男に感覚が全くなくなるほど強い睡眠薬を飲ませ、熟睡しているあいだに楽園の外に運び出す。男は目覚めると楽園から追放されていることを知り、どうしたらよいのか、どこに向かったらよいのか皆目わからずにいたく悲しむことになる。そしてさきほどの老人のもとへ行き、もう一度楽園に入れて欲しいと懇願する。それに対して老人が言うには、おまえはこれこれしかじかの者を私のために殺そうとしない限りそこにははいれない、ただ、やろうとしさえすれば未遂に終わってももう一度楽園に入れてやるから、そこにいつまでも居続けるがよい。すると若者たちは例外なく言われたことを実行しようとし、その老人が憎しみを抱いた相手はすべて殺そうとする。それゆえ東洋諸国の王たちは皆、この老人を恐れてたくさんの貢ぎ物をした。

しかしタタール人が世界の大部分を征服したとき、彼らはその老人のところにやってきて楽園の管轄権を奪った。老人は激怒して、その楽園から、むこう見ずで決然とした刺客たちを送り出し、多くのタタール人の諸公が殺される結果になった。これを見たタタール人たちは出征して、老人のいる都市を包囲し、彼を捕らえ、非常に残酷で当人にとって屈辱的なやり方で殺した」オドリクス

一番詳しい記述は、あの臆することのない大ぼら吹き、ジョン・マンデヴィル卿*によるものだ。

「プレスター・ジョン*の領土であるペンテクセレ島の近くに、ミルストラクと呼ばれる長くて広い島がある。これもプレスター・ジョンの領土の一部である。その島に

は実にさまざまな物がある。そう遠くない昔、ここにガトロナベスというひとりの富豪が住んでいたが、策略と狡猾な詐術に満ちた人物だった。彼は山の中に美しくて堅牢な城を持っており、それは誰もこれ以上美しく強いものは考案できないくらい頑丈で立派だった。彼は山全体に丈夫で美しい城壁をめぐらした。そしてその内側に見たこともないような美しい庭園を作った。そこには考えうるかぎりの多様な果実のなる木々があり、かぐわしいさまざまな薬草や、美しい花をつける草花が植わっていた。また園内にはたくさんの美しい泉があり、彼はそのかたわらに金や紺に彩色された美しい広間や部屋を作らせた。その場所には、さまざまな物、さまざまな仕掛けがあり、まるで生きているかのように楽しげにさえずったり動いたりする、からくりの鳥や動物があった。また彼はその庭園に考えうるかぎりの種類の鳥や動物を飼っていて、遊んだり、見て楽しんだりできるようにしていた。また、十五歳以下の見出しうるかぎりの、このうえなく美しい乙女たちや、同じ年頃の少年たちを集め、全員に豪華な金色の衣装をまとわせて彼らは天使であると言った。また美しくて立派な井戸を三つ作らせ、まわりを碧玉《へきぎょく》と水晶で囲み、金で縁取って、宝石と大きく光沢のあざやかな真珠をはめた。そして地下に導管を引かせ、彼の思いのままに、三つの井戸の一つからはミルクが、もう一つからはワインが、残りの一つからは蜂蜜が湧き出るようにし、この場所を楽園と呼んだ。そして誰であれ勇敢で高貴な騎士がこの国を訪れたときは、この楽園に案内し、これらのすばらしい物を示して楽しませた。すなわち、さまざまな鳥のすばらしく心地よい歌声を聞かせ、美しい乙女たちやミルクとワインと蜂蜜がふんだんに流れ出る美しい井戸を見せたのである。また彼は、高い塔の中でさまざまな楽器を陽気に奏でさせて、聞く者を楽しませ、かつ誰からもその仕掛けが見えないようにした。そして、楽人たちは神に仕える天使で、この場所は、神が「私はあなたたちに乳と蜜の流れる土地を与えよう」*とのたまい、同胞たちに授けた楽園なのだ、と言った。そののち彼は騎士たちに、飲むとすぐに酔いがまわる酒を飲ませ、かつて経験したことのない無上の喜びを味わっているように思わせた。そして言うのであった、「もしおまえたちが私と私への敬愛のために死ぬ気があるなら、死後おまえたちは私の楽園に来るであろう。そしてこの乙女たちと同じ若さを保って、処女の彼女たちとたわむれるのだ。そしてその後、おまえたちはさらに美しい楽園にはいり、そこで威厳があり歓喜に満ちた神のお姿を目の当たりにできる」そして彼は自分の意図を明かして言った、「もしおまえたちが私の敵の君主や、私が気にくわない者を殺しに行く気があるなら、それを実行することや自分が殺されることを恐れる必要はない。おまえたちが死んだら、私はおまえたちをもう一つの楽園に入れてやる。そこはほかのどんな楽園よりも百倍美しく、そこにおまえたちはこのうえなく美しい乙女たちとともに住み、彼女たちとずっとたわむれ続けることができるのだ」こうして多くの血気盛んな若い騎士たちが、その楽園にはいりたくて、いろいろな国の君主を殺しに行き、自身も殺された。こうして彼は狡猾な詐術と不正な策略によって、しばしば敵に復讐していたのである。この国の有力者たちは、このガトロナベスの狡猾な悪行に気づくと力を結集して城を攻めて彼を殺害した。そして楽園の美しい場所、貴重な品々をことごとく破壊した。井戸や城壁、その他多くの物があった場所はいまでもおおっぴらに見ることができる。だが財宝は何一つ残っていない。この場所が破壊されたのは、そう遠い昔のことではない」ジョン・マンデヴィル卿

＊パーチャスのここの記述はマルコ・ポーロ『東方見聞録』に基づく。

＊セリム　セリム一世（一四七〇―一五二〇）、スルタン在位（一五一二―二〇）。

＊ジョン・マンデヴィル卿　一四世紀中頃のイギリスの医師・旅行家。東洋各地を旅行したと称し、旅行記を著したが、実際はオドリクスなどの著作に基づいている。この記述もオドリクスを脚色したもの。

＊プレスター・ジョン　中世の伝説上の王。プレスターは司祭という意味。マンデヴィルの説では、彼はインドの皇帝だったが、エジプトでキリスト教会の礼拝を見て、自分は皇帝や王ではなく司祭と呼ばれたい、そして教会から最初に出てくる司祭の名前を名乗りたいと主張。最初に出てきた司祭の名がジョンであったことから、以後プレスター・ジョンと呼ばれるようになったという。

＊「私は……与えよう」　原文ラテン語。レビ記20章24節。

▼319「王のお召しになっている服、お乗りになっている馬、かぶっていらっしゃる王冠を持ってこさせるとよいでしょう。そしてこの衣装と馬を最も身分の高い大臣のひとりにゆだね、栄誉を与えることをお望みになる人にその衣装をつけさせ、また馬に乗せて、都の広場を導いて通らせ、その前で「王が栄誉を与えることを望む者には、このようなことがなされる」と触れさせてはいかがでしょう」エステル記＊6章8―9節。

＊エステル記　引用は欽定英訳聖書より。

第八巻

▼87「天の使徒＊は、メディナから退却したとき＊には、五回の正規の礼拝を正確な時間にいつも行っていたわけ

ではなかったので、弟子たちは（彼と一緒に礼拝することをしばしば怠《おこた》ってはいたが）ある日集まって、師がこの一番大事な勤めを果たす、昼と夜の時刻を人々に知らせる方法を決めることにした。合図するものとして、旗、鐘、ラッパ、火と次々と提案されたが、いずれも認められなかった。旗は聖なるものにふさわしくないとして、鐘はキリスト教徒が使用しているという理由で、ラッパはユダヤ教の礼拝に特有のものとして、火は拝火教に似すぎているとして否定された。意見が一致せず、弟子たちは決められないまま解散した。だが弟子のひとりアブドゥッラー・イブン・ザイド・アブダリーは、次の晩、夢の中で、緑の服をまとった天使に会った。即座に彼は、真剣で切実な態度で、論争中の事柄に関し助言を求めた。天からの訪問者は、「私は、あなたの宗教における、この重要な義務をどのように果たすべきかを知らせに来た」と答えた。そして屋根の上にあがり大声でアザーン*を宣言したが、その言葉はそれ以来、宗規に定めた時刻を告げるのに用いられている。アブドゥッラーは目を覚ますと、預言者*のもとへ走り、夢に見たことを告げた。ムハンマドは彼を祝福すると、すぐに弟子のビラール・ハバシー*を任じて、屋上でその尊い役目を果たすように言い、その役にムアッズィンとの称号をつけた。……」ドーソン

＊天の使徒　ムハンマドを指す。

＊メディナから退却したとき　「メディナへ移住したとき」の誤り。ヒジュラを指す。

＊アザーン　礼拝への呼びかけ。

＊預言者　ムハンマドを指す。

＊ビラール・ハバシー　（六三八頃没）ムハンマドの弟子のひとり。アビシニア系で奴隷の出身。

▼90　「メイダーン*（タウリス*の町の広場）では、指名された人々が毎夕、日の入りの時と毎朝、日の出の時に、半時間にわたってラッパと太鼓をけたたましく鳴らす。彼らは広場の一方の側、一段高くなった回廊の上にいる。同じ習慣はペルシアのどの都市でも行われている」タヴェルニエ

＊メイダーン　広場の意。

＊タウリス　今日のタブリーズ。

▼103　「少数の者は聖所の境内に埋葬されるが、ほかの者は町や村から遠く離れたところに運ばれる。そこに埋葬のための広大な土地が確保してあるのだ。どの一族も、庭園のように塀で囲われた特定の区画を持っていて、そこに先祖の遺骨が何世代にもわたって掘り返されることなく安置されている。というのも、この囲い地の中では墓がそれぞれ別々になっているのである。ひとりひとりに墓石が立っていて、その上部と下部に埋葬され

ている人の名前が記されている。墓石と墓石のあいだは、花が植えられ、境が石で仕切られているか、一面にタイルが敷き詰められている。有力者の墓は、さらに区別されていて、四角い小部屋や丸天井の中にしつらえられてある。(……)」ショー

▼146 『ユダヤ人の手紙』*の中に『メルキュール・イストリーク・エ・ポリティーク(歴史と政治のメルクリウス)』*一七三六年十月号からの以下の抜粋がある。

「われわれはこの国で、吸血鬼伝説について新たな展開を見た。それは、現地で事件の確認を行ったベオグラードの裁判官二名と、(スラヴォニアの)*グラディシチェに駐屯する皇帝陛下の軍*の将校で裁判の目撃証人でもある人物が正式に証言している。

九月のはじめ、グラディシチェから三リーグの距離にあるキシロヴォ*の村で六十二歳の老人が死んだ。埋葬の三日後、彼は夜中に息子の前に現れ、何か食べ物をくれと言って姿を消した。翌日、息子は近所の人々に事の詳細を話した。その夜、父親は来なかったが、その次の晩にまたやってきて食べ物が欲しいと言った。息子が何か与えたかどうかはわかっていないが、次の朝この若者はベッドで死んでいるところを発見された。土地の治安判事は、このことに加え、同日に村で五、六人が病に倒れて次々と死んだことを知った。彼がその正確な報告をベオグラードの裁判所に送ると、事件を詳しく調べよとの指示が下り、ただちに調査委員二名が死刑執行人一名を伴い村に派遣された。われわれが話を聞いた、帝国軍の将校も、この種の事件をよく耳にしてきたので個人的に調べようとグラディシチェから赴いた。彼らはまず、過去六週間に埋葬された者全員の墓を暴いた。くだんの老人の墓を開けてみると、老人は目を見開き、色つやがよく、早く力強い呼吸をしていたが、硬直して無感覚のようだった。彼らは、これらの兆候から、この男が悪名高いヴァンパイアであると結論づけた。調査委員の命令により、死刑執行人はすぐさま彼の心臓にくいを打ち込んだ。それが済むと、たき火をおこし死体を焼いて灰にした。彼の息子や急死したほかの人々の死体にはヴァンパイアの形跡は見られなかった」

ありがたいことに、われわれは軽信しないという点では人後に落ちない。科学のいかなる光をもってしてもこの事実は説明できないことを承知しているし、その原因を探るつもりもない。しかしながら適格で疑いを容れない証言によって法的に立証された事実については認めざるを得ない。まして同様の証言がほかにいくつもあったらなおさらである。ここで一七三二年の同種の実例を付け加えておこう。これはすでに『グラヌール(落ち穂拾い)』*第十八号に掲載されたものである。

「ハンガリーにある、ラテン語でオッピーダ*・ヘイドヌンと呼ばれる町での出来事。この町はティビスクス川、俗にいうティサ川*に接している。それは有名なトカイ地域とトランシルヴァニアの一部を流れる川である。ハイドゥク*の名で知られる人々は、ある種の死者たち（それを彼らはヴァンパイアと呼んでいる）が生きた人間の血を吸うと信じている。たくさんの血を吸うので、吸われた人々は骸骨のようになり、一方、吸血鬼の死体は血流がよく、体じゅうの血管を通って血が毛穴にまで達するという。彼らはこの奇妙な説を疑いの余地のないほど多くの事実によって証拠立てている。その中でも特に考慮に値する事件について述べよう。

いまから五年前、メドヴェージャ村*に住むアルノルト・パウルというハイドゥクが干し草を積む荷車に轢《ひ》かれて死んだ。彼の死後三十日間に、四人もの人が突然死んだが、その死に方はおおむね、この地方の言い伝えにある、ヴァンパイアに血を吸われたときの死に方だった。そこで、このアルノルト・パウルが生前語っていたある話が思い起こされた。すなわちトルコ領セルビアの国境地方のコソボで、彼はヴァンパイアに悩まされたというのだ（ヴァンパイアによって血を吸われた人間は、自身がヴァンパイアになり、人の血を吸うようになる、というのがいまや定説である）。だが彼はこの災難から逃れる方法を見つけ、ヴァンパイアの墓から取った土を食べ、その血を自分の体にこすりつけたという。しかしこの予防措置も彼がヴァンパイアになるのを防げなかった。死後四十日に彼の死体を掘り出してみると、悪名高いヴァンパイアのあらゆる兆候が見られたのである。顔の色つやがよく、髪、爪、ひげが伸びていた。全身血がみなぎっていて、経帷子をまとった死体のあらゆる部分に血がめぐっていた。土地の執行吏は吸血鬼伝説に通じた人物で、慣習に従い、鋭いくいをアルノルト・パウルの心臓に打ちこみ刺し貫かせた。すると彼はまるで生きているかのように恐ろしい叫び声をあげた。それが済むと、人々は彼の頭を切断し胴体を焼いて、灰をサヴァ川*に撒いた。吸血鬼によって死んだ人々に対しても、彼らが吸血鬼にならないよう死体に同じ処理をした。

このように用心深い処置を施したにもかかわらず、約五年後に同じ災難が勃発するのを防ぐことができなかった。このときは同じ村に住む何人もの人々が非常に奇妙な死に方をした。三カ月のあいだに十七人の老若男女が吸血鬼の仕業によって死んだが、突然死した者もいれば、二、三日苦しんだのちに死んだ者もいた。その中に、ヨビッツォという名のハイドゥクの娘で、スタノシユカという女性がいた。彼女は、どこも異常のない状態で就寝したが、夜中に目を覚まし、恐ろしい叫び声をあげた。そしてミロという名のハイドゥクのひとり息子が（その男は約三週間前に亡くなっていたが）、寝ている彼女を絞め殺そうとした、と主張した。彼女はそのときから体がやつれ、三日以内に死んだ。この若い女性の言ったことから、ミロの息子がヴァンパイアであることが発覚し、死体を掘り出してみたところ実際そうであることがわかった。土地の有力者たち、とりわけ医者たちは、どうして予防措置を講じたにもかかわらず、こんなに恐ろしいかたちで吸血鬼が復活したのか詳細に調べ始めた。厳密な調査により、死んだアルノルト・パウルは前述の四人の血を吸ったばかりでなく、家畜の血も吸っており、ミロの息子をはじめとする新たなヴァンパイアはその肉を食べていたことが判明した。事の次第を知った人々は、一定期間以内に亡くなった人すべての死体を掘り返すことを決意した。実際に行ったところ、四十体のうち十七体が明らかにヴァンパイアであることがわかった。それらの心臓にくいを打ち、首をはね、胴体を燃やして灰を川に撒いた。われわれが話してきたすべての情報は法的に取りあげられたもので、なされたすべての措置は、正式に書かれた証明書に見られるとおり、近隣の駐屯部隊の将校たち、いくつかの連隊に所属する外科医たち、土地の有力者たちが証言したものである。その逐語的な報告が、この一月末にウィーンの軍事評議会に送られ、評議会はただちにこれらの事柄を調査する特別委員会を組織した。いま述べたことは、村のハイドゥクの長ハドナギ・バリアレールと、ヴェルテンベルクのアレクサンドル公の中尉バチュエ、フェルステンベルクの連隊の軍医長フリックステンゲル、同じ連隊の軍医三名、その他数名の人が証言している」

＊『ユダヤ人の手紙』　ジャン・バプティスト・ドゥ・ボワイエ（一七〇三―七一、フランスの思想家・作家）による書簡体小説。サウジーが引用しているのはその英訳。
＊『メルキュール・イストリーク・エ・ポリティーク（歴史と政治のメルクリウス）』　一六八六―一七八二年発行のフランス語の雑誌。
＊スラヴォニア　クロアチアの一地域。
＊皇帝陛下の軍　神聖ローマ皇帝カール六世（在位一七一一―四〇）のオーストリア軍。
＊キシロヴォ　セルビアにある村。当時はオーストリア軍の占領下にあり、ハンガリー領。
＊『グラヌール（落ち穂拾い）』　一七三一―三三年、オランダで発行されたフランス語の雑誌。
＊オッピーダ　ラテン語で「町」
＊ティサ川　バルカン半島を流れる川。
＊ハイドゥク　ハンガリーの傭兵の一団。
＊メドヴェージャ村　セルビアの村。

＊サヴァ川　バルカン半島を流れる川。

▽247　カーフ　イスラム教宇宙論で世界を取り巻く山脈。

▼416　読者は「レノーレ」*を想起するだろう。意図せぬ類似が生じたのは主題のせいである。私はビュルガーが同じ道を先に行ったからといって、道をそらすことはできなかった。「バークレーの老婆」*は、ばかげたことに、そのまねのできないバラッドを模倣したものだと言われている。この二つが似ているというのは、マケドニアとモンマス*が似ているというのに等しい。どちらもバラッドで、どちらにも馬が出てくる。

＊「レノーレ」　ドイツの詩人ビュルガー（一七四七―九四）のバラッド（民間伝承の物語詩）。出征した恋人ヴィルヘルムの帰りを待ちわびるレノーレのもとにヴィルヘルムが現れ、馬で連れ去るが、すでに彼は死んでいて、レノーレは墓場に連れて行かれる。

＊「バークレーの老婆」　サウジーのバラッド。罪深いバークレーの老婆が死に瀕して、悪魔から自分を守るよう修道士の息子と修道女の娘に遺言するが、子どもたちの努力の甲斐なく、馬に乗った悪魔に連れ去られる。

＊モンマス　イギリスはウェールズの町。

▼448　モハーレブはどのようにしてこの島のスルタンになったのか？『ドン・キホーテ』を読んだことのある者なら、冒険者たちに占領される島*が常にあることを知っていよう。モハーレブは前のスルタンを殺害し、代わって統治者になったのだ。ドムダニエルの者にできないことはない。説明を入れたら主筋の流れが中断してしまっただろう。

＊島　ドン・キホーテは、将来島を手に入れたら統治を任せるとサンチョ・パンサに言って、彼を従者にする。

第九巻

▽35　イブリース　イスラム神話の悪魔。第二巻130行および註参照。

▽136―138　神の名において……浄化されるだろう。　第三巻59―61行。

▽139―140　邪悪な者は……実行するのだ！　第五巻457―458行。

▽219　あの恐ろしい炎　第二巻冒頭参照。

▼273　私はこの死の様相を闘牛で見た――それはスペイン人とポルトガル人の忌むべき娯楽だ。わが国にとって名誉なことに、この見世物を二度見にいくイギリス人はほとんどいない。

▼278　「彼らは山猫*という動物を飼っている。それは虎のように斑点があるが、とてもおとなしくて従順だ。馬に乗せて連れていき、ガゼルを見つけると解き放つ。ガゼルは途方もなく足が速いが、山猫はとても敏捷で、三

回跳躍すれば獲物の首に飛びつける。ガゼルは小型のアンテロープの一種で、この国にはたくさんいる。山猫は鋭いかぎ爪で即座にガゼルを窒息させるが、もし不運にもしくじってガゼルが逃げたら、恥じ入り狼狽してその場に留まる。そんなときは身を守ろうともしないので、子どもでも山猫を捕らえたり、殺したりすることができるだろう」タヴェルニエ

＊虎のように斑点がある　ヒョウとの混同。

▽307　マンドレーク　ナス科の植物。二叉で人体を思わせる多肉の根は有毒。この根には魔力があるとされ、引き抜くと悲鳴をあげ、それを聞くと死んだり気が狂ったりすると信じられた。危険を避けるため、犬にひもでつないで引かせるという方法が考案された。ここでは犬の代わりに山猫に引かせている。

▽326　マンチニール　熱帯アメリカ産の樹木。乳状樹液と果実は有毒。

▼328　「蠟についていては蜂によって得られるものが、もっとも品質が良く、純白だ。蠟は豊富にあって帝国じゅうに供給されている。いくつかの省が生産しているが、湖広省＊のものが量においても白さにおいてもほかのどの省にもまさっている。山東省では低木から採るが、湖広省ではインドのパゴダやヨーロッパの栗の木ほどもある大きな木から採取する。自然が蠟を生成するしくみは、われわれの目にはとても奇妙に映る。この地方にはある生き物、ノミほどの大きさの昆虫がいて、とても鋭い針をもっており、人や動物の皮膚を刺すだけでなく、木の枝や幹も刺すのである。山東省に棲息するものが珍重されていて、そこの住民は木から卵を採ると、湖広省まで売りに行く。春になると卵がかえって幼虫になる。それを初夏の頃に木の根元に置くと、這いのぼっていって見事に枝全体に広がる。幼虫はそこに陣どると、木をかじり、穴を開け、芯まで掘り進む。そしてその滋養物を雪のように白い蠟に変えて、掘った穴の入口まで運び出す。そこで蠟は風や寒気にさらされ凝結して玉になる。木の持ち主はそれを集めて、われわれと同じようにかたまりにし、それが中国じゅうで売られるのである」カレーリ

デュ・アルド＊の説明はこれとは少し違っていて、「幼虫は木の葉にへばりついて、じきに、蜂の巣よりもずっと小さな、蠟でできた巣を作る」と彼は言う。

＊湖広省　中国のかつての行政区域。現在の湖北省・湖南省。

＊デュ・アルド（一六七四—一七四三）フランスのイエズス会士。『中華帝国全誌』（一七三五）。

▼342　悪魔は煙や炎を吐くので、その組成に火がはいっていることはよく知られているが、魔女も悪魔に近い性

質を持っているゆえ、魔女の体自体が火口箱《ほくちばこ》になっていると考えても何らおかしくはない。残念ながら天使たちを引き合いに出すことはできないが（もしできたら最高の権威なのだが）、私は、これが宗教の外見を装った、悪魔《ベルゼブル》のいかさまであることを示すことができる。聖者たちがたやすく燃焼できることについては枚挙にいとまがないのだ。「それは聖エルフレッド*が女子修道院長に選ばれる前、彼女が夜明け前に、ほかの修道女たちと教会の朝課に出たときのことだった。慣習に従って中央に進み出て日課を読んでいると、手元を照らすロウソクが消えてしまい、明るさが足りなくなってしまった。すると突然、彼女の右手の指からけた外れの明るさが発せられ、その光で彼女だけではなく、列席した者全員が読むことができたのである」『イギリス殉教者列伝』（一六〇八）。

＊聖エルフレッド　不詳。イングランド、ラムジーにあったベネディクト派修道院に所属した十世紀の修道女と思われる。

▼344　よく知られた魔法の儀式。古代ギリシア・ローマの迷信にまでさかのぼり、おそらく今日でもまったく信じられなくなったわけではない。

▽348―349　邪悪な者は……実行するのだ！　第五巻457―458行、第九巻139―140行。

▽361　聖ポリュカルポス（六九頃―一五五頃）スミルナの主教。聖人。使徒ヨハネの弟子。火あぶりになって殉教した。

▽384　かぎのついた……翼でへばりついていたが　実際は後足でつかまり逆さにぶら下がる。

▼409　「ルーバール（下降する場所）と呼ばれるアララト山*に聖グレゴリウス*の修道院がある。なかなか信じがたいことだが、修道士たちの言うには、そこにノアの箱船の一部がまだ残っていて天使たちが守っているという。この山に登ろうとすると昼間に登った分だけ夜のあいだに戻されてしまうそうである」パーチャス*

＊アララト山　トルコ東部、イラン国境近くの山。ノアの箱船の上陸地。創世記8章4節。

＊聖グレゴリウス（二四〇頃―三三二頃）啓蒙者グレゴリウス。アルメニアの使徒。アルメニアをキリスト教化した。

＊パーチャス『パーチャスの旅行記』にはルーバールへの言及はあるが、名前の由来は述べられていない。別の典拠があるものと思われる。

▼413　バドル*で殺されたイスラム教徒の血から、バルサムの木の茂みが生え出たと言われている。

「バルサムの木は天人花の小枝くらいの大きさで、葉はマヨラナの葉に似ている。クサリヘビはこの木々のそばに棲み、場所によってたくさんいるところもある。バルサムの樹液はクサリヘビの一番の好物で、彼らはその葉陰を好む。（……）もし誰かがクサリヘビにかまれても、傷は焼きごてを当てた跡に似ていて重大なことにはならない。バルサムの樹液を餌にしているので（この木はどの木にもまして芳香性が強い）、その毒は致死的なものから穏やかなものに変わっているのだ」パウサニアス

＊バドル　六二四年のバドルの戦い。ムハンマドがメッカのクライシュ族を破った戦い。

▼415　イギリスの一般の人々が、筋肉線維のこの変化を知るようになってもうかなりになる。このことが知られていない時分に、知識人たちが鯨蠟を忌み嫌って、「それは死人の脂肪だから」と言うのを私は聞いたことがある。

▽415　グール　墓をあばき死肉を食う悪霊。

▼442　「死者は痛みを感ずる、と彼らは思い込んでいる。ポルトガル人の紳士が、ある日、知らずに墓場に迷い込んでしまったことがあった。するとムーア人が来て、すったもんだのあげく、彼をカーディー*の前につき出した。紳士は暴力をふるわれたと苦情を言い、自分はなにも悪いことはしていないと主張した。だが法官は、あなたは間違っていると告げ、あわれな死者たちはキリスト教徒の足に踏まれて苦痛を受けたのだ、と言った。ムーレイ・イスマーイール*はかつて、妻のひとりを墓地に連れてきたことがあった。人々は親類縁者の骨を取りのぞき、彼のおかげで死者も生者も静かに休ませてもらえないのだ、と言ってこぼした」シェニエ

＊カーディー　イスラム世界の、民事・刑事をつかさどる裁判官。

＊ムーレイ・イスマーイール（一六四五―一七二七）アラウィー朝モロッコの第二代スルタン（在位一六七二―一七二七）。

▽469　決して死なない、百の頭をもつ龍（Worm）'worm'には龍、ヘビ、蛆虫の意味がある。479行の註参照。

▼479　「イスラムの伝承はこれ以上に恐ろしい。悪人の肢体は復活の時まで、七つの頭をもった九九頭の龍にかまれ刺されるのだ。ほかの説では、悪人の罪は毒をもった動物になって、重い罪は龍のように、軽い罪はサソリのように、その他の罪はヘビのように刺すという。この話を比喩的なものと解する人もいる」セールの「序論」

このイスラムの話は聖書にまでさかのぼることができるだろう、「その蛆（worm）は尽きることがない」*

＊「その蛆は尽きることがない」「地獄では、蛆がつきず、火も消えることがない」マルコによる福音書、9章44、46、48節。

▼489　「ライラ・アル＝カドル*の夜は、言葉にできない

奥義に特別に捧げられていると考えられている。この夜には、隠された千の驚異が出現するという説が流布している。このとき、すべての無生物が神を崇拝し、この神秘の時にあっては海の水は塩分を失って真水になるとされる。それほど神聖なので、この夜に唱えた祈りは、その後千カ月にわたって唱えた祈りと同じ価値があるのだという。『フルカーン』*という有名な神学書の著者が言うには、それを信者に顕わすことをこれまで神は嘉《よみ》し賜わなかった。いかなる預言者も聖者もそれを見出すことはなかった。それゆえこの夜は、たいそう尊く、神秘的で、天に好まれているが、いまだかつて出現したことがないのだ」ドーソン

＊ライラ・アル＝カドル　ムハンマドにはじめて啓示が下されたとされる夜。通例、ラマダーン月の二十七日の夜に祝う。

＊『フルカーン』　不詳。『コーラン』25章「フルカーンの章」の注釈書か?

▼633「ラグーザ*のある医師が、その小共和国より、トルコ皇帝と交渉する役に任ぜられた。それに向けて出航する前に、彼は赤毛の少年を供の者とした。その子はある寡婦のひとり息子で、母親は貧しいが貞淑で有徳な女性だった。この特使はコンスタンチノープルに着くとすぐに、自国のための交渉がしやすくなるように引き立ててもらおうと、陛下付きの第一侍医に声をかけた。そのイスラムの医師はラグーザの少年を見るや、あらゆる手管を使って主人に少年を手放すよう仕向けた。少年自身は、最後に、コンスタンチノープルに残ることを望んだが、それは明るい将来を約束されて嬉しかったのと、自分を生んだ母親に対し、やさしく、男気あふれる思いやりを示されたことに心打たれたからであった。少年は主人に、その異邦人のもとに自分を置いていくよう求め、そのために受けとるお金を母親に届けてほしいと懇願した。そこでラグーザの医師は従者をそのビザンティン人に委ね、千ゼッキーノ*の金を受けとった。数日後、このイタリア人は、いとまごいをし、厚情に対する礼を言うためにイスラムの医師のもとに行った。そして出発前に是非、赤毛の少年に会いたいと申し出た。そのトルコ人は、少年から毒を取ったことを認めざるをえなくなり、彼をある部屋に連れて行くと、そこでは少年の裸の死体がまだ逆さ吊りになっていた。赤毛の少年の先の主人はその光景に大変驚いたが、以下の話を聞いてなおのこと驚いた。少年は死にいたるまで六時間にわたって、奴隷たちから代わる代わる腹を打たれたという。そして彼の口から出た最後の泡から毒が作られたが、その毒はとても浸透性が強く、その中に浸けた針の先で馬のあぶみに触れると、馬に乗った者は即死するのだ」トリスタン氏*

による『本当にあった非道な出来事の告発と弁明』（一六五〇）。

この本には、ラグーザの医師に対する母親の告発と、医師の弁明が載っている。母親は、彼自身が医者なのだから、その異教徒の医者が赤毛の少年を買い取って何をしたかったのか知らなかったはずはなく、彼自身も法を犯すことを恐れなかったら息子を同じ目にあわせていただろう、と述べている。あとはいつものトリスタンのレトリックで書かれている。

イスラム教徒は、この毒の製造のために赤毛のキリスト教徒を使ったが、キリスト教徒のトルコ人が使われたようだ。だがトルコ人はなかなか捕まらないのでユダヤ人で代用されることもある。

＊ラグーザ　シチリアの都市。
＊ゼッキーノ　十三世紀にイタリア・トルコ・マルタで造られた金貨。
＊トリスタン氏　トリスタン・レルミット（一六〇一頃―五五）フランスの劇作家。

第十巻

▼2　ウパスの木についての作り話は『植物園』*の記述でよく知られているので繰り返すまでもない。ここでは、この木が罪深い島民*たちへの罰として生え出たと言われている、と述べるだけで充分だろう。
わが国の昔の旅行家は誰もこの木に言及していない。旅行家は驚異的なものを好むので、もし本当のことなら、こんな途方もない話に触れないはずがない。こんな話がひとりのオランダ人によって創り出されたかもしれない*とは興味深い。

おそらくウパスの木の話の種は次の一節にある。

「さきほどの島（ジャワ島）のそばにパンテンもしくはタサラマシンという別の地方がある。この地には粗挽き粉、蜂蜜、ワインを出す木、さらに世界中でもっとも強い毒を出す木がある。これを解毒する方法は一つしかなく、それは以下のようなものである。もし誰かがこの毒を飲み、それがもたらす危険からのがれたいと思うなら、人糞を水でうすめよ。それを大量に飲めば、たちどころに毒は消える」フランチェスコ会修道士オドリクス、ハクルートから*

＊『植物園』　エラズマス・ダーウィン（一七三一―一八〇二、イギリスの医師、詩人、チャールズ・ダーウィンの祖父）による自然哲学詩。
＊島民　ジャワ島の住民。
＊ひとりのオランダ人によって創り出されたかもしれない　ジャワ島がオランダの植民地であったことからの推測。
＊ハクルートから　リチャード・ハクルート（一五五二頃

一六一六）の『イギリス国民の主要航海記』第二巻に収録されたオドリクスの『東洋旅行記』英訳からの引用。

▼34 「トルコ人は、通りすがりの者が死者の魂のために祈ってくれると信じ、道端に埋葬する」タヴェルニエ

▼45 「その日は一日中、前日と同様に雪で覆われた平原を移動したが、その深い雪を越えて行くのは、実のところ煩《わずら》わしいのみならずとても危険でさえあった。災いのもとは日がな一日、雪に照りつける日差しで、焼けつくような熱さで目と顔を痛めつけるので視力が弱ってしまう。土地の人々がするように、緑や黒の薄い絹のハンカチーフで顔を覆うなどしてみたが、どんな方策を採っても、少しも苦痛を減ずることがないのだ」シャルダン

▼69 レバノン杉について、ドゥ・ラ・ロックが奇妙な説明をしている。『シリアとレバノン山脈の旅』（一七二二）。

「（……）これらの杉の木の無数の枝は、どれもたけが同じで、まるで刈り込んだように見え、いわば車輪か傘のような形をしているが、マロン派教徒*によれば、雪が降り始めるとたちまち形を変えるのだという。広がっていた枝はいつのまにか上を向き、いわば一つになって先端を天に向け、全体でピラミッド状になる。彼らによると、自然がこの動きを引き起こし、新しい形状を取らせるのだという。さもないと木々は雪の大変な重みに耐えきれず、長い年月にわたって残ることができないのだ」

＊マロン派教徒　シリアに始まったキリスト教の一分派でレバノンに多い。

▼212 オリエンタリストたちがこの疑似科学に魅せられたことはよく知られている。ジャン・シャルダン卿の旅行記に人々の愚かさを示すおもしろい事例がある。

「サフィー・ミールザー*はイスラム暦一〇五七年に生まれた。ペルシア人は迷信深く、誕生日を明らかにしない。彼らは占星術を盲信しているので、王子誕生の日時を用心深く隠して誕生占いをさせないようにする。占いによって知りたくもないことを知ってしまうかもしれないからである。

この王子の戴冠式に、ふたりの占星術師が呼ばれ、天体観測儀を手に、（ペルシア語の表現に従えば）幸運の時を取るべく、吉兆の星位が示す幸先のよい時を読んで、この重要な行事の次第を決めた。

サフィー・ミールザーは不節制によって健康を損ね、そのため主任侍医は強い警告を受けた。「彼の命は王の命次第であった。もし助命されたとしても、財産と自由を失うことは確実だった。これがアジアの王が死んだとき、王の侍医だれにでも起こることなのである。皇太后も、裏切りだとか無知無学だとか言って彼を非難した。息子の医者なのだから、息子を治す義務があると信じて

いたのである。思案に暮れた医者は、どんな処方も効かなかったことから、ガレノス*やヒッポクラテス*の医学書にも載っておらず、大抵の医者には思いもよらぬ全く独自のやり方を考案した。突飛な発想のごまかしにより、彼がそのときやったことといえば、過ちを星と王の占星術師たちのせいにして、占星術師たちが全面的に悪いのだと声高に叫ぶことだった。もし王がおやつれで健康を取り戻せないとしたら、それは占星術師たちが幸運の時、すなわち戴冠の時にふさわしい吉兆の星位の相を読みそこなったせいであると主張したのである」この策略は成功し、王はスレイマーンなる新しい名によって、二度目の戴冠を行ったのだ！」シャルダン*

＊サフィー・ミールザー　サファーヴィー朝ペルシア第八代の王スレイマーン（在位一六六六―九四）の幼名。一六六六年、サフィー二世として即位し、一六六八年、スレイマーンとして再戴冠した。

＊ガレノス　（一二九―一九九頃）古代ギリシアの医者。ルネサンスに至るまで医学の権威とあおがれた。

＊ヒッポクラテス　（前四六〇頃―三七七頃）古代ギリシアの医者。科学的医学の基礎を築いた。

＊シャルダン　『ペルシア王スレイマーンの戴冠』。この書は『ジャン・シャルダン卿のペルシアと東インドへの旅』の一部として収録されているが、もとはイスファハンの宮廷史家ミールザー・シャフィーの著作。

▼284「特定の星位のもとで作られた真鍮の頭像は、その所有者にどんなときにも応答し、まるで導き手や助言者のような役割を果たす、と信じている人がいるが、その誤りをわれわれはいまや正さなくてはならない。そのひとりイエペスなる人物は、エンリケ・デ・ビリエナ*がマドリードでそのような像を作ったと主張する。それはのちにカスティーリャ王フアン二世*の命で粉々にされたという。同様の像を作ったと、バルトロマエウス・シビラ*や『世界の姿』*の著者は、ウェルギリウス*について主張する。またウィリアム・オヴ・マームズベリ*はシルウエステル*について、ジョン・ガワー*はロバート・オヴ・リンカン*について、イギリスの民衆はロジャー・ベーコン*について同様の主張をし、さらにアビラの司教トスタトゥス*、ヴェネツィアのジョルジョ*、デル・リーオ*、シビラ、ラグセウス*、デランクレ*その他、数えきれないほどの人がアルベルトゥス・マグヌス*について同じ主張をする。彼はこの技の大家で、真鍮で全身の像を作ったが、それに三十年を費やし、そのあいだ一度も中断することなく、さまざまな星相・星位のもとで作り続けたという。たとえば、前述のトスタトゥスの出エジプト記註解によれば、彼が目を作ったのは、太陽が十二宮の目に対応する宮にはいったときで、いくつかの金属を混ぜ合

わせて鋳造したが、それらの金属はそれぞれ同じ宮と運星の記号、そしていくつかの必要な星相によって特徴づけられているものだった。同様の方法で彼は、頭、首、肩、もも、足をそれぞれ別々のときに作って、合わせて人間の形にした。それはとても有能で、このアルベルトゥスが大きな困難に陥ると必ず解決策を授けてくれたという。この像の話にいい足りない部分があってはいけないので、さらに伝えられていることを付け加えると、像は聖トマス*によって粉々にされたが、それは像があまりによくしゃべるので、聖トマスが耐えられなくなったというだけの理由によるのである。

　だがアルベルトゥスの人造人間や奇蹟の頭像について、より合理的な説明をするならば、この作り話のもとはヘブライ人のテラフ*に由来すると私は思う。セルデン氏*が主張し、多くの者が同調しているが、創世記のラバンの神々*、列王記上でミカルがダビデの代わりに寝床に入れた像*はテラフを指すと理解すべきである。ラビ・エリーザー*によるとそれは死産した第一子の男の子の首から作られたもので、その舌の下に金の薄片を入れたが、そこには特定の運星の記号や碑文が刻まれていた。迷信深いユダヤ人は、高僧がウリムとトンミム*もしくはエポデ*を身につけているように、これをあちこち持ち歩いた。ここに起源があると推測できる証左がある。アルベルトゥスの人造人間やウェルギリウスが作った頭像は骨と肉でできているが、自然にできたのではなく人工的に作られたのであると、ヘンリー・ダッシア*やバルトロマエウス・シビラが断言しているのだ。だが近代になると、これは不可能だとの判断が文筆家たちによって下された。一方で、偶像、リング、占星術の印形《いんぎょう》に効力があることは有名なので、人々は以来、そのような像は銅などの金属製で、天や運星の吉兆の相のもと人が作ったと考えるようになった（この考えは、トリスメギストス*がアスクレピエイオン*で、次のように主張したことに由来する――一部の神々は至高の神によって作られたが、残りは人間が作ったものである。聖アウグスティヌス*が詳しく説明しているように、人間は何らかの技によって、目に見えない霊と目に見える物質的なものを合体させる力を持っているのだ）。

　私としては、メムノンの像*のように、小さな音や心地よい響きを発する頭像や全身像を人が作りうることを完全に否定するつもりはない。メムノンの像では、夜の冷気により内部で圧縮された空気が、日が昇ると熱で膨張して小さな穴を通って噴き出てくるのである。あるいはそういった像はボエティウス*の像のようなものかもしれない。これについてカッシオドルス*が次のように述べている――「うめき声をあげる金属、ディオメデス*の青銅の鶴は鳴き、真鍮のヘビはシューシューいう。人工の鳥はさえずり、固有の声をもたない青銅の体から美しい歌声を発する」このようなものは、数学的原理に基づいた、自然の魔術の助けによってのみ作られうることは疑いを容れない」『魔術の歴史』*

　この本のタイトルページは欠落しているが、書簡体の献辞にJ・デーヴィスという署名がある。文体、綴《つづ》り、著者の博識ぶりから前世紀の作品と思われる。

＊エンリケ・デ・ビリェナ　（一三八四―一四三四）スペイン、ビリェナの侯爵。

＊カスティーリャ王フアン二世　（一四〇五―五四、在位一四〇六―五四）。

＊バルトロマエウス・シビラ　（一四九三没）イタリアのドミニコ会士。

＊『世界の姿』（一二四五）フランスの詩人、聖職者ゴーチエ・ドゥ・メスによる百科全書的な内容の詩。

＊ウエルギリウス　（前七九―前一九）古代ローマの詩人。魔術師だったとの伝説が中世に流布した。

＊ウィリアム・オヴ・マームズベリ（一〇九五頃―一一四三）イギリスの年代記作者。マームズベリ修道院の修道士。『イングランド諸王事績』（一一二五）。

＊シルウエステル　シルウエステル二世（九四〇頃―一〇〇三）ローマ教皇（在位九九九―一〇〇三）。フランス人初の教皇。

＊ジョン・ガワー（一三三〇頃―一四〇八）イギリスの詩人。『恋人の告解』（一三九〇―九三）。

＊ロバート・オヴ・リンカン　ブルンネのロバート・マニング（一二六四頃―一三三八）イギリスの修道士。年代記作者。ブルンネは現在のリンカンシャー州ボーン。『イングランド年代記』（一三三八完結、一八八九出版）。

＊ロジャー・ベーコン（一二一四頃―九四）イギリスのスコラ哲学者。近代科学的研究の先駆者。博学で科学実験に長じていたために世間の誤解を招き、魔術師と非難されて二度幽閉された。

＊トスタトゥス　アロンソ・トスタード（一四〇〇頃―五五）スペイン、アビラの司教。セルバンテス『ドン・キホーテ』の註に「アビラの司教、アルフォンスス・トスタトゥスは知りうることはすべて知っていると言われている」と述べられている。

＊ヴエネツィアのジョルジョ　不詳。

＊デル・リーオ　不詳。

＊ラグセウス　ゲオルギウス・ラグセウス（一五七九―一六二二）イタリアの哲学者・神学者。

＊デランクレ　不詳。

＊アルベルトゥス・マグヌス（一一九三頃―一二八〇）ドイツのスコラ哲学者。ドミニコ会士。博識ゆえに「大アル

ベルトゥス」また「全科博士」と呼ばれた。

＊聖トマス　トマス・アクィナス（一二二五頃―七四）イタリア最大のスコラ哲学者。ドミニコ会士。アルベルトゥス・マグヌスに師事し、「天使博士」と呼ばれた。『神学大全』（一二六六―七三）。

＊テラフ　（古代ユダヤ人の）家の守り神の像。第二巻26行および註にテラフィムで既出。

＊セルデン氏　ジョン・セルデン（一五八四―一六五四）イギリスの法学者、オリエンタリスト、政治家。

＊創世記のラバンの神々　創世記31章19節以下にラケルが父ラバンの留守中に「家の守り神の像」（ヘブライ語の原文ではテラフィム）を盗み、ラバンに追及される記述がある。

＊列王記上で……入れた像　列王記上はサムエル記上の誤り。その19章11節以下に、ミカルが夫ダビデをサウルから守るため、ダビデを逃がして寝床に像（ヘブライ語の原文と新共同訳聖書ではテラフィム）を入れる話がある。

＊ラビ・エリーザー　第二巻26行註参照。

＊ウリムとトンミム　古代ユダヤの大祭司が神託を受けるために用いた神器。出エジプト記28章30節参照。

＊エポデ　古代ユダヤの祭司が身につけた祭具。

＊ヘンリー・ダッシア　不詳。

＊トリスメギストス　ヘルメス・トリスメギストス（三倍も偉大なるヘルメス）。新プラトン主義の哲学者たちがエジプトの学問と魔術の神トートにつけた名称。啓示により『ヘルメス文書』（一―三世紀頃の占星術、錬金術、魔術、哲学、神学等に関する一群の書物）を書かせたとされる。

＊アスクレピエイオン　ギリシアのコス島にあった、アスクレピオス（ギリシア神話の医術の神）の神域。

＊アウグスティヌス（三五四―四三〇）初期キリスト教会最大の教父。『告白』、『神の国』。

＊メムノンの像　エジプトはルクソールのナイル川西岸にある、アメンホテップ三世の巨像。紀元前二七年の地震でひび割れが生じてから、明け方に悲鳴に似た音を発することから、エチオピアの英雄メムノンが、アキレウスに討たれてこの石像に姿を変え、母エオスを慕って漏らす声とも、エオスが息子を偲《しの》んでむせび泣く声とも言われる。

＊ボエティウス　（四八〇頃―五二四）ローマの哲学者。東ゴート王テオドリックに仕えたが、反逆罪で投獄され、処刑された。主著は獄中で書いた『哲学の慰め』。その像については不詳。

＊カッシオドルス　（四九〇頃―五八五頃）ローマの政治家、著述家。テオドリック以下の東ゴート王に仕えた。引退後、修道院をたてて著述に専念した。

＊ディオメデス　ギリシア神話で、人食い馬を持っていたトラキアの王を指すか？

＊『魔術の歴史』　フランスの司書、ガブリエル・ノーデ（一六〇〇―五三）による『誤って魔術の疑いをかけられた偉人たちすべてのための弁明』（一六二五）のジョン・デーヴィスによる英訳（一六五七）。

▽312　天幕の中で魔神がその名を告げた。第三巻147行。

▼363　「この銘板は第七天に掛かっていて、いかなる改ざんもなされぬよう魔神たちが守っている。その長さは天と地のあいだほどもあり、幅は東の果てから西の果てまでに等しく、全体が一つの真珠でできている。聖なるペンは神の指によって作られた。これも真珠でできていて、とても長くて幅が広いので、駿馬が五百年かけてそのまわりを駆けてもまわりきれぬほど。このペンには特別な性質が賦与されており、ひとりでに動いて過去、現在、未来のあらゆる出来事を書き留める。光がそのインクで、それが用いる言語は天使セラピムのみが理解できる」マラッチ

▼384　「彼らはシャアバーンの月＊の十五日にライラ・アル＝バラーア＊の夜を大いなる不安と恐れをもって祝う。というのも、人間の善行と悪行を書き留めるためにひとりひとりのかたわらに配置されている天使キラーム・アル＝カーティビーンが、持っている帳簿を引き渡し、同じ仕事を続けるために新しい帳簿を受けとる恐ろしい夜だと考えているからである。またその晩には死の天使である大天使アズラエルも、持っている記録を引き渡し、翌年死ぬ運命にある者全員の名が記された新しい本を受けとると信じられている」ドーソン

＊シャアバーンの月　イスラム暦の八月。

＊ライラ・アル＝バラーア　イスラムの祭日で「満月の日」の意。

▼402　死者の審判の天秤はほとんどの宗教の信仰箇条にある。ムハンマドはペルシア人たちからこの観念を借りてきた。キリスト教の修道士たちがどこからこれを導入したのかはわからない。彼らは無知だったので、おそらく自らこの明らかな作り話を考え出したのだろう。「サーキルの幻視」＊に、この儀式が正確に記述されている。「北の壁のはし、教会の中に聖パウロが座っており、壁の反対の外側には悪魔と悪天使たちがいた。悪魔の足下には炎を上げる穴があり、これが地獄の穴の入口だった。釣り合いのとれた天秤が悪魔と使徒パウロのあいだの壁の上に固定されていて、ふたりの前に皿が一つずつ下がっていた。使徒は大小二つの分銅を持っており、どちらも光っていて金のようだった。悪魔も二つのすすけた黒い分銅を持っていた。そして真っ黒な死者の霊たちが次々とやってきて、たいそうおびえ震えながら、この善行と悪行の計量を見るのだった。というのもこれらの分銅は、彼らがなした善行と悪行に応じ、あら

ゆる霊魂の行為を量るからである。皿が使徒の方に傾くと、彼は霊魂を受けとって東の門をくぐり、霊魂が罪を浄めるよう煉獄の炎に導く。しかし皿が傾いて悪魔の方に落ちると、悪魔と悪天使たちは霊魂をひっつかむ。霊魂はみじめに泣きわめき、父母が自分を生んだせいで永遠の苦しみを味わう羽目になったと呪うが、彼らは笑いながらあるいはにやにやしながら、その霊魂を悪魔の足下にある炎の燃えさかる深い穴に投げ入れる。この善悪の審判の天秤は教父たちの著作の多くに見出されるだろう」マシュー・パリス

「シャルルマーニュ*の救済について高僧テュルパン*大司教が次のように書いている。「私、ランスの大司教テュルパンがウィーンにいたとき、自室で祈りを唱えていたら空中に悪魔の軍団が見え大騒ぎしていた。私は悪魔のひとりに、どこから来てなぜそんなに騒ぐのか話すよう厳命した。悪魔はアーヘンから来たと答えた。そこである偉大な王が死に、その魂を運び去ろうとしたができなかったので怒って帰るところだという。私は偉大な王とは誰で、なぜ魂を運び去ることができなかったのか尋ねた。悪魔はそれはシャルルマーニュで、聖ヤコブ*が反対したのだと答えた。そこで私はなぜ聖ヤコブが反対したのか尋ねた。悪魔は次のように答えた。われわれは彼がこの世でなした善行と悪行をはかりにかけていた。すると聖ヤコブがシャルルマーニュの名で建てた教会からたくさんの建材や石を持ってきたので、それがすべての悪行よりずっと重くなってしまった。だからわれわれは彼の霊魂に力を行使できなかったのだ。そう言うと悪魔は消えた」

この大司教テュルパンの幻視から、この世で教会を建てたり修復したりする者は、自分を救うための憩いの家を建てていると私たちは理解しなくてはならない」『シャルルマーニュ皇帝とフランク族の十二臣の物語』

＊「サーキルの幻視」イギリス、エセックスの農民サーキルが一二〇六年に経験したとされる神秘体験の記録。

＊シャルルマーニュ　カール大帝（七四二―八一四、在位七六八―八一四）。フランク王国カロリング朝第二代の王。

＊テュルパン（八〇〇没）ランスの大司教。シャルルマーニュにひいきにされた。

＊聖ヤコブ　イエスの十二使徒のひとり。使徒ヨハネの兄弟。

第十一巻

▼61　救われた者の霊魂は、天国の木立に棲む緑色の鳥に命を与える、と一部のイスラム教徒は考えている。異教徒のアラブ人は、死者の脳のあたりの血がハーマという鳥になり、百年に一度、墓を訪ねてくると信じていた

ので、彼らを取り込むためにこの説は考案されたのだろうか？
　これについて、『ムアッラカート』*に言及がある。「そのとき、私は確かにわかった、彼らとの激しい戦いのさなか、多くの痛撃により、脳にいる鳥が、ひとりひとりの頭蓋骨からすばやく飛び立っていこうとするのが」アンタラ*の詩
『バハーリ・ダーニシュ』では、オウムは天国の住人に似た緑衣の者たちと呼ばれている。同作品からの以下のくだりは同じ迷信への言及かもしれないし、あるいは中東特有のいつもの誇張表現で書かれた単なる比喩かもしれない。「英知の鳥が私の脳の巣から飛び立った」「私の関節と四肢はバラバラになろうとしているかのようで、命の鳥が私の体の巣から離れようとしているかのようだった」「私の魂の鳥は、彼女のつややかな巻き毛の網に捕らえられた」（……）
　マロン派*の殉教者、フランシスコ・ホルへ*の墓に、異常に大きな二羽の見知らぬ鳥がやってきた。どこから来たのか誰も知らなかった。その鳥たちは彼の魂の純粋さと不屈の活動を象徴していた、とヴァスコンセロス*は言う。

＊『ムアッラカート』　イスラム化以前のアラビアで作られた七篇の詩。第三巻344行の註に既出。

＊アンタラ　六世紀のアラビアの詩人。引用は『ムアッラカート』収録のものとは別の作品。

＊マロン派　第十巻69行註参照

＊フランシスコ・ホルへ　不詳。

＊ヴァスコンセロス　第四巻285行註に既出。ただしこの出典は不詳。

▽99―105　なんと！……それは実のついた枝だった。ノアの洪水のあと、ノアの放った鳩がオリーブの枝を加えて戻ってくる、創世記8章10―11節の記述を踏まえている。

▽100　シバ　香料・宝石の交易で栄えた南アラビアの国。今日のイエメン。列王記上10章1―13参照。

▼114　「アリー*の息子、フサイン*が重い病気にかかったとき、フサインは、季節はずれだったが、ザクロが食べたいと言った。アリーは出かけていって、熱心に尋ね歩き、あるユダヤ人が一つだけ持っているのを見つけた。それを手に入れて帰る途中、彼は病人に出会った。病人はザクロを食べると病気が治るので半分わけて欲しいと彼に乞うた。アリーは半分をわけ与えた。病人はそれを食べ終わると、残りの半分もゆずって欲しい、それを食べれば早く完治するからと言った。アリーは寛大にもそれに応じ、息子のもとに戻って起こったことを話すと、フサインは父の行ったことを是認した。

するとたちまち奇蹟が起きたのだ！　ふたりが語り合っていると、やさしく扉をたたく音がした。アリーは召使いの女に応対させた。女が出ると、そこにはひとりの男がいて、その男は誰よりも眉目秀麗だった。緑の絹をかぶせた皿を持っており、皿には十個のザクロが載っていた。女は男とザクロの美しさに驚き、ザクロを一つ取って隠し、残りの九つをアリーのところへ持っていった。アリーは贈り物に口づけをした。数を数えてみると一つ足りなかったので、そのことを召使いに伝えたら、あまりに美しいので一つ取ったと女は白状した。アリーは女を放免した。このザクロは天国のもので、フサインは香りを嗅いだだけで病が癒え、すぐに立ちあがったかと思うと活力を完全に取り戻した」マラッチ

「これは、誰かキリスト教の聖人によって本当に起きた奇蹟を、誤ってアリーが起こしたとしたのではないか」とマラッチは言う、「事の真偽はどうあれ、神が、すばらしい慈善行為に対してはたとえ異教徒であっても特別の恩寵で報いることは、あり得るように思われる。時に神は、驚くような懲罰を極悪な罪に対して下すこともあるのだから。だがザクロが天国から贈られたという主張は明らかに作り話だ」

　マラッチはイスラムの奇蹟を詳述し、あざけったのち、それと対比して、キリスト教の真にして永遠の奇蹟をいくつか補遺において挙げている。こちらは全世界で、証言により正しさが証明されているものである。彼が選んだのは以下の五例だ。

　一、ロレート*の礼拝堂。天使によってナザレからイリリクム*に、そしてイリリクムからイタリアに運ばれた。信頼できる使者が両地に派遣され、どちらにおいてもその古い基礎の寸法と素材が完全に一致していることを発見した。

　二、東インドはマリプリターナの都（マスリパタン*）の聖トマス*の十字架。聖トマスは十字架の上に手足を伸ばして祈っているところを、あるバラモンによって殺された。彼の殉教の記念日には、ミサの最中にその十字架が次第に光り出し、やがて全体が白く光り輝く。聖体奉挙に際してもとの色に戻り、おびただしい血の汗を吹き出す。信者たちがそれに衣服を浸すと、それによって多くの奇蹟がもたらされる。

　三、ケルティッシムム・クイア・エウィデンティッシムム*——プーリア州バーリ（アドリア海沿いのバーリ）で、聖ニコラウス*の遺骸から液体が流れ出て、人はそれを聖ニコラウスのマナ*と言う。それを瓶に保存すると、（持ち主が堕落しない限り）決して腐敗したり虫が湧いたりしない。そして日々奇蹟を引き起こす。

　四、トレンティヌム（アンコーナの辺境地方のトレン

ティーノ）*では、キリスト教界に大きな災いが迫ると、聖ニコラウスの腕が血でふくれあがり、大量に血が流れ出る。
　五、ナポリの聖ヤヌアリヌス*の血。
これらは「ミラクーラ・ペルセウエランティ（永遠の奇蹟）」で、イスラムの奇蹟のように、悪魔のトリックではない、とマラッチは言う。

*アリー　（六〇〇頃―六一）第四代正統カリフ。ムハンマドの従兄弟。第一巻337行註に既出。

*フサイン　（六二六―八〇）アリーの次男。母親はムハンマドの娘ファーティマ。

*ロレート　イタリア中部アドリア海沿いの都市。

*イリリクム　古代ローマの属州。アドリア海をはさんでイタリア半島の対岸にあたる地域。

*マスリパタン　マチリパトナム。インド中部、ベンガル湾沿いの都市。

*聖トマス　イエスの十二使徒のひとり。インドで伝道したという言い伝えがある。

*ケルティッシムム・クイア・エウィデンティッシムム　ラテン語で「全く明らかで確実な事柄」の意。

*聖ニコラウス　（三五〇頃没）小アジア、ミュラの司教。エジプト、パレスチナに巡礼し、帰国して主教となる。没してミュラの聖堂に葬られたが、のち遺骸はバーリに移された。子ども、学者、旅人、商人の守護聖人。

*マナ　出エジプト記で、ユダヤ人が荒野において神から恵まれた食物。転じて神与の食物。

*トレンティーノ　イタリア中部マルケ州の町。

*聖ヤヌアリヌス　（三〇五没）イタリアの殉教者。ディオクレティアヌス帝のキリスト教迫害の際、ナポリ郊外で殉教した。そのとき流したとされる血がガラス容器に保存され、「血の奇蹟」を示すとしてナポリで崇敬の対象になっている。ナポリの守護聖人。

▼138　『バハーリ・ダーニシュ』ではスィーモルグは個体ではなく種とされている。これは異説である。スィーモルグが単一であることは伝奇物語《ロマンス》のあらゆる正典に記されている。
　スィーモルグはグリフィン*のような怪鳥である。『カフラマーンの物語』*によれば、スィーモルグはあらゆる時代と生き物を超えて存在していて、それはアダム以前にまでさかのぼるという。この生き物は理性を備えているが人の姿はしていない。（……）

*グリフィン　ギリシア神話の怪物。鷲の頭と翼、ライオンの胴を持つ。

*『カフラマーンの物語』第六巻286行註の『カフラマーン・ナーメ（英雄の書）』と同じ文献と思われる。

▽276―278　夕暮れに……あの魅力的な鳥のように豊かに

さえずることもなかった　ナイチンゲールを指す。おそらくミルトン「沈思の人」61―71行への言及。ただ「沈思の人」の語り手はナイチンゲールの声を聞きたくて散策しているが、実際に聞いてはいない。

第十二巻

▽203　グリフィン　第十一巻138行註参照。

▽318　テラフ　第二巻26行および註参照。

▽370　あの霊感を受けた魔女の言葉　魔女とはハウラ。第九巻78―79行参照。

▽406　曙の王子　第二巻137行および註参照。

▼456　「アラフはイスラム教徒の考える、天国と地獄の中間の場所である。それを天国と地獄を分ける垂れ幕とする考えや堅固な壁とする考えがある。ほかの説によれば、それは一種の煉獄で、そこに留まるのは、生前の善行と悪行が完全に釣り合っていて、天国にはいるほど有徳ではなく、地獄の業火に焼かれるほど罪深くない信者である。この場所からは、救われた人々の栄光が見え、近いので彼らを祝福することもできる。しかし同じ幸福にあずかりたいとの熱望が大きな苦痛をもたらす。やがて審判の日になると、人はすべて審判の前に、創造主に恭順の意を表するよう呼び出され、ここに閉じ込められている者は主の御前で崇敬の念をもってひれ伏すことになるだろう。この宗教的行為は功徳と見なされるので、善行が悪行よりも多くなり、彼らは天国にはいることになる。

　アラフは至福の状態にある者には地獄に見え、永遠の罰を受けた者には天国に見える、とサアディー*は言う」
エルベロー

＊サアディー（一二一〇頃―九二）ペルシアの詩人・思想家。シーラーズに生まれる。教訓的叙事詩『果樹園』（一二五七）、韻文を織り交ぜた散文で教訓文学の粋とされる『バラ園』（一二五八）がある。

▽502　フーリー　第七巻101行および註参照。

訳者あとがき

『タラバ、悪を滅ぼす者』(初版一八〇一)はイギリス・ロマン派の詩人、ロバート・サウジー(一七七四―一八四三)による、全十二巻、約六千行の物語詩である。アラブ人でイスラム教徒の主人公タラバがドムダニエルの悪の魔術師の一味と戦うこの作品は、他のロマン派の大詩人の作品の陰に隠れ、作者の死後あまり注目されることはなかったが、近年再評価されつつある。

十九世紀初頭のイギリスにあって、なぜサウジーは中東を舞台とし、イスラム教徒を主人公で正義の味方にした作品を書いたのだろうか?

中東を舞台にしたのには、十七、八世紀のオリエンタリズムの影響がある。親交のあったワーズワスに、没後、本の虫だったと評されたサウジーは、中東やアフリカへの旅行記を広範に読んで作品に取り入れ、詩の本文に非常に詳しい自註をつけて出典のテクストを引用している。

ドムダニエルの悪の魔術師は、フランス幻想文学の創始者と言われるジャック・カゾットの『続千一夜物語』(一七八八―八九、英訳一七九二)にある話からとっている。またウィリアム・ベックフォードの『ヴァテック』(一七八六)からもサウジーは着想を得た。これは暴君のカリフ、ヴァテックが悪行の限りを尽くし、イブリース(悪魔)の地下の宮殿入りを許されるも、そこで永遠の罰を受ける、というストーリーで、十八世紀後半に流行したゴシックロマンスの代表的作品である。

このように当時エキゾチックな世界としての中東への関心は高かったが、『タラバ』は主人公がイスラム教徒で正義の味方であるという点でユニークな作品だった。イエメンの英文学者シャラフッディンは、サウジーはイスラムに寄り添い、西欧のイデオロギーを押しつけていない、と好意的な評価をしている。たしかに、唯一神への信仰をよりどころに正義を貫くタラバの姿には、一神教としてのイスラム教に対する作者の共感が感じ取れる。しかし自註には、イスラムに否定的な言説が散見されるし、詩の本文においても、第五巻に「いつの日か、バグダッドのモスクから新月旗が「英知」により抜き取られることになろう。そしてヨーロッパの啓蒙された力が東洋を征服し、救うのだ」(84—86)とのくだりがある。バグダッドのかつての繁栄を称えつつ、それが失われたことを嘆く文脈での一節だが、イスラム世界を強引にキリスト教化することが解決策であるとの見解が示され、シャラフッディンの主張とは相容れない。それでも作品全体としては、当時の時代状況を考え合わせると、イスラムにかなり肯定的であると言ってよいのではないだろうか。歳を重ねるにつれ急速に保守化していった彼がのちに、スペインのレコンキスタを背景にした『ロデリック、最後のゴート人』(一八一四)において、イスラム＝悪というあからさまで紋切り型の構図のもとに物語を展開したことを考え合わせると、『タラバ』における好意的なイスラムのイメージはいっそう際だって見える。

実は『タラバ』を執筆する前、サウジーは親友のコウルリッジとの共作で、ムハンマドの生涯をテーマにした詩「モハメッド」を書こうとしていた。これは『タラバ』の自註でも繰り返し引用される、ジョージ・セールの『英訳コーラン』序論に触発されたものである。しかしコウルリッジが不熱心であったことに加え、サウジー自身が、シリアスな詩の主人公に、自分が信じていない宗教の教祖を据えることに内心の葛藤を覚え、この計画は挫折してしまう。

『ロデリック』や「モハメッド」とは異なり、『タラバ』は魔術師たちとの戦いをテーマとした作品である。反体制派の非国教徒から、体制側の英国国教徒へと移っていくサウジーの変節の過程において、『タラバ』執筆時の立ち位置を見定めるのはむずかしいが、彼がプロテスタントのキリスト教徒であったことに変わりはない。舞台をイスラム世界に設定したのは、キリスト教の教義にとらわれず、奇想天外なストーリー展開を可能にするためだったのではないだろうか。サウジーのイスラム観の問題点についてはさらなる検討が必要であろうが、『タラバ』はキリスト教徒とイスラム教徒の対立を扱う歴史的な作品でも、宗教上の真理を問う思想的な作品でもない。魔術の世界を舞台に話が繰りひろげられる、エンターテインメントのファンタジーなのだ。

それでは十九世紀初頭のイギリスでは、魔術はどのようにとらえられていたのだろうか?

中世のイギリス(イングランド)には、ヨーロッパ大陸とは異なり、異端審問所がなかったが、十七世紀前半まではイギリスでも魔術の存在は広く信じられていた。魔女裁判がもっとも多かったのは、一六四〇年代の内乱期である。だが十七世紀後半になると懐疑的な見方が優勢になる。魔術の犯罪による最後の絞首刑が執行されたのが一六八四年、最後の有罪判決が下ったのが一七一二年。そして一七三六年には魔術を罪とする法律が廃止された。これは魔術が現実には存在しないと公に認めたことを意味する。

十八世紀後半には、文学の世界で、先にふれたゴシックロマンスが盛んになる。ゴシックロマンスは、この頃主流になっていたリアリズム小説に対し、現実に縛られずに想像力を働かせることでフィクションの持つ可能性を広げようとするもので、魔術や怪奇現象を特徴としていた。最初のゴシックロマンスとされる『オトラントの城』（一七六四）の初版の序文で、作者のホラス・ウォルポールは、十八世紀の今日「奇蹟、幻、魔術、夢その他の超常現象は伝奇物語《ロマンス》からも放逐されて、「この作品はエンターテインメントとしてしか提供できない」と述べている。

『タラバ』の第十巻以降には悪の権化としての、真鍮でできた生きた偶像が登場する。これに関し、自註ではガブリエル・ノーデの『魔術の歴史』（フランス語の原題『誤って魔術の疑いをかけられた偉人たちすべてのための弁明』）が引かれている。そこではウェルギリウスやアルベルトゥス・マグヌスが同種の生きた偶像を作ったという説を紹介し、いまやその誤りを正さねばならないという主張がなされている。つまりサウジーは魔術によって作られた生きた偶像を詩に登場させておきながら、その実在性を註で否定しているのだ。コウルリッジは、超自然的なものを詩の題材とする自らの創作原理の説明に「不信の中断」という言葉を用いたが、『タラバ』の本文は、「不信の中断」をして、内容の真偽を棚上げして読むべきテクストである。それは一般にファンタジー作品を読むときの態度に他ならない。

『タラバ』はよくエピソードと次のエピソードのつながりが弱いと批判されるが、ほかにも都合のいい偶然の再会があったり、死んだはずの悪者が実は生きていたりするなどプロット上の難点を指摘することができる。しかし緻密な構成をもつ近代小説と異なり、叙事詩では構成上の矛盾は珍しいものではない。しかもサウジーは『タラバ』を叙事詩とさえ呼んでいない。『タラバ、悪を滅ぼす者』のサブタイトルは「韻文によるロマンス」である。彼自身はこの作品をはっきりとゴシックロマンスの系譜に位置づけていたのだ。『タラバ』の欠点とされるものは、エンターテインメントとしてみれば、話を面白くするための約束ごとと言えるだろう。

『タラバ』がそれまでのゴシックロマンスと異なるのは、最初に述べたように正義の味方の主人公が悪と戦うという、わかりやすいヒロイック・ファンタジーの特徴を備えている点である。やや突飛と思われるかもしれないが『タラバ』は話の枠組みが驚くほど『ハリー・ポッター』に類似し、かつ対照的である。『タラバ』の主人公は、悪を滅ぼすことを運命づけられているがゆえに、かえって魔術師たちに命をねらわれ、父や兄弟姉妹を殺されてしまう。母も死に、親切な老人に拾われ、その娘と一緒に育てられるが、やがて自分の使命を知り、復讐を心に誓って旅に出る。これに対し『ハリー・ポッター』では、両親を殺された主人公が、いじわるな叔父夫婦に育てられ従兄弟にいじめられるが、自らの使命を知って魔法界に旅立つのだ。『ハリー・ポッター』の作者ローリングが『タラバ』から着想を得た可能性は高いし、仮に偶然の一致であるとしても、『タラバ』が善悪の戦いをテーマとしたファンタジーの先駆的作品であることに変わりはない。

このような『タラバ』は、ストーリーがスリルとサスペンスに満ちていて、いくつかの巻では終わりの数行でどんでん返しがある。復讐劇の最後は許しがテーマとなっていて、現代の読者も充分楽しめ、感動を呼ぶ作品である。

その一方、本文についた詳しい自註は、それ自体が十七、八世紀のオリエンタリズムの実像を知る貴重で興味深い資料であると同時に、メタフィクションの役割を果たしている。詩において完結したファンタジーの世界を描きながら、自註でそれがフィクションであることを意識させるのだ。この点においても『タラバ』は現代的な作品であると言えよう。

翻訳の底本には、*Thalaba the Destroyer, Robert Southey: Poetical Works 1793-1810.*, Ed. Tim Fulford. Vol. 3. London, Pickering and Chatto, 2004に収録された一八〇一年の初版を用いた。既訳には、高山宏編訳「破壊者サラバ」『夜の勝利――英国ゴシック詞華撰Ⅱ』（国書刊行会、一九八四）がある。ワーズワスやコウルリッジの陰に隠れ、イギリスでもほとんど忘れられていたこの作品をゴシック文学の系譜の重要な作品と位置づけ、全二巻の詞華撰の中でも破格のページ数を充てた、高山氏の慧眼には驚かされる。その格調高い文語訳は、本書を訳出するに当たっても大いに参考にした。ただ詞華撰の一部であるという制約から全訳ではないこと、翻訳時に右記の定本は出ておらず、一八一四年以降の改訂版に基づいていると思われること、自註が訳されていないなどのこともあり、改めて翻訳を出す意味もあろうと考えた。拙訳では、本文を全訳するとともに、自註についても本文と関連するところ、直接の関係は薄くても内容的に興味深いところは訳出し、引用されている文献の著者のリストをつけた。その際、フルフォード編の定本に載っている詳しい書誌情報が役立ったが、同時に、サウジーが読みあさって自註に引用したオリエンタリズムの文献の大半のテクストをインターネット上で直接閲覧できるようになっていたことも大きい。拙訳には今日的観点からすると差別的とされる表現が含まれているが、原作に忠実な翻訳を心がけた結果であることをご理解いただきたい。

翻訳に際しては、多くの方々の協力を得た。特に東京大学附属図書館の徳原靖浩氏にはアラビア語、ペルシア語の表記と意味に関し、とても丁寧なご教示を頂いた。また刊行にあたっては、一昨年に上梓した著書『死者との邂逅——西欧文学は〈死〉をどうとらえたか』に続き、今回も作品社の青木誠也氏に大変お世話になった。篤く御礼申し上げる。

訳者

二〇一七年九月

Wolpole, Horace. *The Castle of Otoranto* in *Three Gothic Novels*. Ed. Peter Fairclough. Penguin, 1968.

高山宏編訳「破壊者サラバ」『夜の勝利——英国ゴシック詞華撰II』国書刊行会、1984。

History of Algiers, 2 vols (London, 1731). 3-92, 4-98.

『ユダヤ人の手紙』*Lettres Juives*, Jean Baptiste de Boyer (1703-71) [英訳 *The Jewish Spy*, 5 vols (London, 1744)]. ボワイエ(フランスの作家・思想家)の書簡体小説。8-146.

ラッセル　Russell, Alexander (1714-68) スコットランドの医者・博物学者。『アレッポの博物誌』*The Natural History of Aleppo*, 2nd edn, 2 vols (London, 1794). 3-302, 402, 5-72.

ラビ・エカザール　Rabbi Ekazar『ラビ　アブラハム・エリーザーの古い錬金術の書』Abraham Eleazar, *R. Abrahami Eleazaris Uraltes Chymisches Werke* (Lipzig, 1760) の作者とされる人物。2-26.

ルーカーヌス　Lucanus (39-65) ローマ帝政初期の詩人。『内乱(パルサリア)』*Pharsalia* [邦訳　大西英文訳、岩波文庫]. 2-195.

レオナルドゥス→『宝石の鑑』

レルミット　L'Hermite, Tristan (1601頃-55) フランスの劇作家。『本当にあった非道な出来事の告発と弁明』*Plaidoyers Historique ou Discours de Controverse* (Lyon, 1650) は散文作品。9-633.

ロバーツ Roberts, William Hayward (1791没) イギリスの詩人・聖書学者・教育者。『ユダ王国再建』*Judah Restored: A Poem* (London, 1774) はユダヤ人のバビロン捕囚からの帰還をテーマにした全6巻の詩。5-120, 132.

参考文献

Bernhardt-Kabisch, Ernest. *Robert Southey*. Boston. Twayne Publishers, 1977.

Fulford, Tim. Introduction. *Thalaba the Destroyer, Robert Southey: Poetical Works 1793-1810.* Ed. Fulford. Vol. 3. London, Pickering and Chatto, 2004.

——————'Coleridge's Sequel to *Thalaba* and Robert Southey's Prequel to *Christabel", Coleridge, Romanticism and the Orient*. Ed. David Vallins, Kaz Oishi and Seamus Perry. London & New York: Bloomsbury, 2013.

Guskin, Phyllis J., 'The Context of Witchcraft: The Case of Jane Wenham (1712)', *Witchcraft in England*. Ed. Brian P. Levack. Articles on Witchfraft, Magic and Demonology 6. New York & London: Garland Publishing, 1992.

Russell, Jeffrey. *A History of Witchcraft*. London. Thames and Hudson, 1980.

Sharafuddin, Mohammed. *Islam and Romantic Orientalism*. London, New York: I. B. Tauris, 1994.

Southey, Robert. *Roderick, The Last of the Goths, Robert Southey: Later Poetical Works 1811-1838*. Ed. Diego Saglia. Vol. 2. London, Pickering and Chatto, 2012.

Speck, W. A. *Robert Southey: Entire Man of Letters*, Yale UP, 2006.

Thomas, Keith. *Religion and the Decline of Magic*. 1971; Penguin, 1991.

White, Daniel E. *Early Romanticism and Religious Dissent*, Cambridge UP, 2006.

Travels to Discover the Source of the Nile, 5 vols（Edinburgh, 1790）［抄訳 『ナイル探検 17・18世紀大旅行叢書10』長島信弘、石川由美訳、岩波書店、1991］. 4-434, 508.
『宝石の鑑』*The Mirror of Stones*, Leonardus, Camillus or Leonardi, Camillo（London, 1750）. 1-387, 2-237, 3-46.
ポーコック　Pococke, Richard（1704-65）イギリスの旅行家。シリア・メソポタミア・エジプトなどに旅し、紀行としてまとめた。『東洋とほかの国々についての記述、第一巻、エジプト見聞記』*A Description of the East, and some other Countries. Volume the first. Observations on Egypt*（London, 1743）. 1-403, 2-322.
ボワイエ→『ユダヤ人の手紙』
マシュー, ウエストミンスターの　Matthew of Westminster 13、4世紀にラテン語で書かれたイギリスの年代記『歴史の精華』*Flores Historiaium*, 3 vols（London, 1570）の作者とされていた人物。3-92.
『魔術の歴史』*The History of Magic*, Gabriel Naudé, trans. John Davies（London, 1657）. 原著のタイトルは『誤って魔術の疑いをかけられた偉人たちすべてのための弁明』*Apologie pour tous les grands personages qui ont esté faussement soupçonnez de magie*（Paris, 1625）. 10-284.
マラッチ　Marracci, Lodovico（1612-1700）イタリアのオリエンタリスト。『コーラン全ラテン語訳』*Alcorani Textus Universus*（Padova, 1698）. 2-130, 6-294, 10-363, 11-114.
マリニー　Marigny, François Augier de（1690頃-1762）『カリフ統治下のアラブ人の歴史』*Histoire des Arabes sous le Gouvernement des Califes*, 4 vols（Paris, 1759）. 3-49, 5-73, 79, 7-186.
マンデヴィル　Mandeville, Sir John　14世紀中頃のイギリスの医師・旅行家。東洋各地を旅行したと称し、旅行記を著したが、実際はオドリクスなどの著作に基づいている。『東方旅行記』*The Voiage and Travaile of Sir John Maundeville*（London, 1725）［邦訳　大場正史訳、東洋文庫19、平凡社、1964］. 7-256.
マンデルスロ（1616-44）Mandelslo, Johann Albrecht von　ドイツの冒険家。オレアリウスとともにペルシアに行くが、そこで一行と別れてインドを旅した。「J・アルブレヒト・ドゥ・マンデルスロの東インドへの航海と旅」『使節たちの旅行記』*The Travells of J. Albert de Mandelslo* in *The Voyages and Travells of the Ambassadors to the Great Duke of Muscovy, and the King of Persia*, trans. John Davies, 2nd edn（London, 1669）. 3-296.
『ムアッラカート』*Moallakat*（*Mu'allaqat*）イスラム化以前のアラビアで作られた7篇の詩。ウィリアム・ジョーンズ訳。3-344, 487, 11-61.
『メルキュール・イストリーク・エ・ポリティーク（歴史と政治のメルクリウス）』*Mercure Historique et Politique* 1686-1782年発行のフランス語の雑誌。8-146.
モーガン　Morgan, J. イギリスの編集者・歴史家。『アルジェリア全史』*A Complete*

家。『エジプトおよびヌビア旅行記』*Travels in Egypt and Nubia*, trans. Peter Templeman, 2 vols（London, 1757）. 3-445.

ノールズ　Knolles, Richard（1540年代の終わり-1610）イギリスの歴史家。『トルコ全史、国のはじめからオスマン家の興隆まで』*The Generall Historie of the Turkes, from the First Beginning of the Nation to the Rising of the Othoman Familie*（London, 1603）. 6-209.

パウサニアス　Pausanias紀元前2世紀のギリシアの旅行家・地誌学者。『ギリシア案内記』*The Description of Greece*, trans. Thomas Taylor, 3 vols（London, 1794）［ギリシア語原文からの抄訳　馬場恵二訳、岩波文庫上下、1991］. 1-247, 6-269, 9-413.

パーク　Park, Mungo（1771-1806）イギリスの探検家。『アフリカ内陸の旅』*Travels in the Interior Districts of Africa*（London, 1799）. 4-474, 6-353.

ハクルート　Hakluyt, Richard（1552頃-1616）イギリスの著述家。『イギリス国民の主要航海記』*The Principal Navigations, Voyages, Traffiques and Discoveries of the English Nation*（London, 1598-1600）. 10-2.

パーチャス Purchas, Samuel（1577頃-1626）イギリスの旅行記編集者。『パーチャスの旅行記』*Purchas, his Pilgrimage*, 2nd edn（London, 1614）. 1-654, 7-256, 9-409.

バトロメオ　Batolomeo, Fra Paolino da San（1748-1806）オーストリア出身のカルメル会士・オリエンタリスト。インドのマラバルで伝道した。『東インドへの旅』*A Voyage to the East Indies*（London, 1800）. 6-309.

バーネット　Burnet, Thomas（1635頃-1715）イギリスの神学者。『地球の聖なる理論』*Telluris Theoria Sacra*（London, 1681）. 7-50.

『バハーリ・ダーニシュ』*Bahar-Danush, or, Garden of Knowledge. An Oriental romance*, trans. Jonathan Scott（Shrewsbury, 1799）. インドの学者イナーヤトゥッラー（Inayat-Allah, 1608-71）が収集したインドの恋愛物語集。「知識の春」の意（英訳は「知識の庭」）。原文はムガル帝国の公用語であるペルシア語。サウジーが用いたのは、イギリスのオリエンタリスト、スコットによる英訳。1-401, 3-344, 4-472, 5-281, 297, 11-61, 138.

ハリス　Harris, John（1666頃-1719）イギリスの編集者・聖職者・地誌学者。『航海記・旅行記集成』*Navigantium atque Itinerantium Bibliotheca: Or, a Compleat Collection of Voyages and Travels*, 2 vols（1705; London, 1744-48）. 3-331. Fulfordによる。

パリス　Paris, Matthew（1200頃-59）イギリスの年代記作家。セント・オーバンズのベネディクト修道院にはいり、修道院の記録を執筆。『大年代記』*Chronica majora*. 10-402.

『フルカーン』*Ferkann* ドーソンが言及するイスラムの神学書。『コーラン』25章「フルカーンの章」の注釈書か？　9-489.

ブルース　Bruce, James（1730-94）イギリスの探検家。『ナイル川源流発見の旅』

ン』*The Koran, Commonly Called the Alcoran of Mohammed*（London, 1734）. サウジーが引用するのは主にその「序論」1-187, 293, 337, 4-120, 7-176, 9-479.

ソニーニ　Sonini, C. S.（1751-1812）フランスの博物学者。『上エジプト、下エジプトへの旅』*Travels in Upper and Lower Egypt*, trans. Henry Hunter, 3 vols（London, 1799）. 6-330.

ソネラ Sonnerat, Pierre（1748-1814）フランスの博物学者。『東インドおよび中国への旅』*A Voyage to the East Indies and China*, trans. Francis Magnus, 3 vols（Calcutta, 1788-89）. 3-342. Fulford による。

タヴェルニエ Tavernier, Jean-Baptiste（1605-89）フランスの旅行家。インド貿易の開拓者。『ジャン＝バプティスト・タヴェルニエのトルコからペルシアへ、そして東インドに至る六つの旅行記』*Les Six Voyages De Jean Baptiste Tavernier En Turquie, En Perse, Et Aux Indes*（Paris, 1676）. 3-402, 4-393, 5-72, 89, 6-310, 345, 355, 8-90, 9-278, 10-34.

デッラ・ヴァッレ Della Valle, Pietro（1586-1652）イタリアの旅行家、文筆家。『世界全史』に引用されている。5-135.

デュ・アルド Du Halde, Jean-Baptiste（1674-1743）フランスのイエズス会士。『中華帝国全誌』（1735）*The General History of China*（London, 1741）. 9-328.

トゥアヌス　Thuanus（1553-1617）ジャック＝オーギュスト・ドゥ・トゥー（Jacques Auguste de Thou）のラテン語名。フランスの政治家・歴史家。アンリ3世、4世のもとでの外交官でナントの勅令の公布に尽力した。1-387.

『トゥフファト・アル＝マジャーリス』*Tofet al Mujalis* 不詳。タイトルは「集いの賜物」の意。1-401.

『東洋詩註解』→ジョーンズ

ドゥ・ラ・ロック De la Roque, Jean（1661-1745）フランスの旅行家。『シリアとレバノン山脈の旅』*Voyage de Syrie et du Mont-Liban*（Paris, 1722）. 10-69.

ドーソン　D'Ohsson, Ignatius Mouradga（1740-1807）アルメニア人のオリエンタリスト。カトリック教徒。オスマントルコでスウェーデン政府の外交官として働き、フランスで執筆活動を行った。『オスマン帝国概観』*Tableau général de l'Empire Othoman*（Paris, 1787）. 3-308, 8-87, 9-489, 10-384.

ニーブール　Niebuhr, Carsten（1733-1815）ドイツの地理学者。『アラビア地誌』*Description de l'Arabie*, trans. F. L. Mourier（Amsterdam and Utrechit, 1774）. 3-300, 402, 4-130.『アラビアおよびその周辺への旅行記』*Voyage en Arabie et en d'Autre Pays Circonvoisins*, trans. F. L. Mourier, 2 vols（Amsterdam and Utrechit, 1776-80）. *Travels Through Arabia, and Other Countries in the East*, trans. Robert Heron, 2 vols（Edinburgh, 1792）. 1-614, 2-335, 345, 399, 3-266, 351, 4-130, 151, 391, 6-27.

ノーデ、ガブリエル→『魔術の歴史』

ノーデン　Norden, Frederik Ludvig［Frederic Louis］（1708-42）デンマークの探検

Hebrews（London, 1641）. 2-26.
ゴービル　Gaubil, Anthony　18世紀イギリスのイエズス会士。6-138.
シェニエ　Chenier, Louis de（1723-1796）ルイ16世の外交官。『モロッコ帝国の現状』*The Present State of the Empire of Morocco*, 2 vols（London, 1788）. 1-394, 3-315, 397, 4-504, 5-433, 9-442.
『使節たちの旅行記』→オレアリウス
ジャクソン　Jackson, John（1807没）イギリスの旅行家。『インドからイギリスへの旅、一七九七年』*A Journey from India, towards England, in the Year 1797*（London, 1799）. 3-294, 5-113.
シャルダン　Chardin, Jean（1643-1713）フランスの宝石商。商用でペルシア、インドを旅行。ユグノー（プロテスタント）であったために、迫害を逃れて、1681年からロンドンに居を移した。『ジャン・シャルダン卿のペルシアと東インドへの旅』*Travels of Sir John Chardin into Persia and the East-Indies*（London, 1686）［フランス語原文からの抄訳『ペルシア紀行　17・18世紀大旅行叢書6』佐々木康之、佐々木澄子訳、岩波書店、1993、『ペルシア王スレイマーンの戴冠』岡田直次訳、東洋文庫749、平凡社、2006］. 5-72, 6-330, 339, 386, 10-45, 212.
『シャルルマーニュ皇帝とフランク族の十二臣の物語』Jeronimo Moreira De Carvalho, *Historia do Imperador Carlos Magno e Dos Pares de Franca.*（Lisboa, 1800）. 10-402.
ショー　Shaw, Thomas（1694-1757）アフリカを旅したイギリス人旅行家。『バーバリとレヴァント諸地域の旅行記、もしくはそれについての見聞録』*Travels, or Observations Relating to Several Parts of Barbary and the Levant*（Oxford, 1738）. 3-287, 315, 5-435, 6-88, 117, 167, 8-103.
ジョーンズ　Jones, Sir William（1746-94）イギリスのオリエンタリスト。サンスクリット語とギリシア語、ラテン語との類似性を研究し、印欧祖語の存在を推定した。『東洋詩註解』*Poesos Asiaticae Commentariorium*（London, 1774）. 3-324, 6-323.「東洋諸国の詩についての小論」'Essay on the Poetry of the Eastern Nations' in *The Works of Sir William Jones*, 6 vols（London, 1799）, Vol. IV. 3-324.
ステファニウス　Stephanius, Stephan Hansen（1599-1650）デンマークの歴史家。『サクソ・グラマティクス『デンマーク人の事績』詳註』*Notae Uberiores In Historiam Danicam Saxonis Grammatici*（Sorø, 1645）. 1-387.
スメリー　Smellie, William（1740-95）スコットランドの印刷業者、編集者。『ブリタニカ百科事典』初版の編集に携わった。『博物学』*The Philosophy of Natural History*, 2 vols（Dublin, 1790）. 5-25.
『世界全史』*An Universal History, From the Earliest Account of Time to the Present*（London, 1736-44）ロンドンで刊行された世界全史。セール、サルマナザールPsalmanazar, George（1679-1763）らが寄稿した。3-402, 5-135, 246.
セール　Sale, George（1697頃-1736）イギリスのオリエンタリスト。『英訳コーラ家、言語学者、政治家。『シリア、エジプト紀行』*Travels Through Syria and Egypt*, 2 vols（London, 1788）. 3-233, 275, 277, 327, 5-72.

エズラ書　*Esdras* 旧約聖書の外典。1-538.

エルベロー　D'Herbelot, Barthélemy（1625-95）フランスのオリエント学者。『オリエント文献叢書』*Bibliothèque Orientale*（Paris, 1697）. 1-120, 187, 293, 467, 4-120, 285, 5-306, 6-286, 12-456.

オドリクス　Odoricus（1265頃-1331）イタリアのフランチェスコ会士オドリコ・ダ・ポルデノーネ（Odorico da Pordenone）のラテン語名。アジアの伝道に従事し、ペルシア、インド、スリランカ、スマトラ、ジャワ、ボルネオを経て、北京に3年間滞在し、チベットを経て帰国。『東洋旅行記』'The Iournall of Frier Odoricus' in Richard Hakluyt, *The Principal Navigations, Voyages, Traffiques and Discoveries of the English Nation*（London, 1598-1600）, Vol. II［邦訳（ラテン語原文から）オドリコ『東洋旅行記』家入敏光訳、光風社、1990］. 7-256, 10-2. ハクルートの項参照。

オレアリウス　Olearius, Adam（1599-1671）ドイツの学者。ホルシュタイン公の使節の秘書官としてロシア、ペルシアに行った。『使節たちの旅行記』*The Voyages and Travells of the Ambassadors to the Great Duke of Muscovy, and the King of Persia*, trans. John Davies, 2nd edn（London, 1669）. 2-327, 5-306, 6-244, 353, 386.

『カフラマーン・ナーメ』*Caherman Nameh*（*Quhraman Nameh*）「英雄の書」の意。ペルシア神話に取材した話と思われるが、不詳。6-286, 11-138.

カレーリ　Careri, Gemelli（1651-1725）イタリアの旅行家。『世界旅行』*A Voyage Round the World*（London, 1704）. 6-309, 9-328.

ギボン　Gibbon, Edward（1737-94）イギリスの歴史家。『ローマ帝国衰亡史』*The History of the Decline and Fall of the Roman Empire*, 6 vols（London, 1776-88）［邦訳　中野好夫、朱牟田夏雄、中野好之訳、ちくま学芸文庫、全10巻、1996］. 7-50.

『グラヌール（落ち穂拾い）』*Le Glaneur Historique*（*The Gleaner*）1731-33年、オランダで発行されたフランス語の雑誌。8-146.

グリーヴズ　Greaves, John（1602-52）イギリスの数学者。エジプトでピラミッドの測量をした。「ピラミッド譚」'Pyramidographia' in *Miscellaneous Works of Mr. John Greaves*（London, 1737）. 1-369.

グロース　Grose, Francis（1731頃-91）イギリスの古物研究家。『方言辞典――地方のことわざと民衆の迷信集成付き』*A Provincial Glossary: with a Collection of Local Proverbs, and Popular Superstitions*, 2nd edn（London, 1790）. 5-309.

『好逑伝《こうきゅうでん》』*Hau Kiou Choaan*　17世紀中国の才子佳人小説。Thomas Percyによる英訳（1761）がある。6-309.

ゴドウィン　Godwyn, Thomas（1586/7-1642）イギリスの学者・教育者。『モーセとアロン』*Moses and Aaron: Civil and Ecclesiastical Rites, Used by the ancient*

自註の文献一覧

底本

Thalaba the Destroyer, Robert Southey: Poetical Works 1793-1810, Ed. Tim Fulford. Vol. 3. London, Pickering and Chatto, 2004.

サウジーが『タラバ』の着想を得た作品

カゾット『続千一夜物語』 Cazotte, Jacque（1719-92）*Continuation des Mille et Une Nuits*（1788-89）［英訳*Arabian Tales, or, A Continuation of the Arabian Nights Entertainments*, trans, Robert Heron（1792）］.

ベックフォード『ヴァテック』Beckford, William（1759-1844）*Vathek: An Arabian Tale*（1786）［邦訳　J. L. ボルヘス編、私市保彦訳、バベルの図書館23、1990］.

サウジー自註の引用文献著者および索引

（自註に文献名のみ挙げられている場合はそれを見出しとした。文献は訳者が確認した版を掲載。確認できなかった文献は底本の編者註に拠って、「Fulfordに拠る」と記した）

アーウィンIrwin, Eyles（1751頃-1817）イギリスの作家。カルカッタに生まれ、イギリスで教育を受けたのち、東インド会社に勤める。『アラビアとエジプトの沿岸を通り紅海に至る旅の途上での一連の冒険』*A Series of Adventures in the Course of a Voyage up the Red-Sea, on the Coasts of Arabia and Egypt*（London, 1780）. 4-452.

アストリー　Astley, Thomasイギリスの出版業者。『新航海記・旅行記集成』*A New General Collection of Voyages and Travels*, 4 vols（London, 1745-47）の編者。6-138.

アンタラ　‘Antara ibn Shaddad al-‘Absi 6世紀のアラビアの詩人。『ムアッラカート』に作品が収録されている。3-487, 11-61.

『イギリス殉教者列伝』John Wilson, *The English Martyrologe*（St. Omer: English College Press, 1608）. 9-342.

イナーヤトゥッラー→『バハーリ・ダーニシュ』

イムルゥ・アル＝カイス　Amriolkais（Imru’al-Qais）6世紀のアラビアの詩人。『ムアッラカート』に作品が収録されている。3-344.

ヴァスコンセロス　Vasconcellos, P. Siman deポルトガルのイエズス会士。『ジョゼ・デ・アンシエタ神父の生涯』*Vida do Veneravel Padre Joseph de Anchieta*（Lisboa, 1672）. 4-285, 11-61.

ヴァンスレーブ　Vanslebe, Michel（1635-79）ドイツの神学者、言語学者。エジプト旅行記がある。3-331.

ヴォルネー　Volney, Constatin François Chasseboeuf（1757-1820）フランスの歴史

【著訳者略歴】
ロバート・サウジー（Robert Southey）
1774-1843。ワーズワス，コウルリッジと同時代に生きたイギリスの桂冠詩人。邦訳に，『ネルソン提督伝』（上・下，増田義郎監修，山本史郎訳，原書房），『夜の勝利——英国ゴシック詞華撰Ⅱ』（高山宏編訳，国書刊行会），『ワット・タイラー』（杉野徹訳，山口書店）などがある。

道家英穂（どうけ・ひでお）
1958年生まれ。専修大学文学部教授。著書に，『死者との邂逅——西欧文学は〈死〉をどうとらえたか』（作品社），共訳書にルイ・マクニース『秋の日記』，『ルイ・マクニース詩集』（以上思潮社）がある。

【装画】
カヴァー：「動物の効用　第55葉　スィーモルグ」イル・ハーン朝，1290年代
表紙・カヴァー袖：『果樹園』写本の装幀，オスマン朝，1530年より

タラバ、悪を滅ぼす者

2017年10月25日初版第1刷印刷
2017年10月30日初版第1刷発行

著　者　ロバート・サウジー
訳　者　道家英穂
発行者　和田肇
発行所　株式会社作品社
〒102-0072　東京都千代田区飯田橋2-7-4
TEL.03-3262-9753　FAX.03-3262-9757
http://www.sakuhinsha.com
振替口座00160-3-27183

装　幀　水崎真奈美（BOTANICA）
本文組版　前田奈々
編集担当　青木誠也
印刷・製本　シナノ印刷株式会社

ISBN978-4-86182-655-9 C0097

【作品社の本】

死者との邂逅

西欧文学は〈死〉をどうとらえたか

道家英穂

古代／中世の『オデュッセイア』、『アエネーイス』、
『神曲』から近代の『ハムレット』、『クリスマス・キャロル』、
そして現代の『灯台へ』、『若い芸術家の肖像』、『ユリシーズ』、
『失われた時を求めて』に至るヨーロッパ文学史上の名作を繙き、
そこに現れる死生観と時代思潮を、
先行作品への引喩《アリュージョン》を手がかりに緻密に読み解く。

古代や中世の文学作品には、主人公が生きたままあの世を訪れて、死別した肉親や恋人と再会するエピソードや、死んだ肉親が亡霊となって主人公の前に姿を現す話があり、そこには悲喜こもごもの感情が表される。近代以降、来世を具体的に描く作品は文学史の表舞台から姿を消すが、現代になっても、故人が夢に出てきたり、ふとしたきっかけで故人の生前の思い出がありありとよみがえるなどのかたちで「再会」は描かれ続ける。そして興味深いのは、各時代の詩人や作家たちがそうした「再会」の場面を描くにあたり、過去の同種の場面を意識し、それを踏まえながら変更を加えていること、それによって過去の時代の死生観を修正し、自らの時代の新しい死生観を呈示していることである。（本書「序」より）

ISBN978-4-86182-533-0